SANDRA DÜNSCHEDE
Die Tote
von Blankenese

SANDRA DÜNSCHEDE

Die Tote von Blankenese

Kriminalroman

SPANNUNG

GMEINER

Bisherige Veröffentlichungen im Gmeiner-Verlag:
Friesengift (2019), Friesengroll (2018), Kilometer 151 (2017),
Friesennebel (2017), Kofferfund (2016), Friesenmilch (2016),
Knochentanz (2015), Friesenschrei (2015), Friesenlüge (2014),
Friesenkinder (2013), Nordfeuer (2012), Todeswatt (2010),
Friesenrache (2009), Solomord (2008), Nordmord (2007),
Deichgrab (2006)

Personen und Handlung sind frei erfunden.
Ähnlichkeiten mit lebenden oder toten Personen
sind rein zufällig und nicht beabsichtigt.

Immer informiert

Spannung pur – mit unserem Newsletter informieren wir Sie
regelmäßig über Wissenswertes aus unserer Bücherwelt.

Gefällt mir!

Facebook: @Gmeiner.Verlag
Instagram: @gmeinerverlag
Twitter: @GmeinerVerlag

Besuchen Sie uns im Internet:
www.gmeiner-verlag.de

Lektorat: Sven Lang
Herstellung: Mirjam Hecht
Umschlaggestaltung: U.O.R.G. Lutz Eberle, Stuttgart
unter Verwendung eines Fotos von: © Nils / stock.adobe.com
Druck: GGP Media GmbH, Pößneck
Printed in Germany
ISBN 978-3-8392-2470-0

Für Heidi und Peter – Hamburg liebt euch!

(1) Die Freiheit des Glaubens, des Gewissens und die Freiheit des religiösen und weltanschaulichen Bekenntnisses sind unverletzlich.

(2) Die ungestörte Religionsausübung wird gewährleistet.

Artikel 4 Grundgesetz

1. KAPITEL

Klaas Pieper konnte nicht einschlafen. Schon seit ein paar Nächten nicht. Dieses undurchdringliche Grau, das seit Tagen über der Stadt hing, verfinsterte sein Gemüt und ließ seine Gedanken sich wie in einem Hamsterrad wieder und wieder im Kreise drehen. War er glücklich? Was bedeutete Glück überhaupt? Freute er sich auf den neuen Job, der ihn die Karriereleiter aufsteigen ließ und ein bedeutend höheres Einkommen mit sich brachte?

Klaas wälzte sich auf die andere Seite. Das Bett knarzte leicht. Er war hundemüde, dennoch konnte er nicht in den Schlaf finden. Ob das mit der neuen Stellung zusammenhing? Oder lag es doch am Wetter? Heute Nacht erschien es ihm besonders schlimm, denn der Nebel, der den ganzen Tag über der Stadt gehangen hatte, war gegen Abend immer dichter geworden und hatte sich letztendlich wie ein undurchdringlicher Schleier über alles gelegt und einem nicht nur die Sicht genommen, sondern auch sämtliche Geräusche gedämpft. Wie durch Watte hörte er die Nebelhörner der Schiffe auf der Elbe und wunderte sich, dass man den Schiffsverkehr nicht eingestellt hatte. Aufgrund des Wetters waren die flussauf- und -abwärtsfahrenden Schiffe angehalten, sich gegenseitig ihre Position zu signalisieren.

Klaas schlug die Bettdecke zurück und knipste die kleine Stehlampe auf dem Nachttisch an, die den Raum nur mäßig erhellte. Leicht seufzend entstieg er dem warmen Bett, schlüpfte in seine Pantoffeln, die er bei einem seiner letzten Hotelaufenthalte hatte mitgehen lassen, und ging hinüber zum Fenster.

Er liebte diese Aussicht aus seinem Schlafzimmer, daher hatte er bis heute auf Vorhänge oder Ähnliches verzichtet. Er wollte den Blick frei auf die Elbe fallen lassen können, wenn er morgens aufwachte, denn das war es, was das Blankeneser Treppenviertel für ihn ausmachte. Die Nähe zum Wasser, das Gefühl, direkt am Meer zu wohnen – auch wenn die Nordsee noch etliche Kilometer entfernt lag.

Heute jedoch war nichts zu sehen. Der Nebel hatte alles eingehüllt und waberte mit gespenstischer Stimmung durch die Luft.

Eigentlich sollte er sich besser fühlen, dachte Klaas. Er hatte Geld, eine traumhafte Wohnung, eine wunderhübsche Freundin, war gesund. Aber irgendwo tief in ihm drin nagte ein Gefühl. Eine Art Schmerz, der ihm verdeutlichte, dass irgendetwas in seinem Leben fehlte. Nur was? Klaas fuhr sich mit der Hand über die brennenden Augen und nahm durch die leicht gespreizten Finger ein Licht wahr.

Er war wirklich sehr müde. Sehe ich bereits Sterne, überlegte er. Als er die Hand jedoch sinken ließ und sein Blick frei aus dem Fenster glitt, sah er, dass da tatsächlich ein Licht oder zumindest etwas Helles durch die Nebelschwaden schien. Er ging zurück zu seinem Nachttisch und griff nach der Brille, die zwischen einem Buch und einer Wasserflasche lag.

Was konnte das für ein Licht sein? Er trat erneut ans Fenster, suchte die Stelle unten am Elbstrand, von der die Helligkeit ausging. Nach wenigen Augenblicken hatte er den Schein, der durch den dichten Nebel drang, entdeckt und spürte augenblicklich Wut in sich aufsteigen. »Was für Idioten!«, fluchte er vor sich hin, als er in den Flur ging, wo sein Handy auf dem Sideboard am Ladekabel hing.

Mit schwitzenden Händen griff er nach dem Mobiltelefon und drückte mehrere Tasten. Gleich darauf wurde sein Anruf entgegengenommen.

»Ja, hier Klaas Pieper. Am Strand auf Höhe des Blankeneser Segel-Clubs unten am Strandweg brennt es.«

2. KAPITEL

Peer Nielsen zuckte zusammen, als sein Handy klingelte. Er war wie so oft auf dem Sofa vor dem Fernseher eingeschlafen und spürte bei der abrupten Bewegung jeden einzelnen Knochen in seinem Körper. Außer dem Schein, der vom Display seines Handys ausging, war es dunkel in der Wohnung. Der Fernseher hatte sich irgendwann in der Nacht automatisch abgeschaltet, und durch die Dachfenster drang nur spärlich das Licht der weit unter ihnen liegenden Straßenlaternen.

Er fummelte nach dem Telefon, das auf dem gläsernen Beistelltisch lag und unbeirrt klingelte.

»Nielsen?«

Er brauchte einen Moment, um zu verstehen, was der Anrufer wollte.

»Ja, dafür ist doch die Feuerwehr zuständig«, versuchte er den anderen abzuwimmeln. Es musste mitten in der Nacht, zumindest sehr früh am Morgen sein, und Nielsen verspürte wenig Lust, in das feuchte Grau vor seiner Haustür hinauszugehen, weil ein Anwohner des Treppenviertels einen Brand am Elbstrand gemeldet hatte. Doch sein Gesprächspartner ließ sich nicht beirren, den Zuständigen für diesen Fall am Telefon zu haben.

»Die Feuerwehr ist bereits vor Ort und hat den Brand gelöscht, aber …«

Der Anrufer machte eine Pause, in der Peer sich den Nacken massierte und innerlich darauf einstellte, gleich hinaus ins Kalte zu müssen. Bei dem Gedanken daran lief ihm ein Schauer über den Rücken. Oder lag es an dem, was der andere durch die Leitung aussprach?

»Man hat eine Leiche in den Brandrückständen entdeckt.«

»Was?« Nielsen glaubte, sich verhört zu haben, doch sein Gesprächspartner verschaffte ihm die Gewissheit, dass es nicht so war.

»Gut«, erklärte Peer, »ich mache mich sofort auf den Weg.« Er stemmte sich vom Sofa hoch, nachdem er das Telefonat beendet hatte. Nun erwies es sich von Vorteil, dass er beim Fernsehen eingeschlafen war. Er trug noch seine Jeans und den Pullover, den er allerdings seit zwei Tagen anhatte. Kurz überlegte er, sich umzuziehen, entschied sich aber dafür, die Zeit lieber zu nutzen, um auf die Schnelle einen Kaffee zu trinken. Ohne eine entsprechende Dosis Koffein würde er den Einsatz nicht überstehen.

Während die Maschine auf Betriebstemperatur heizte, putzte er sich im Bad die Zähne und spritzte sich einen Schwall kaltes Wasser ins Gesicht. Nach dem Toilettengang eilte er in die Küche und ließ eine Tasse Kaffee aus den Automaten, die er hinunterstürzte.

Er griff sich seine wetterfeste Jacke und die Autoschlüssel und verließ kurz darauf die Wohnung. Zwei Stufen auf einmal nehmend eilte er die Treppen aus dem fünften Stock hinunter ins Erdgeschoss und trat vor die Eingangstür, wo ihm die feuchte kühle Morgenluft entgegenschlug.

»Mist«, fluchte er. Er erinnerte sich wieder, dass er gestern Abend keinen Parkplatz auf der Stellfläche vor dem Haus gefunden hatte, sondern den Wagen drei Straßen weiter abgestellt hatte. Mit großen Schritten ging er nach links und dann nach rechts, wo er sein Auto am Straßenrand stehend fand.

Der Berufsverkehr hatte noch nicht eingesetzt, trotzdem postierte er sein mobiles Blaulicht auf dem Dach, um nicht an den zahlreichen Ampeln auf dem Weg halten zu müssen. Nielsen fuhr aus der Parklücke in Richtung Holstenstraße, wo er in die Stresemannstraße abbog und den Wagen etliche Kilometer bis zu einer Abzweigung lenkte, die nach Blankenese führte.

Während der Fahrt fragte er sich, was ihn am Elbstrand erwarten würde. Ob die Leiche stark verkohlt war? Aus Erfahrung wusste er, dass es nicht einfach war, einen Menschen zu verbrennen. Es waren enorme Temperaturen notwendig, um einen Körper zu entzünden und vollständig in Rauch und Asche aufgehen zu lassen. Ein Brandbeschleuniger war auf jeden Fall erforderlich. Und ein Motiv. Das bestand jedoch in solchen Fällen meist darin, einen Mord oder ein anderes Verbrechen zu vertuschen.

Er folgte der Blankeneser Hauptstraße bis hinunter zur Elbe. Die Gegend wirkte friedlich und ruhig, was sich allerdings schlagartig änderte, als er in den Strandweg abbog, wo jede Menge Leute unterwegs waren und die Löschfahrzeuge der Feuerwehr den Weg blockierten. Er hielt an und stieg aus. Weiter vorn entdeckte er den Wagen von seinem Mitarbeiter Boateng. Wie der bloß immer so schnell vor Ort sein kann, fragte er sich, während er mit einigen Schaulustigen hinunter bis zur Absperrung ging.

Dort zeigte er seinen Dienstausweis und bückte sich unter dem Flatterband hindurch.

Michael Boateng stand mit einigen Feuerwehrleuten an der gelöschten Brandstelle. Der Brandgeruch wurde intensiver, je näher Nielsen kam. Feuchter Rauch vermischt mit dem Geruch von verbranntem Fleisch kroch ihm in die Nase. Er schluckte, ehe er neben seinen Mitarbeiter trat und auf die Überreste des Feuers blickte, die man durch einige mobile Scheinwerfer erhellt hatte.

»Morgen, Chef«, begrüßte Boateng ihn und fasste die wenigen Informationen zusammen, die er bisher ermitteln konnte. »Ein Anwohner hat vor gut einer Stunde den Brand gemeldet. Zunächst ist die Feuerwehr von einem Streich einiger Jugendlicher oder Betrunkener ausgegangen. Das kommt hier am Strand öfters vor; allerdings meist nicht in dieser Jahreszeit.«

Peer nickte und ließ seinen Blick umherschweifen. Die Elbe lag unter einem Nebelschleier, dessen Feuchtigkeit sich unangenehm durch die Kleidung fraß. Bei dieser Witterung begab sich keiner freiwillig hinaus, jedenfalls nicht, um einen Streich zu spielen. Neugierde war etwas anderes und überwand den inneren Schweinehund, wie die vielen Leute jenseits der Absperrung bewiesen. Neugierde und sein Beruf, denn deswegen war er hier, ebenso wie die Feuerwehrleute und die Kollegen von der Spurensicherung, die gerade eintrafen.

»Oh«, entfuhr es einem der Teammitglieder, »das sieht nicht gut aus.« Beinahe alle Anwesenden inklusive Nielsen schüttelten den Kopf.

»Beim Löscheinsatz«, fuhr Boateng fort, »haben die Feuerwehrmänner dann schnell den Körper entdeckt, aber für eine Rettung war es da bereits zu spät.« Michael wies in Richtung der Leiche. Die Haut war beinahe vollständig verbrannt, ebenso wie die Haare. Durch die Hitze des Feuers hatten sich Muskeln, Sehnen und Fettgewebe derart verformt, dass sich der Körper in eine beinahe embryonale Haltung gekrümmt hatte, sofern die Leiche nicht bereits in dieser Position abgelegt worden war. Es war nicht die erste Brandleiche, die Nielsen während seiner Zeit bei der Mordkommission sah, aber der Anblick erschütterte ihn dennoch. Was das Feuer aus einem Menschen machte, war nur schwer anzusehen. Nielsen bereute nun, zuvor einen Kaffee getrunken zu haben, denn er spürte, wie Säure in seiner Speiseröhre emporstieg, und wandte sich schnell an den neben ihm stehenden Kollegen von der Spurensicherung: »Also, ihr übernehmt das hier?« Der Angesprochenen bejahte. »Gut.« Nielsen nickte erleichtert. Er wollte so schnell wie möglich ins Warme. Viel konnten sie vor Ort sowieso nicht ausrichten. Und ohne die Identität der Leiche gab es eh kaum ein Vorankommen.

»Ist der Bestatter informiert?«

Boateng nickte. »Und in der Rechtsmedizin weiß man auch Bescheid. Die warten auf die Einlieferung.«

»Ja dann …« Nielsen blickte in die Runde. »Befragst du noch den Mann, der den Brand gemeldet hat? Dann treffen wir uns in einer Stunde im Präsidium zur Besprechung.«

»Geht klar, Chef.«

3. KAPITEL

Michael warf einen letzten Blick auf die Brandstelle, verabschiedete sich von den Kollegen und lief dann durch den Sand des Elbstrandes zur Straße zurück, wo sich immer noch eine Menge Schaulustiger hinter dem rot-weißen Flatterband befand.

»Herr Pieper?«, rief er mehrmals fragend in die Runde, doch ähnlich wie sein Chef hatte der Mann, der den Brand gemeldet hatte, anscheinend den Weg zurück ins Warme gesucht. Gut, dass Michael sich die Adresse von der Notrufzentrale hatte geben lassen.

Allerdings kannte er sich im Blankeneser Treppenviertel nicht aus und musste daher einen der Passanten fragen, wie er zum Haus von Klaas Pieper kam.

»Och, das ist einfach. Hier hoch, dann die erste Abzweigung rechts und dann noch einmal die halbe Treppe rauf.«

»Danke«, entgegnete Michael leicht stirnrunzelnd und folgte der Beschreibung des Mannes, ohne die er die Anschrift sicherlich nicht so schnell gefunden hätte. Das Geflecht aus Treppen und kleinen verwinkelten Wegen erschien ihm reichlich verwirrend und er fragte sich, wie lange es wohl dauerte, bis man sich hier derart gut auskannte, um eine Auskunft wie die soeben erhaltene geben zu können.

Das Haus, in dem Klaas Pieper wohnte, wirkte gepflegt, und der Ausblick von hier oben war bei schönem Wetter sicherlich gigantisch.

Auf sein Klingeln folgte kurz darauf das Geräusch des elektrischen Haustüröffners. Boateng drückte gegen die Tür und gelangte in eine große Eingangshalle, in der eine Treppe in das obere Stockwerk führte. Über das Geländer beugte sich ein Mann in seinem Alter und warf ihm einen fragenden Blick zu.

»Kommissar Michael Boateng. Herr Pieper?«

»Kommen Sie hoch«, entgegnete der Angesprochene. »Ich habe bereits auf Sie gewartet.«

Michael stieg die Stufen zu Piepers Wohnung hoch und folgte ihm durch einen kleinen Flur in eine helle moderne Küche.

»Sie können sicherlich auch einen Kaffee vertragen, oder?« Ohne eine Antwort abzuwarten, betätigte er den Kaffeevollautomat, der sofort lautstark die Bohnen mahlte.

»Sie haben den Brand gemeldet?«, begann Boateng seine Befragung, nachdem sie sich an den Küchentisch gesetzt hatten.

»Ja, ich habe das Feuer am Strand entdeckt und den Notruf gewählt. Wissen Sie, es gibt immer wieder Idioten, die da unten was in Brand stecken.« Er nahm einen Schluck Kaffee. »Aber bisher schien das alles harmlos.«

»Haben Sie denn außer dem Feuer noch etwas gesehen?«

»Wie meinen Sie das?«

»Haben Sie Personen zu der Zeit am Strand oder sich vom Strand entfernen gesehen?«

Klaas Pieper schüttelte den Kopf. »Ich habe zwar gute Augen, aber auf die Entfernung nicht.« Er zuckte mit den

Schultern. »Außerdem war es dunkel und nebelig, daher ist mir das Feuer ja aufgefallen.«

»Wieso waren Sie überhaupt zu der Zeit wach? Arbeiten Sie im Schichtdienst?«

»Gott bewahre, nein. Ich konnte nicht schlafen und habe aus dem Fenster gesehen.«

»Machen Sie das öfters?«

»Was?«

»Aus dem Fenster sehen?«

»Manchmal, wenn ich nicht schlafen kann. Was in den letzten Tagen leider öfter der Fall war.«

»Warum?«

»Ach wissen Sie, mir geht einiges durch den Kopf.«

Boateng nickte. »Das kenne ich.«

Nielsen hatte sich im Präsidium als Erstes einen Kaffee und ein Brötchen aus der Kantine geholt. Der Gedanke an die verkohlte Leiche verursachte bei ihm immer noch leichte Übelkeit, und die beste Medizin dagegen war, etwas zu essen.

Mit der Tasse und einem Teller beladen lief er den Gang entlang und konnte gerade noch rechtzeitig seinem Chef ausweichen, der aus seinem Büro geschossen kam. »Endlich, Peer, da bist du ja!«

Nielsen runzelte die Stirn. »Ja, wieso?«

»Wegen dem Brand in Blankenese.«

»Von da komme ich gerade.«

»Das muss zügig aufgeklärt werden«, ordnete Gerhard Fritsche an.

»Das wird nicht einfach, zunächst müssten wir einmal die Identität der Leiche feststellen. Und das gestaltet sich schwierig. Bisher wissen wir noch nicht einmal, ob es eine Frau oder ein Mann war.«

»Aha.« Fritsche schien ihm gar nicht richtig zuzuhören.

»Was ist los?«, fragte Peer daher seinen Vorgesetzten.

»Ach«, stöhnte der und lehnte sich an die Wand dabei, »der Innensenator macht Druck. Anscheinend haben bereits ein paar einflussreiche Leute aus Blankenese bei ihm angerufen.«

»Warum?«

»Warum, warum? Weil man solch ein Verbrechen dort nicht haben will. Verbrannte Leute am Elbstrand. Das geht da gar nicht.«

»Das geht auch woanders nicht«, kommentierte Nielsen dessen Erklärung und ging hinüber in sein Büro, um Kaffee und Brötchen endlich auf dem Schreibtisch abzustellen. Fritsche folgte ihm.

»Hast recht, aber trotzdem brauchen wir schnell Ergebnisse. Für wann ist die erste Besprechung angesetzt?«

»Halbe Stunde«, antwortete Peer, während er sich in seinen Schreibtischstuhl fallen ließ. »Aber wie gesagt, viele Informationen haben wir nicht.«

4. KAPITEL

Exakt 30 Minuten später saß Peer zusammen mit seinen Mitarbeitern im Besprechungsraum.

»Also, es gibt diesmal extremen Druck von oben.«

Michael und die anderen Kollegen schauten wenig begeistert auf Nielsen, der zunächst die wenigen Fakten zu dem Fall zusammentrug.

»Der Brand am Elbstrand in der Nähe des Blankeneser Segel-Clubs wurde um 3.31 Uhr beim Notruf gemeldet, woraufhin die Blankeneser Feuerwehr ausrückte und bereits acht Minuten später an der Brandstelle eintraf. Da das Feuer aufgrund des geringen Brandmaterials, das der Täter verwendet hat, nicht besonders groß war und sich aufgrund der Witterung auch nicht ausbreitete, war es schnell gelöscht. Bereits während der Löscharbeiten wurde dann die Leiche entdeckt. Um wen es sich handelt, wissen wir bisher nicht. Da müssen wir schlichtweg die Ergebnisse der Spusi und auch der Rechtsmedizin abwarten.«

Da es sich bei der Brandstelle um einen möglichen Tatort handelte, war die Leiche beschlagnahmt und eine Obduktion angeordnet worden. Außerdem mussten die Brandermittler des LKA die Brandstätte untersuchen.

»Zunächst sollten wir die Anwohner in der Nähe der Brandstelle befragen. Michael, du hast ja bereits mit dem

Mann gesprochen, der den Brand bei der Notrufzentrale gemeldet hatte.« Er blickte Boateng auffordernd an, der sich kurz räusperte, ehe er zu berichten begann.

»Ja, ich war bei Klaas Pieper, aber dem ist außer dem Feuer nichts weiter aufgefallen. Verständlich, wenn man die Uhrzeit und auch die Witterung berücksichtigt. Da hätte man wahrscheinlich auch direkt am Strandweg nichts gesehen.«

»Trotzdem sollten wir die Anwohner befragen. Vielleicht hat jemand im Schein des Feuers etwas beobachtet.«

»Möglich«, entgegnete Michael, obwohl er die Chance für gering einschätzte, dass noch jemand außer Klaas Pieper um diese Uhrzeit wach gewesen war und in die Nacht hinausgeschaut hatte. »Herr Pieper hat übrigens berichtet, dass es bereits öfter Brände am Strand gegeben hat, allerdings meist in den Sommermonaten.«

»Gut, aber eine Verbindung gibt es da sicherlich nicht, oder?« Jens Schnitter schaute fragend in die Runde.

»Momentan können und dürfen wir nichts ausschließen«, entgegnete Peer, »daher erkundigt euch bei den Befragungen auch nach vorherigen Bränden.«

»Und was machst du?«, rutschte es Carsten Hinrichs heraus.

»Ich muss in die Rechtsmedizin. Ich nehme an, von euch möchte das keiner übernehmen, oder?«

Schweigen machte sich im Raum breit.

»Gut«, schloss Nielsen das Meeting. »Dann an die Arbeit.«

Ehe er sich auf den Weg ins Rechtsmedizinische Institut machte, checkte er noch kurz seine Mails, doch in seinem elektronischen Postfach befanden sich keine neuen Nachrichten. »Wäre ja auch zu schön«, murmelte er, während er sich seine Jacke anzog und das Büro verließ.

Wenn er ehrlich war, hätte er selbst lieber die Befragungen in Blankenese durchgeführt, als ins Rechtsmedizinische Institut zu fahren. Aber einer von ihnen musste bei der Leichenschau anwesend sein und in der Regel war das Chefsache.

Besuche in der Rechtsmedizin waren nie angenehm, aber die Obduktion einer verbrannten Leiche stellte eine besondere Herausforderung dar. Der Geruch von verbranntem Fleisch steigerte den Ekel bei der Untersuchung und würde ihn tagelang begleiten. Das kannte er bereits von dem Verwesungsgeruch, der sich an Haut und Haare heftete und sich nur schwer abwaschen ließ.

Und dann diese Bilder … Er holte tief Luft, bevor er in seinen Wagen stieg und das Parkhaus verließ. Er würde niemals verstehen, wie man freiwillig den Beruf des Rechtsmediziners ergreifen konnte. Jeder Beruf hatte Vor- und Nachteile, und sicher gab es auch als Rechtsmediziner interessante Aspekte, aber Tag für Tag mit dem Tod konfrontiert zu werden, ja, mehr noch, mit ihm zu arbeiten, das konnte er sich nicht vorstellen, obwohl er in seinem Job natürlich ebenso damit in Berührung kam – nur eben anders. Er versuchte dem Verursacher des Todes eines Menschen auf die Schliche zu kommen, und der war in der Regel sehr lebendig.

Peer lenkte den Wagen durch den dichten Hamburger Stadtverkehr und ärgerte sich über eine neue Baustelle auf dem Weg zum Rechtsmedizinischen Institut. Täglich warteten neue Hindernisse, Umleitungen oder Sperrungen in der Stadt auf ihn. Wie Pilze schossen diese Baustellen aus der Erde, und er fragte sich ein ums andere Mal, ob es nicht möglich war, diese Arbeiten etwas koordinierter durchzuführen. Er konnte sich jedenfalls nicht an seine letzte baustellenfreie Fahrt durch die Hansestadt erinnern. Das musste lange her sein.

Er bog in die ruhige Wohnstraße ein, in der sich das Institut der Rechtsmedizin befand. Auf Nielsen wirkte der Anblick des Gebäudes, das sich kaum zwischen die Wohnhäuser fügte, immer wieder befremdlich, besonders wenn – wie in diesem Augenblick – ein Leichenwagen die Auffahrt zum Institut befuhr. Wie die Anwohner wohl mit dem Aspekt, dass in ihrer Nachbarschaft ständig an Leichen hantiert wurde, zurechtkamen? Die Vorstellung war sicherlich befremdlich, aber wie an so vieles im Leben hatten die Menschen sich in dieser Straße bestimmt daran gewöhnt.

Peer stellte den Wagen auf dem kleinen Besucherparkplatz vor dem Gebäude ab und holte noch einmal tief Luft, ehe er die Tür öffnete und auf den Eingang zuging.

»Wie wollen wir uns aufteilen?« Michael blickte fragend auf seine Kollegen, die neben ihm auf dem schmalen Bürgersteig des Strandweges standen und sich umschauten. »Also die Brandstelle ist da unten«, fuhr er fort, »und Klaas Pieper wohnt da oben.« Er wies mit ausgestrecktem Arm auf die Häuser des Treppenviertels.

»Aber der hat ja, wie du gesagt hast, nichts außer das Feuer selbst gesehen, oder?«, bemerkte Jens Schnitter.

Boateng dachte kurz an die Befragung zurück. Der Mann hatte ehrlich auf ihn gewirkt. Und warum hätte er, wenn er etwas mit dem Brand zu tun gehabt hatte, die Feuerwehr alarmieren sollen? »Stimmt, daher macht es bestimmt Sinn, mit den Häusern direkt hier unten anzufangen. Hocharbeiten können wir uns immer noch«, bemerkte er grinsend.

Das erste Haus, das Michael zugeteilt war, wirkte alt und ein wenig renovierungsbedürftig. Er stieg den schmalen Plattenweg zur seitlichen Haustür hinauf und klingelte.

Eine alte Frau mit gekrümmtem Rücken öffnete ihm wenig später. »Ja bitte?« Sie musterte ihn argwöhnisch. Michael zeigte seinen Dienstausweis. »Sie kommen wegen dem Brand?«, schlussfolgerte die alte Dame und wetterte sofort los. »Wird ja langsam mal Zeit, dass hier was geschieht. Alle naselang zünden die den Strand an.«

»Entschuldigung, wer sind denn *die*?«

»Chaoten, Brandstifter, obdachloses Gesindel. Blankenese ist auch nicht mehr das, was es einst war. Und nun haben die da auch noch einen Menschen verbrannt. Ja wo sind wir denn hier?« Die Frau begann zu schnaufen, sodass Michael befürchtete, seine Gesprächspartnerin könne womöglich einen Herzinfarkt erleiden. Besonders robust wirkte sie jedenfalls nicht auf ihn.

»Ist Ihnen denn heute Nacht etwas aufgefallen. Ich meine, bevor die Feuerwehr hier eintraf?«

»Nein, ich habe einen festen Schlaf.«

»Beneidenswert«, rutschte es Boateng heraus, der augenblicklich an Klaas Pieper denken musste.

»Kennen Sie denn Herrn Pieper?«

»Hier kennt jeder jeden. Zumindest früher. Die jungen Leute haben ja nicht mehr den Anstand, sich bei ihrer Nachbarschaft vorzustellen.«

Michael erinnerte sich daran, wie er und seine Frau vor drei Jahren bei ihren Mitbewohnern im Haus geklingelt und sich als die neuen Nachbarn bekannt gemacht hatten. Ihm war damals aufgefallen, wie befremdet ihnen einige der Leute begegnet waren. Er nickte und schlussfolgerte, dass die alte Dame Klaas Pieper nicht kannte, denn so wie er den Mann einschätzte, war der bei seinem Einzug nicht durch das halbe Treppenviertel gelaufen, um sich in der Nachbarschaft vorzustellen.

»Und in den letzten Tagen? Ist Ihnen da etwas Besonderes aufgefallen?« Er klappte sein Merkbuch langsam zu, da er sich auch auf diese Frage keine weiterführenden Informationen erhoffte.

»Doch, jetzt wo Sie so fragen.«

»Bitte?«

»Na, da war so ein Typ, der hier immer rumgeschlichen ist.«

5. KAPITEL

Die Dame vom Empfang begrüßte ihn lächelnd. »Sie sind aber pünktlich«, kommentierte sie Peers Erscheinen. »Die Brandleiche ist gerade erst eingeliefert worden. Dr. Choui ist eben hinuntergegangen.« Sie wies mit einem Kopfnicken auf die Tür schräg links, hinter der sich der Abgang in den Keller befand.

»Danke.« Peer schluckte. Wenn er ehrlich zu sich selbst war, hatte er gehofft, dass der Rechtsmediziner vielleicht schon mit der Obduktion begonnen hatte und er nicht die ganze Prozedur über sich ergehen lassen musste.

Langsam ging er zur Kellertür und öffnete sie. Wie immer ergriff ihn im Treppenhaus ein sonderbares Gefühl. Alle Welt dachte bestimmt, er als Polizist und Leiter eines Teams bei der Mordkommission müsse total abgebrüht sein von dem, was er tagtäglich sah und erlebte. Aber das stimmte nicht. Die Vorstellung zahlreicher Leichen hinter der nächsten Tür ließ ihn stets aufs Neue frösteln. Woran es genau lag, konnte er nicht sagen, aber wahrscheinlich war es die Tatsache, dass all diese toten Menschen einem die eigene Sterblichkeit bewusst machten.

In einem kleinen Raum vor dem finalen Zugang zog er seine Jacke aus und einen der bereithängenden grünen Kittel an. Etwas umständlich band er die Schutzkleidung hinter dem Rücken zusammen und nahm sich aus einem Behälter Überzieher für die Schuhe.

Das Rascheln seiner Schritte lenkte ihn kurzfristig ab, aber nur bis er die gläserne Tür geöffnet hatte und das Rattern einer Bahre an sein Ohr drang. »Na, dann … Showtime«, murmelte er und folgte dem Gang hinunter, bis zu dem Vorraum, in dem die Leichen angeliefert wurden.

»Ah, Kommissar Nielsen«, begrüßte der Rechtsmediziner ihn. »Schön, Sie einmal wiederzusehen.«

Peer verkniff sich einen Kommentar und nickte Dr. Choui lediglich kurz zum Gruß zu.

»Die Leiche ist gerade erst angekommen, Sie haben noch nichts verpasst, aber ich kann schon auf den ersten Blick sagen, das wird eine schwierige Angelegenheit.«

»Das habe ich mir beinahe gedacht.«

Jürgen Holst der Sektionsassistent wandte sich von den Kühlfächern der Bahre mit dem Brandopfer zu und schob sie in Richtung Obduktionssaal. Nielsen und Choui folgten ihm.

»Haben Sie denn schon etwas anderes in dem Fall?«

Nielsen musste unweigerlich an den Anruf des Innenministers denken. »Wie Sie schon richtig gesagt haben, das wird eine schwierige Angelegenheit. Aber meine Kollegen von der Spurensicherung arbeiten auf Hochtouren, und mein Team befragt gerade die Anwohner an der Brandstelle. Aber ohne Ihre Angaben haben wir natürlich wenig Chancen.« Sie waren im Obduktionssaal angekommen, warteten auf Holst, der die Leiche zunächst einen Raum weiter zum Röntgen gebracht hatte.

»Das heißt, Sie haben bisher nichts«, schlussfolgerte der Rechtsmediziner.

Nielsen hatte ein wenig den Eindruck, als würde der recht kleine Mann vor ihm plötzlich an Größe gewinnen, aber bevor er seine Aufmerksamkeit weiter darauf verwenden konnte, kam der Sektionsassistent mit der Leiche in den Raum, gefolgt von Dr. Lutz, der die Obduktion zusammen mit Dr. Choui durchführen würde.

»Nun«, begann der Rechtsmediziner, nachdem er den verbrannten Körper in Augenschein genommen hatte. »Auf den ersten Blick würde ich sagen, dass der Körper nackt abgelegt und entzündet wurde. Sonst würde man zumindest Rückstände der Kleidung am Körper finden, obwohl der Täter anscheinend viel Brandbeschleuniger verwendet hat.« Dr. Choui beugte sich tief über die Leiche und schnüffelte. »Ich tippe auf Ethanol, aber das werden Ihre Kollegen wahrscheinlich eh untersuchen.« Er blickte kurz über die Schulter zu Nielsen, der sich ein wenig in den Hintergrund des Raumes verzogen hatte.

»Aufgrund der Menge des Brandbeschleunigers weist die Leiche starke Verbrennungsmerkmale auf. Und sie muss eine Weile gebrannt haben, denn diese gekrümmte Haltung nimmt ein Körper nicht wegen eines oberflächlichen Brandes an.«

»Wir können nicht sagen, wie lange das Feuer im Gange war. Der Mann, der den Notruf abgesetzt hat, ist mitten in der Nacht aufgestanden und hat das Feuer am Strand quasi durch Zufall entdeckt. Das Blankeneser Treppenviertel ist ja eher eine ruhige Wohngegend.«

»Anhand des Körperbaus schätze ich, dass wir es mit einer weiblichen Leiche zu haben«, fuhr nun Dr. Lutz fort. Dr. Choui stimmte seinem Kollegen zu.

»Wir könnten es also mit einem Sexualdelikt mit Todesfolge zu tun haben?«, wagte Nielsen zu fragen. Er wusste, wie ungern der Rechtsmediziner voreilige Schlussfolgerungen zog, aber sie brauchten nun einmal schnelle Ergebnisse.

»Möglich.«

»Na, es könnte doch sein, dass der Täter zur Vertuschung der Tat sein Opfer angezündet hat.«

»Möglich, aber wie gesagt, hier wurde eine Menge Brandbeschleuniger benutzt, den hat man in der Regel nicht unbedingt dabei, oder?«, gab Dr. Choui zu bedenken.

»Ach«, winkte Nielsen ab und machte sich erste Notizen. »Dafür lässt sich meist eine Erklärung finden.«

»Lassen Sie uns aber erst einmal weiterschauen«, beharrte der Mediziner darauf, mit seiner Arbeit und somit mit der Öffnung des Leichnams fortzufahren. Automatisch trat Nielsen einen Schritt weiter weg vom Sektionstisch und beobachtete aus sicherer Distanz, wie Dr. Choui nacheinander die Organe entnahm, sie dem Sektionshelfer reichte, der sie wog und anschließend jedes einzelne Gewicht an einer Tafel rechts neben der Tür notierte. Währenddessen diktierte Dr. Lutz erste Ergebnisse in ein Aufnahmegerät, wurde jedoch von Dr. Choui unterbrochen, der gerade die Lunge untersuchte. »Schau mal hier, Gregor.« Der Angesprochene legte das Gerät zur Seite und stellte sich neben seinen Kollegen. »Oh«, kommentierte er lediglich dessen Entdeckung. Peer reckte den Hals in die Höhe. Was hatte der Rechtsmediziner entdeckt?

Es kostete ihn einige Überwindung, näher an den Tisch zu treten, so nah, dass er Dr. Choui über die Schulter blicken konnte. Der zeigte mit einem Skalpell auf viele schwarze Punkte im Lungengewebe.

»Heißt das nicht …« Peer brach den Satz ab, als er den auf- und abwippenden Kopf des Mediziners wahrnahm.

»Genau, das heißt, die Frau ist bei lebendigem Leibe verbrannt worden.«

»Ich habe etwas!« Michael winkte seinen Kollegen zu, die bereits wieder am Wagen im Strandweg standen. »Echt, was denn? Bei uns hat niemand etwas gesehen.«

»Eine ältere Dame hat einen Mann beobachtet, der sich mehrmals am Elbstrand umgeschaut hat.«

»Und, ist das so ungewöhnlich? Ich meine, das Viertel hier steht in jedem Reiseführer. Da kommen wahrscheinlich öfters Fremde an den Strand.«

»Schon, aber gleich mehrmals hintereinander und dann bei dieser Witterung?«

»Vielleicht hat er einen Hund und musste raus.«

»Nee, habe ich gefragt. Die Frau hat keinen Hund gesehen. Nur den Mann.«

»Na gut«, stimmte Carsten Hinrichs zu, »das ist zumindest etwas, womit wir arbeiten können.«

Dieser Meinung war auch Nielsen, als er am Nachmittag in der angesetzten Besprechung davon erfuhr.

»Wir müssen ohnehin jetzt erst einmal die weiteren Ergebnisse abwarten. Dr. Choui hat bisher eben nur bestätigen können, dass die Frau noch lebte, als sie verbrannte. Die Rußpartikel in der Lunge der Toten weisen darauf hin. Sie hat also noch geatmet. Anders lassen sich die Ablagerungen nicht erklären«, berichtete Nielsen. »Ob sie bewusstlos war, vielleicht aufgrund eines Mittels, werden erst die toxikologischen Ergebnisse beweisen. Aber anders kann man sich das beinahe nicht erklären.« An das Ammenmärchen einer spontanen menschlichen Selbstentzündung glaubte er jedenfalls nicht.

»Aber es gibt ja Berichte, laut denen es so etwas schon gegeben haben soll«, warf Jens Schnitter ein. Die Brandstelle als solches sprach jedoch gegen diesen modernen Mythos.

»Außerdem geht Dr. Choui davon aus, dass die Frau vor dem Brand absichtlich in die Embryonalstellung gebracht wurde, denn ganz so lange und heiß, als dass sich die Sehnen und Muskeln derart zusammengezogen hätten, hat der Körper laut seinen Einschätzungen nicht gebrannt.«

Bei der Untersuchung jedenfalls war es gelungen, den Leichnam in seine normale Position zu bringen.

»Die Ergebnisse von der Spusi sind noch nicht da, aber der Rechtsmediziner geht von einer Entzündung mit dem Brandbeschleuniger Ethanol aus.«

»Schlau«, kommentierte Boateng diese Tatsache, »denn Benzin verpufft ziemlich stark, sodass die Verletzungsgefahr für den Täter höher gewesen wäre.«

Die anderen stimmten ihm zu.

»Gut, Leute«, klatschte an dieser Stelle Gerhard Fritsche in die Hände, »und was können wir der Presse präsentieren?«

Peer zog die Augenbrauen in die Höhe. »Der Presse?«

»Ja, in einer halben Stunde ist eine Konferenz angesetzt. Da müssen wir Ergebnisse präsentieren.«

Nielsen nahm an, dass der Innensenator noch einmal Druck gemacht hatte, und von den Berichten der Mitarbeiter wusste er, dass die Blankeneser sich immer wieder an die Polizei gewandt hatten mit der Bitte, endlich etwas gegen die Brände zu tun. »Da muss erst mal wieder etwas Schreckliches geschehen, damit die Polizei tätig wird«, hatte einer der Befragten Jens gegenüber gesagt.

So ganz Unrecht hatten die Anwohner natürlich nicht, nur die Hamburger Polizei hatte einfach nicht genügend Kapazitäten, um sich um jedes Lagerfeuer am Elbstrand zu kümmern.

»Also, wir müssen definitiv die Ergebnisse der KTU und auch aus der Rechtsmedizin abwarten. Wir können natürlich anfangen, die Identität der Toten zu ermitteln, aber das wird schwierig, schließlich können wir die Röntgenaufnahmen des Gebisses nicht an sämtliche Zahnärzte in Hamburg schicken. Außerdem ist gar nicht klar, ob die Tote überhaupt aus der Stadt kommt.«

»Aber irgendwo müsst ihr anfangen. Was ist mit den Vermisstenanzeigen der letzten Tage?«, erkundigte sich Fritsche.

Bisher hatten sie keine Zeit gehabt, diese durchzugehen, daher zuckte Peer mit den Schultern.

»Gut, dann geht ihr die Anzeigen durch, und du Peer«, der Vorgesetzte wandte sich nach einem Blick auf die Mitarbeiter wieder Nielsen zu, »kommst mit mir zu der Pressekonferenz.«

Innerlich stöhnte Peer auf, versuchte jedoch sich nichts anmerken zu lassen, sondern nickte seinen Mitarbeitern aufmunternd zu und stand auf.

Vom Besprechungsraum ging er direkt in sein Büro, doch weder in seinem elektronischen Postfach noch auf seinem Schreibtisch befanden sich irgendwelche Neuigkeiten. Er nahm den Hörer seines Telefons in die Hand und wählte die Nummer der Spurensicherung.

»Ein bisschen Geduld müsst ihr schon haben, da gibt es viel auszuwerten«, beschwerte sich der Kollege mit leicht vorwurfsvollem Ton in der Stimme.

Geduld, dachte Peer, das sollte mal jemand dem Innensenator sagen. »Dr. Choui meint, dass der Täter Ethanol verwendet hat«, versuchte er trotzdem den anderen zu irgendwelchen inoffiziellen Informationen zu verleiten.

»Das sieht laut den Ergebnissen der Gaschromatografie so aus.«

»Gut, und in den Brandrückständen, habt ihr da etwas entdeckt?«

»Seltsamerweise Pflanzenpartikel. Ist ja eher ungewöhnlich, dass man Pflanzen zum Verbrennen nimmt.«

»Stroh oder vielleicht trockene Tannen?«

»Nee, sieht eher nach frischem Grünzeug aus, aber ein bisschen gedulden müsst ihr euch eben noch.«

Nielsen wusste, dass dies der Punkt war, an dem es zwecklos sein würde, den Kollegen weiter auszufragen. Und als müsste er Nielsens Gedanken untermauern, betonte er, dass er die Ergebnisse schneller bekäme, wenn er ihn nicht von der Arbeit abhalten würde.

Das half ihm zwar nicht weiter, aber so stand er vor der Reportermeute zumindest nicht mit ganz leeren Händen da.

»Ich weiß gar nicht, wonach wir genau suchen sollen«, beschwerte sich Carsten bei Boateng, als sie die Vermisstenanzeigen der letzten Tage durchforsteten. »Wir wissen doch so gut wie gar nichts.«

»Na ja, wir wissen zumindest, dass es sich bei dem Opfer um eine Frau handelt«, versuchte Michael zumindest ein wenig Optimismus zu versprühen, obwohl er selbst reichlich ratlos war. Doch er hatte im Gegensatz zu seinen Kollegen möglicherweise einen Ansatz, denn die Anwohnerin aus Blankenese würde in wenigen Augenblicken das Präsidium besuchen, um zusammen mit einem Kollegen ein Phantombild zu erstellen. Mit dem konnten sie zumindest an die Presse gehen, wenn vielleicht auch nicht gleich, aber es war eine erste Spur, befand er.

»Ja, aber wie alt die war und wie die aussah, das wird selbst der Obduktionsbericht kaum hergeben, oder?« Carsten blinzelte Michael von der Seite an, der gerade zu einer Antwort ansetzen wollte, als sein Telefon klingelte. Die Kollegin vom Empfang teilte ihm das Eintreffen einer Besucherin mit.

»Ihr macht das schon«, entgegnete er, als er sich ins Erdgeschoss aufmachte, um die ältere Dame abzuholen.

Ihr zugeknöpfter Blick war seit dem Morgen nicht freundlicher geworden. Man sah ihr an, dass sie nur widerwillig der Einladung gefolgt war. Da half auch Boatengs überaus freundliche Begrüßung wenig.

»Möchten Sie vielleicht einen Kaffee?«

»Junger Mann, ich will heute Nacht schlafen können«, entgegnete sie ruppig statt einer schlichten Ablehnung.

»Tee?«

»Wenn Sie einen ordentlichen haben?«

Boateng, selbst passionierter Teetrinker, verfügte über eine gut sortierte Auswahl, was die Frau erstaunte und etwas gütlich stimmte. Er führte sie zum Büro seines Kollegen, der das Phantombild anfertigen würde, und kümmerte sich dann um den Tee.

Als er mit der dampfenden Tasse zurückkehrte, fand er die Frau lachend mit dem Kollegen zusammensitzen.

Sie schäkerte richtig mit ihm. Wie war ihm nur gelungen, das Eis, das die Frau scheinbar umgab, zum Schmelzen zu bringen?

»Sie haben mir ja gar nicht erzählt, dass Ihr Kollege auch aus Blankenese kommt«, erklärte die Zeugin jedoch schnell die Verbundenheit der beiden. Daraufhin blickte sie Boateng, der die Tasse vor ihr abstellte, vorwurfsvoll an.

»Ich habe Ihnen doch versichert, dass Sie bei uns in den besten Händen sind«, entgegnete er gekonnt freundlich. Er ärgerte sich jedoch ein wenig über die Frau, die wahrscheinlich aufgrund seiner Hautfarbe derart schroff zu ihm war.

Das Erstellen des Bildes erwies sich jedoch als schwierig. Immer wieder änderte die Frau ihre Meinung über die Form der Nase, die Länge der Haare, ja selbst Größe und Statur des vermeintlichen Täters variierten in der Zeit des Zeichnens so stark, dass Boatengs Zuversicht, es hier mit einer heißen Spur zu tun zu haben, von Minute zu Minute schrumpfte.

Nielsen straffte die Schultern, ehe er den Raum betrat, in dem die Pressekonferenz abgehalten wurde. Zielstrebig steuerte er seinen Platz an, wo bereits der Pressesprecher und sein Chef saßen. Letzterer warf ihm einen tadelnden Blick zu, den Peer jedoch versuchte zu ignorieren. Was er nicht ignorieren konnte, waren die vielen Journalisten, die wie Geier in den Stuhlreihen vor ihm saßen. Und in der ersten Reihe saß sein spezieller Freund Pisto. Vor einiger Zeit war er mit dem Reporter aneinandergeraten, aber er hatte ihn schon länger nicht mehr gesehen. Er hatte gehofft, dass dessen Arbeitgeber endlich eingesehen hatte, dass Pisto nur ein Schmierfink war und unseriösen Journalismus betrieb, doch anscheinend hatte er sich getäuscht. Mit breiter Visage saß der Mann vor ihm und beobachtete ihn genau.

Der Pressesprecher fasste zunächst die allgemeinen Fakten zusammen und verwies auf die Presseinformation, die man an die Journalisten ausgeteilt hatte. Dann übergab er das Wort an Gerhard Fritsche, der sofort an Nielsen weitergab. Peer räusperte sich und erklärte, dass sie momentan noch wenig zu den Ermittlungen sagen könnten.

»Weil ihr nichts habt, oder?«, fiel ihm Pisto ins Wort.

»Die Leiche ist bis zur Unkenntlichkeit verbrannt, da ist es schwer, die Identität festzustellen und entsprechend im Umfeld zu ermitteln.« Bereits während er diese Rechtfertigung äußerte, ärgerte er sich über sich selbst. Wieso ließ er sich immer wieder derart provozieren? Er fuhr sich mit dem Zeigefinger über die Schläfe. Wahrscheinlich der Schlafmangel versuchte er, seine Gereiztheit zu erklären.

»Und außer dem Brandmelder hat keiner der Anwohner etwas gesehen?«, wollte nun eine junge Frau in rosa Bluse wissen.

»Leider nicht, wobei Sie in Ihren Berichten gerne dazu aufrufen können, sich bei uns zu melden, sollte jemand etwas beobachtet haben.« Er lächelte der Reporterin zu.

»Und was wollt ihr sonst tun, um den Täter zu fassen?« Wieder war es Pisto, der sich recht schnoddrig zu Wort meldete, doch diesmal hatte Peer sich besser im Griff.

»Unsere Arbeit tun, daher entschuldigen Sie mich bitte, wenn es keine weiteren Fragen gibt.« Er erhob sich bereits bei den letzten Worten und obwohl er nach außen gelassen wirkte, war jede Faser seines Körpers zum Zerreißen gespannt. Mit dem schwierigen Fall und dem Druck des Senators musste er zurechtkommen. Aber etwas anderes war es, sich von diesem Schmierfink so angehen zu lassen, dessen Lebensaufgabe anscheinend darin bestand, die Polizei und im Besonderen ihn zu diffamieren. Peer wusste schon, während er seinen Satz ausgesprochen hatte, dass er sich damit eine Rüge seines Vorgesetzten einfangen würde. Doch das war ihm im Moment egal. Mit steifen Schritten eilte er aus dem Raum.

6. KAPITEL

»Vielen Dank, wir melden uns dann bei Ihnen, sollten wir noch Fragen haben«, verabschiedete Boateng die Blankeneserin und blickte anschließend resigniert auf den Ausdruck des Phantombildes. Damit konnten sie vermutlich nicht an die Presse gehen, denn der Mann wirkte so gewöhnlich, dass er glaubte, sogar zwei Kollegen darin zu erkennen. Er stellte die Teetasse der Frau zurück in die Küche, wo er Peer traf.

»Und wie ist es gelaufen?«, erkundigte der sich sogleich, als er das Blatt Papier in Michaels Hand sah.

»Nicht so gut«, antwortete Boateng zerknirscht und hielt die Phantomzeichnung hoch.

»Nun ja«, kommentierte Peer das Resultat.

»Ich weiß, ich weiß …«, fiel Michael dazwischen und steckte das Bild ein. »Und bei dir? Wie war die Pressekonferenz?«

»Wie soll die schon gewesen sein? Kennst ja Pisto.«

Boateng nickte. Auch er war wenig begeistert von dem unseriösen Journalisten, der nie ein gutes Wort über sie verlor.

»Komm, lass schauen, ob Carsten, Jens und Lutz was Neues haben, sonst machen wir Feierabend.«

»Feierabend?« Fritsche war hinter sie getreten und blickte die beiden fragend an.

»Wir haben noch keine weiteren Ergebnisse und ohne die …«

»Ja, aber …« Gerhard Fritsche schnappte wie ein Fisch auf dem Trockenen nach Luft. Nielsen hatte wenig Mitleid mit dem älteren Mann, zu dem er einst ein sehr inniges Verhältnis gehabt hatte, aber seit dem Tod von dessen Frau Margot hatten sie sich immer weiter voneinander entfernt. Trotzdem sah er seinem Chef natürlich an, unter welch enormem Druck er stand. Vielleicht wäre es besser für ihn, in den Ruhestand zu gehen, überlegte Nielsen, obwohl er nicht scharf auf seinen Job war. Ihm reichte seine Aufgabe als Teamleiter, auch wenn man voraussichtlich ihn für dessen Posten vorschlagen würde, denn sein Team war eines mit der höchsten Aufklärungsrate. Wenngleich es momentan nicht danach aussah.

»Wir haben nichts; hast Pisto doch gehört. Wir müssen erst einmal die Ergebnisse der Spusi abwarten und auch den Obduktionsbericht. Außerdem sind mein Team und ich lange auf den Beinen – sehr lange.« Er ging mit Boateng ins Büro und ließ seinen Chef einfach stehen. »Und, habt ihr was?« Die drei Mitarbeiter blickten reichlich frustriert von ihren Bildschirmen auf.

»Wir haben erst einmal die Frauen rausgesucht und den Zeitraum auf 14 Tage eingegrenzt. In Hamburg gab es fünf Treffer, daher haben wir die Suche auf ganz Deutschland ausgeweitet, dann sind es über 60 Fälle«, stöhnte Carsten Hinrichs.

»Was?« Nielsen zog die Augenbrauen in die Höhe. So viele? Er wusste ja, dass es etliche Vermisstenanzeigen gab, aber mit solch einer Anzahl hatte er nicht gerechnet.

»Dann macht jetzt erst einmal Feierabend und wir warten den Obduktionsbericht ab. Vielleicht können die in der Rechtsmedizin Auskunft zum Alter geben.«

Jens, Lutz und Carsten nickten sich erleichtert zu. Peer ging in sein Büro und checkte erneut seine Mails, aber da nichts Interessantes eingegangen war, beschloss er ebenfalls, nach Hause zu gehen.

Auf dem Heimweg hielt er beim Supermarkt und kaufte ein paar Dinge ein. Sein Kühlschrank war so gut wie leer. Beinahe ein Dauerzustand. Er schlenderte durch die Gänge, aber der Fall und insbesondere die Bilder der verkohlten Frau ließen ihn nicht los. Er verspürte gar keinen Hunger und legte deswegen nur ein wenig Gemüse für Fritz, seinen Leguan, in den Einkaufswagen und dazu Kaffee und ein Stück Käse, falls er noch Appetit bekam.

Beim Bäcker direkt im Supermarkt kaufte er Brötchen und wollte dann zurück zum Wagen, als er am Eingang mit einer Dame zusammenstieß. »Oh, entschuldigen Sie«, bemerkte er, nachdem sie beide einen Schritt zurück gemacht hatten.

»Das macht nichts, das war ein Zeichen.« Sie lächelte ihn an. Erst jetzt fielen ihm die recht konservative Kleidung der jungen Frau und die Zeitschrift in ihrer Hand auf.

»Ich glaube nicht«, antwortete er rasch, nickte ihr noch einmal zu und eilte weiter. Auf ein Gespräch über Gott konnte er gut verzichten. Er hatte nichts mit Religion am Hut und fragte sich, was die Frau dazu bewegte, sich derart für ihren Glauben zu engagieren. Was veranlasste einen überhaupt dazu, andere missionieren zu wollen? Da musste man schon sehr überzeugt von seinem Glauben und seiner Lebensweise sein. Wahrscheinlich war sie sogar absichtlich in ihn reingelaufen. Verärgert verstaute er seine Einkäufe im Kofferraum und machte sich auf den Heimweg.

Am nächsten Morgen sah die Welt zwar anders, aber nicht unbedingt besser aus. Der Obduktionsbericht lag ihnen mittlerweile vor. Demzufolge handelte es sich bei der Leiche um eine circa 30- bis 40-jährige Frau mit gesunder solider Lebensweise. Die Blutuntersuchung hatte jedoch erbracht, dass die Frau wahrscheinlich betäubt gewesen war.

»Wenigstens etwas«, rutschte es Peer beim Lesen der Zeilen heraus. Die Vorstellung, die Frau habe ihre Entzündung bei vollem Bewusstsein miterlebt, war noch grausamer zu ertragen, als der Fall an sich schon war.

»Carsten und Lutz, ihr könnt damit die Anzeigen weiter eingrenzen und dann, wenn wir die Kieferaufnahmen haben, euch an die jeweiligen Angehörigen beziehungsweise den Zahnarzt wenden. Vielleicht haben wir Glück und finden über diesen Weg die Identität der Toten heraus. Jens übernimmt das Telefon, eventuell unterstützen noch Kollegen aus dem anderen Team, denn nach dem Aufruf in der Zeitung wird es wahrscheinlich Anrufe geben.«

»Alles klar«, entgegnete Jens Schnitter.

»Michael und ich schauen uns noch einmal am Tatort um und befragen ein paar Leute am Strand. Hundebesitzer und so. Vielleicht ist einem etwas aufgefallen, der regelmäßig an den Strand kommt, aber nicht in Blankenese wohnt.«

Die anderen waren es zwar gewohnt, dass Nielsen stets Michael vorzog, dennoch wirkten sie enttäuscht, was

Peer bewusst überging. Was sollte er machen? Bei solchen Arbeiten war Boateng nun einmal sein bester Mann. Außerdem verstand er sich mit dem Hamburger mit afrikanischen Wurzeln auch privat sehr gut. Sie hatten gleiche Interessen, wie das Laufen, was sie ab und zu gemeinsam im Volkspark, Peers Laufrevier, gemeinsam taten. Wenig später machte er sich mit Boateng zusammen auf den Weg zur Elbe.

»Fritsche bekommt gut Druck diesmal, oder?«, erkundigte Boateng sich, während er den Wagen durch den dichten Verkehr lenkte. Auch heute lagen wieder unzählige Baustellen auf ihrem Weg und verhinderten so ein schnelles Vorankommen. Peer war das ganz recht, er hatte es nicht eilig. Im Grunde fand er es angenehm, dem Büro und vor allem seinem Chef zu entkommen, der ihn heute Morgen bereits erwartungsvoll begrüßt hatte.

»Ja, ich meine, der Innensenator hat sich eingeschaltet, da geht dem schon ordentlich die Düse.«

»Aber besser macht es die Ermittlungen nicht, und überhaupt: Wieso mischt der Innensenator sich ein, nur weil sich da ein paar Anwohner beschwert haben?«, fragte Boateng.

»Na, es sind halt nicht irgendwelche Anwohner, sondern eben die örtliche Prominenz.« Blankenese war ein Stadtteil, in dem alteingesessene und durchaus einflussreiche Familien saßen. Auch wenn die Polizei eigentlich unabhängig agieren sollte und jeden Fall gleich zu behandeln hatte, war das oft reine Utopie. Er seufzte, als sie die Blankeneser Hauptstraße hinunterfuhren und der Elbstrand sich vor ihnen auftat. Heute war das Wetter im Gegensatz zu gestern wesentlich klarer. Mit etwas Glück würde sich vielleicht sogar die Sonne blicken lassen.

»Auch keine schlechte Laufstrecke«, kommentierte Nielsen die Gegend, als er einen Jogger vorbeikommen sah. »Sollten wir vielleicht auch einmal ausprobieren.«

»Ich glaube, man kann bis nach Wedel und weiter laufen«, sagte Boateng, der Langstrecken bevorzugte.

Sie zogen ihre Jacken an und gingen hinunter zum Strand, zunächst zu der Brandstelle, an der die Überreste des Absperrbandes flatterten. Die Spurensicherung hatte mittlerweile Dr. Chouis Annahme in Bezug auf den Brandbeschleuniger bestätigt, ebenso hatten sie in den Brandrückständen Pflanzenreste gefunden, die auf frische Blumen hinwiesen.

»Könnte also eine Art Ritualmord gewesen sein«, bemerkte Boateng.

»Oder der Täter hat einfach nur alles zusammengerafft, was sich auf die Schnelle finden ließ.« Nielsen blickte sich um. »Dürfte ohnehin nicht so leicht gewesen sein, genügend brennbares Material zu finden. Denn selbst wenn hier einiges an Strandgut herumliegt, das ist ja alles feucht.«

»Vielleicht hatte er aber auch vorher irgendwo sein Brennmaterial deponiert. Am besten, wir befragen mal die Strandbesucher, schau, da kommt gerade eine Frau mit ihrem Hund.«

7. KAPITEL

»Ich glaube, ich habe hier was.« Carsten Hinrichs deutete auf den Bildschirm seines Computers. »Sylvia Bäumer, 36 Jahre alt, vor zwei Tagen in Wandsbek verschwunden.«

»Wer hat die vermisst gemeldet?«, erkundigte sich Jens Schnitter.

Carsten las die Anzeige durch. »Der Ehemann.«

»Könnte passen, aber wenn du den jetzt kontaktierst, sollten wir vorher überlegen, wie wir das angehen. Immerhin könnte er auch etwas mit dem Verschwinden zu tun haben und die Anzeige zur Tarnung selbst aufgegeben haben. Aus welchem Grund haben die Kollegen die Angaben aufgenommen?«

»Frau Bäumer leidet seit Jahren unter Depressionen und nimmt Medikamente. Ihr Mann hat angegeben, sie sei stark suizidgefährdet, besonders bei dieser Witterung.«

»Beinahe verständlich«, kommentierte Jens die letzte Anmerkung. Die graue Jahreszeit in der Hansestadt konnte einem schon aufs Gemüt schlagen.

»Ein Leben mit einer depressiven Frau ist bestimmt nicht einfach«, mutmaßte Carsten Hinrichs, »also da sollten wir uns vor dem Gespräch gut vorbereiten.«

»Ich rufe erst einmal in der Rechtsmedizin an, vielleicht haben die die Aufnahmen schon fertig. Das würde einiges erleichtern«, schob Jens Schnitter die unangenehme Aufgabe ein wenig auf.

»Na, was willst du mir noch erzählen?« Dr. Choui beugte sich über den Leichnam und ließ seinen Blick über die verbrannte Haut gleiten. Die Spuren der Obduktion waren deutlich sichtbar, aber er suchte genau genommen nach etwas, das selbst auf den zweiten oder dritten Blick nicht direkt ins Auge stach.

Zwar hatte er mittlerweile eine Menge über die tote Frau herausgefunden, aber es reichte nicht, um ihren Tod gänzlich aufzuklären. Die Ursache hatte er natürlich ermitteln können, nicht aber, was wirklich vorgefallen war. Gut, eigentlich war das nicht seine Aufgabe, ebenso wenig wie das Säubern des Gebisses und der Kieferknochen, die sie zum Zahnabgleich röntgen mussten. Die Leiche an sich war geröntgt, aber für einen Zahnabgleich brauchten sie eine detaillierte Aufnahme vom Kiefer sowie dem Gebiss und dafür mussten Zähne und Knochen sorgfältig von den Brandrückständen gereinigt werden. Bei der Reinigung musste man sehr vorsichtig sein, um nicht irgendwelche Plomben oder gar Zahnersatz zu beschädigen, denn ansonsten brachte solch ein Abgleich wenig.

Während er mit einer kleinen Bürste den Kiefer von den Rückstanden befreite, bemerkte er bereits, dass die Frau wenig Zahnprobleme gehabt haben musste, denn ihm fielen weder ein Zahnersatz noch auffällig viele Füllungen auf. Ein weiteres Indiz dafür, dass die Frau nicht besonders alt gewesen war, auch wenn er schon eine Menge junger Leute vor sich auf dem Tisch liegen hatte, in deren Mund mehrere falsche Zähne steckten. Er fragte sich, wie die

Polizei wohl einen möglichen Hinweis bekommen wollte, wer die Tote war, um die Identität letztendlich durch den Zahnabgleich zu bestätigen. Nielsen hatte etwas von Vermisstenanzeigen erwähnt, aber was, wenn sich da keine passende Anzeige fand? Dann würde es schlecht aussehen, die Identität der Toten herauszubekommen, mutmaßte er.

Vertieft in seine Arbeit hörte er zunächst sein mobiles Telefon nicht. Erst als sich einer der Kollegen räusperte, der am Tisch nebenan Sehnen einer Spenderleiche präparierte, wurde er aufmerksam darauf.

»Rechtsmedizin Dr. Choui?« Es war das Präsidium, sie hatten einen möglichen Match. »Ja, aber ich brauche noch ein wenig Zeit; habe gerade erst den Oberkiefer fertig.« Er verstand, dass die Aufnahmen nun besonders wichtig waren, denn die Kommissare hatten vielleicht eine passende Vermisste aufgetan. Der Abdruck würde Klarheit bringen, ob sie richtiglagen. »Ja, ich melde mich, sobald ich Ihnen die Aufnahmen schicken kann.«

»Entschuldigen Sie bitte, gehen Sie hier öfters spazieren?«

Die angesprochene Frau wirkte misstrauisch und musterte Peer und Boateng. Wahrscheinlich denkt die, wir wollen die anmachen, überlegte Nielsen, dabei war die Frau überhaupt nicht sein Typ. Boateng war ohnehin verheiratet und hatte nur Augen für seine Frau. Manchmal beneidete er seinen Kollegen. Wie gerne hätte er auch eine Partnerin an seiner Seite. Doch aufgrund seines Jobs war es nicht unbedingt einfach, eine Frau zu finden. Vor einiger Zeit hatte er ein Verhältnis mit seiner Nachbarin gehabt, wobei Verhältnis übertrieben war. Sie mochten sich und hatten ein paar nette Tage zusammen verbracht. Doch auf einmal war Miriam verschwunden. Er kannte den Grund, der nichts mit ihm zu tun hatte, dennoch stimmte ihn das traurig. Seitdem hatte er keine Frau mehr angesprochen.

»Schon«, gab nun die Hundebesitzerin Auskunft.

»Ah gut.« Boateng zückte sein Merkbuch, was die Frau mit einem verwunderten Blick quittierte.

»Wir sind von der Polizei«, erklärte Peer daher. »Sie haben vielleicht von dem gestrigen Brand hier am Strand gehört?«

»Natürlich, wer nicht. Stand ja groß in der Zeitung.«

Nielsen schluckte und fragte sich, welche Zeitung die Frau wohl gelesen haben mochte. Hoffentlich nicht die von Pistos Arbeitgeber, denn der hatte wie erwartet wirklich kein gutes Haar an der Hamburger Polizei gelassen und sogar zusätzlich ein paar Anwohner aufgewiegelt, die er zu dem Brand interviewt hatte.

»Ja, wir sind auf der Suche nach Augenzeugen und vielleicht ist Ihnen in den letzten Tagen etwas aufgefallen, hier am Strand?«

»Eine Anwohnerin hat ausgesagt, dass sie in den letzten Tagen einen Mann hier gesehen hat«, fügte Michael an, musste aber sofort an das wenig hilfreiche Phantombild denken.

»Einen Mann?«

Michael nickte.

»Hier laufen jede Menge Leute rum. Also mir ist nichts aufgefallen.«

»Also niemand, der sonst nicht um diese Zeit hier herumspaziert?« Peer wusste von seinen Laufaktivitäten, dass man oftmals denselben Leuten begegnete, wenn man regelmäßig zur gleichen Uhrzeit lief.

»So wie Sie?« Die Frau blickte sie mit großen Augen an.

»Ja, zum Beispiel. Vielleicht gab es sogar jemanden, der Treibgut gesammelt hat?«

»Treibgut?«

Nun schien die Hundebesitzerin zu überlegen, schüttelte jedoch den Kopf. »Nein, tut mir leid, da ist mir nichts aufgefallen.«

Peer stöhnte innerlich auf. Es wartete noch ein hartes Stück Arbeit auf sie, falls seine anderen Mitarbeiter nicht einen Erfolg verbuchen konnten. Er hoffte, dass ein Abgleich des Gebisses mit einer der Vermissten übereinstimmte. Dann hätten sie einen Ansatz für weitere Ermittlungen.

8. KAPITEL

»Willst du Peer nicht lieber vorher anrufen?« Jens Schnitter schaute zu Carsten Hinrichs, der bereits den Telefonhörer in der Hand hatte und die Nummer aus der Vermisstenanzeige wählen wollte.

»Wieso?«

»Vielleicht hat er noch einen Tipp, wie wir den Ehemann am besten befragen können.«

Carsten, der fürchtete, sein Chef würde die Aktion dann eher wieder an sich reißen, schüttelte den Kopf und tippte vehement die Telefonnummer. Nur ein paar Augenblicke später wurde das Gespräch angenommen.

»Bäumer?«

»Herr Bäumer, hier ist die Polizei, Carsten …«

»Haben Sie sie gefunden?«, fiel der Ehemann der Vermissten augenblicklich dazwischen.

»Nein, nun ja, also … wir sind uns nicht ganz sicher.«

»Wie können Sie sich nicht ganz sicher sein? Ich habe doch alle Angaben genauestens gemacht und ein aktuelles Foto haben Sie auch.«

»Schon, das stimmt, aber …«

»Oh Gott, sie hat sich umgebracht und ist furchtbar entstellt?«

Carsten blickte Jens stirnrunzelnd an. Er hatte den Apparat auf laut gestellt und fragte sich gerade, ob diese eilige Schlussfolgerung nicht ein Hinweis darauf sein konnte, dass Herr Bäumer selbst etwas mit dem Verschwinden oder womöglich mit der Leiche am Elbstrand zu tun hatte.

Jens zuckte mit den Schultern, woraufhin Carsten zu schwitzen begann und überlegte, ob es nicht doch besser gewesen wäre, auf Nielsens Rückkehr zu warten. Wenn er das Telefonat vermasselte, würde es Ärger geben.

»Wir überprüfen da gerade eine …«, Carsten räusperte sich, »Möglichkeit und bräuchten den Namen und die Adresse des Zahnarztes Ihrer Frau.«

»Zahnarzt, aber wieso …?« Herr Bäumer stockte. »Sie wollen Röntgenaufnahmen zum Abgleich, aber ich kann sie doch identifizieren.«

»Das ist nicht möglich«, entgegnete Carsten. »Können Sie mir bitte den Namen des Zahnarztes sagen?«

Herr Bäumer nannte ihm einen Arzt in Bahrenfeld.

»Hat das etwa etwas mit dem Brand in Blankenese zu tun? War das …« Herr Bäumer brach ab.

»Ich kann Ihnen leider nicht mehr sagen. Wir melden uns wieder bei Ihnen.«

Keiner der Passanten hatte in den letzten Tagen etwas Verdächtiges beobachtet oder gesehen. Heute und auf diesem Weg kamen sie nicht weiter, dabei brauchten sie dringend Ergebnisse, um in dem Fall weiterzukommen. Denn sobald sie im Präsidium zurück waren, würde Fritsche fragen, ob es etwas Neues gab. Klar, wenn er Druck von oben bekam, gab er den nach unten weiter, dachte Nielsen. Wäre der Elbstrand nur videoüberwacht, dann hätten wir Material, das uns helfen würde.

»Meinst du, hier gibt es irgendwo eine Kamera?«

»Hier?« Boateng schaute ihn mit solch großen Augen an, dass ihm sofort klar war, er hätte die Frage nicht zu stellen brauchen.

»War nur so eine Idee«, ruderte er deshalb auch gleich zurück.

»Du weißt doch, wie allergisch die Leute, vor allem die Datenschützer, darauf reagieren.«

»Es würde uns so manches Mal die Arbeit erleichtern«, merkte Peer an.

»Schon, aber möchtest du überall gefilmt werden? Ich meine hier …« Boateng wies auf den Strand.

»Nee, hast ja recht. Ist vielleicht nicht so angebracht.«

»Außerdem hätten die Anwohner ohnehin nicht zugestimmt.«

»Wer weiß, wenn man an die Brände denkt«, warf Nielsen ein.

»Glaubst du denn, da gibt es einen Zusammenhang?«

Peer zuckte mit den Schultern. Momentan wusste er gar nicht recht, was er glauben, geschweige als Nächstes tun sollte. Wo sollten sie weiter ansetzen, wie die Identität der Toten herausfinden? Er seufzte laut, als sie den Wagen erreicht hatten und einstiegen.

»Alles okay?« Michael Boateng warf Nielsen einen fragenden Blick zu.

»Was soll okay sein?«

Endlich waren die Aufnahmen vom Kiefer der Toten da. Carsten wählte gerade die Nummer des Bahrenfelder Zahnarztes, als Boateng und Nielsen das Büro betraten. Augenblicklich ließ er das Telefon sinken.

»Und, habt ihr was rausfinden können?«, erkundigte Jens sich als Erster.

»Nee, da hat keiner etwas gesehen«, seufzte Peer.

»Waas?«, hörten sie in diesem Moment die Stimme von Gerhard Fritsche. »Sagt mir nicht, ihr habt nix.« Der Vorgesetzte stierte von einem zum anderen und Nielsen fragte sich, ob es nur der Druck, den der Innensenator machte, war, der seinen Chef so aufbrachte. Sonst ließ Fritsche sich eigentlich nicht so schnell aus der Ruhe bringen. Vielleicht lag es aber auch am Alter, eventuell hatte er den Stress in jüngeren Jahren einfach besser vertragen.

»Ganz ohne Hinweise stehen wir nicht da«, versuchte Carsten Hinrichs die Situation zu retten. Peer zog unbewusst die Stirn kraus. »Gerade wollte ich einen Zahnarzt kontaktieren. Dr. Choui hat die Röntgenaufnahmen geschickt und wir haben in den Vermisstenanzeigen einen möglichen Match gefunden.«

»Was?«, entfuhr es diesmal Nielsen.

»Ja. Ich habe bereits mit dem Ehemann gesprochen.«

Nielsens Miene verfinsterte sich weiter. »Und warum hast du mich nicht vorher informiert?«

»Ich habe es versucht, konnte euch aber nicht erreichen.« Beinahe gleichzeitig blickten Boateng und Nielsen auf ihre Handys.

»Ist doch jetzt egal«, fuhr Fritsche dazwischen. »Fakt ist, wir haben eine Spur, also sofort weitermachen.«

Mit leicht entspannter Haltung verließ der Vorgesetzte das Büro, während Nielsen noch immer auf seinen Mitarbeiter blickte. Gut, er wusste selbst, dass er kein Teamplayer war, und anscheinend hatten seine Mitarbeiter sich das bei ihm abgeschaut.

»Ja, was ist los, dann ruf den Zahnarzt mal an«, blaffte Nielsen.

Carsten errötete leicht, griff dann wieder zum Telefon. Wenig später hatte er den Zahnarzt am Apparat und erklärte sein Anliegen.

»Könnten Sie uns dann bitte sofort informieren, wenn Sie den Abgleich vorgenommen haben? Wir warten.« Carsten legte auf.

In der Zwischenzeit erkundigte sich Nielsen bei den anderen Mitarbeitern, ob sich aufgrund der Zeitungsartikel jemand gemeldet hatte.

»Ach, gleich nachdem ihr weg wart, war hier die Hölle los, aber bisher alles entweder Neugierige oder Leute, die uns beschimpfen wollten.«

Peer spürte, wie der Ärger über Pistos Artikel noch einmal in ihm aufkeimte, und holte tief Luft.

»Letztendlich gibt es nur zwei Hinweise, denen wir nachgehen können«, fasste Lutz Bielenberg die Anrufe zusammen.

»Was genau?«

»Zum einen hat sich der Concierge des Strandhotels in Blankenese gemeldet. Er hätte da eventuell etwas beobachtet, und eine Verkäuferin eines Gemischtwarenladens meinte, sie hätte letzte Woche eine größere Menge Spiritus an einen Kunden verkauft, und das sei doch ungewöhnlich, weil überhaupt keine Grillsaison sei.«

»Das stimmt. Die Verkäuferin sollten wir uns zuerst vornehmen.« Nielsens Blick wanderte zu Boateng, der daraufhin nickte.

»Wo liegt denn der Laden? Vielleicht lässt sich das gleich

mit dem Strandhotel verbinden?« Peer hatte wenig Lust, noch einmal nach Blankenese rauszufahren.

»In Wandsbek«, entgegnete Carsten.

»Oh, ja dann okay.« Peer überlegte, wie er die Aufgaben aufteilen sollte. Wie immer hätte er die Arbeit gern selbst erledigt, aber beides war für ihn und Boateng heute nicht mehr machbar, es sei denn, sie teilten sich auf. Er sah in die erwartungsvollen Gesichter seiner Mitarbeiter. »Also zwei Mann müssen hierbleiben, um die Anrufe entgegenzunehmen«, bestimmte Peer und wunderte sich, dass Michael sofort die Hand hob. Und auch Carsten wollte hier im Revier bleiben.

»Gut, dann übernehme ich den Laden in Wandsbek. Jens und Lutz, ihr könnt nach Blankenese fahren und das Strandhotel abklären.« Die beiden strahlten.

»Geht klar, Chef.«

9. KAPITEL

Auf dem Weg nach Wandsbek fragte Nielsen sich, warum Michael im Büro bleiben wollte. Hatte er am Abend etwas vor und wollte rechtzeitig Feierabend machen? Das hätte er ihm sagen können, dann hätte Peer ihn entsprechend irgendwo in der Stadt abgesetzt. Vielleicht aber hatte Michael erkannt, dass es um das Team nicht gerade zum Besten stand und er stets von Peer bevorzugt wurde. Nielsen wusste ja, dass er auch die anderen Mitarbeiter stärker einbinden musste, aber es fiel ihm schwer, denn auf Michael konnte er sich hundertprozentig verlassen. Außerdem schwammen sie auf einer Wellenlänge, was er von den anderen in seinem Team nicht unbedingt behaupten konnte.

Dennoch musste er die anderen mehr involvieren, ansonsten würde es wieder einmal Ärger geben.

Er parkte in der Nähe der S-Bahn-Haltestelle und blickte sich um. Hier in dem Viertel gab es noch ein paar kleine private Label, ansonsten beherrschten die großen Ketten Hamburgs Einkaufsstraßen, so, wie in anderen Orten auch.

Der kleine Laden fügte sich in die Häuserzeile ein und bot in dem Schaufenster ein buntes Sammelsurium an verschiedenen Haushaltswaren und anderen Wohnutensilien, die Peer in der Regel als Nippes bezeichnete. Er betrat das Geschäft und eine Glocke, die an der Tür angebracht worden war, kündigte seinen Besuch an. Im Laden war es leicht schummrig, und außer ihm schien sich kein Kunde darin aufzuhalten. Gegenüber dem Eingang räumte eine Verkäuferin etwas in ein Regal, es waren kleine Tonfiguren. Nielsen hielt sie jedenfalls für eine Angestellte, da sie keine Jacke trug, was bei dieser Witterung unbedingt notwendig war. Die junge Frau hatte ihm den Rücken zugewandt, aber Nielsen stockte der Atem, als er die zierliche Gestalt erblickte. »Miri?«

Die Verkäuferin drehte sich zu ihm um und sofort erfüllte ihn ein Gefühl tiefster Enttäuschung. »Entschuldigung«, murmelte er, »ich habe Sie verwechselt.«

Die Frau lächelte ihn an. »Macht nichts, was kann ich für Sie tun?« Mit auffallend blauen Augen strahlte sie ihn an.

»Sie haben sich heute Morgen bei meinem Kollegen gemeldet. Ich bin von der Polizei.«

Im Gegensatz zu sonstigen Reaktionen auf das Nennen seiner Berufsbezeichnung blieb der Ausdruck in ihrem Gesicht ausnehmend freundlich. »Stimmt, wegen dem Typen, der hier neulich zwei Kisten Ethanol gekauft hat.«

Er nickte und trat auf den kleinen Verkaufstresen zu.

»Kam mir komisch vor«, fuhr sie fort, »denn um diese Jahreszeit ist die Grillsaison längst vorbei. Und auf meine Frage, was er mit dem ganzen Zeug wolle, hat er so komisch rumgedruckst.«

»Wie sah der Mann denn aus?«, wollte Nielsen wissen.

»Ach, irgendwie gewöhnlich.«

»Gewöhnlich?«

»Ja.« Sie lachte. »Nichts Besonderes halt. Also wenn Sie glauben, ich könnte den jetzt näher beschreiben … tut mir leid.«

»Schade. Demnach war der Mann zum ersten Mal in Ihrem Laden.«

»Ja, ich erinnere mich zumindest nicht an ihn.«

»Wissen Sie sonst noch etwas, das uns weiterhelfen könnte?«

»Ich habe mir den Namen notiert. Der hat nämlich mit Karte gezahlt und da es in der letzten Zeit öfter mal Probleme mit nicht eingelösten Zahlungen gab, schreibe ich mir immer Namen und Adresse auf.«

Hm, überlegte Peer, wenn der Täter hier wirklich das Ethanol gekauft hatte, dann würde er vermutlich kaum die richtigen Daten angegeben haben.

»Ich lass mir immer die Ausweise zeigen«, erklärte die junge Verkäuferin jedoch sogleich und bewies einmal mehr, dass sie nicht auf den Kopf gefallen war. »Warten Sie, ich habe den Beleg schon rausgesucht.« Sie bückte sich leicht, und Nielsens Blick fiel dabei auf ihren Nacken, in dem sich dünne Härchen kräuselten, die sich aus ihrem Pferdeschwanz gelöst hatten. Wieder wanderten seine Gedanken zu Miriam und er spürte, wie sehr er sie vermisste.

»So, hier ist der Zettel.« Sie reichte ihm einen kleinen Notizblock, auf dem in gut leserlichen Buchstaben Name und Adresse des Kunden notiert waren:

Martin Borchert, Diedenhofer Str. 13c, Hamburg.

»Danke«, entgegnete er, riss den Zettel ab und steckte ihn in die Jackentasche.

»Halt, warten Sie!« Die Verkäuferin lächelte ihn an. »Ich

schreibe Ihnen noch meine Handynummer auf, falls es noch Fragen gibt.«

Er reichte ihr das Notizblatt zurück und sie malte förmlich die Zahlen auf die Rückseite. Zusätzlich schrieb sie ihren Namen dazu.

»Gut, also Frau …«, er blickte auf das Blatt, dort war lediglich der Vorname der Frau verzeichnet.

»Louanna und falls Sie mal einen Kaffee trinken möchten …« Sie zwinkerte ihm zu.

Weniger erfolgreich lief es für Lutz und Jens. Die beiden hatten sich durch den dichten Verkehr nach Blankenese gekämpft und sehnten sich beinahe zurück an den Schreibtisch.

»Man, so viele Idioten auf der Straße«, motzte Lutz Bielenberg, als sie endlich unten im Strandweg parkten und ausstiegen.

Das Strandhotel ragte gleich zur Linken herrschaftlich empor und sie betraten das Gebäude durch den Haupteingang. Drinnen war wenig los um diese Jahreszeit, daher fielen sie einem Angestellten, der die Blumen goss, auch sofort auf.

»Kann ich Ihnen helfen?«

»Herr Petersen?«, erkundigte sich Jens. Der Mann nickte. »Wir haben vorhin miteinander telefoniert, Jens Schnitter von der Polizei Hamburg.«

»Stimmt«, bestätigte der Mann und stellte die Gießkanne auf eine der Fensterbänke.

»Wir kommen wegen Ihres Hinweises und würden gerne noch einmal hören, was Sie genau beobachtet haben.«

»Also.« Er machte eine längere Pause und blickte sich um. »Da hat vor zwei Tagen so ein Typ bei uns eingecheckt, der kam mir seltsam vor.«

»Inwiefern?«

»Er wirkte auf mich recht angespannt.«

»Das allein ist aber noch kein Beweis, dass er etwas mit dem Brand zu tun haben könnte, oder?« Jens hoffte eher, als er ahnte, dass da mehr gewesen war.

»Ich weiß. Aber der hatte so zwei Kisten dabei. Ich habe ihn gefragt, ob er Hilfe bräuchte mit dem Gepäck, aber er hat verneint.«

»Haben Sie denn eine Ahnung, was da drin war?«

»Hat komisch gegluckert, als er damit aufs Zimmer ist.«

Jens und Lutz schauten sich an und konnten im Gesicht des anderen erkennen, dass sie das Gleiche dachten. Das könnte ein Hinweis auf das Ethanol sein, aber wieso sollte der Typ das mit aufs Zimmer geschleppt haben, wenn er eh vorhatte, das am Strand zu benutzen?

»Nun gut«, entgegnete Lutz und versuchte seine Bedenken zur Seite zu schieben. Man steckte schließlich in den Tätern nicht drin und viele waren dümmer, als man glaubte. Unweigerlich musste er an einen Fall von seinen Kollegen denken, bei dem ein Bankräuber mit einer Plastiktüte über dem Kopf in die Filiale gerannt war und dann nach wenigen Minuten keine Luft mehr bekommen hatte, weil er nur zwei Löcher für die Augen reingeschnitten hatte. Sie hatten sich vor Lachen gekugelt, als sie das Video der Überwachungskamera gesehen hatten.

»Vielleicht können Sie uns den Namen und die Adresse des Gastes geben?«

»Natürlich, kommen Sie.«

10. KAPITEL

Peer hatte leicht verwundert den Laden verlassen und sich dabei mehrmals umgedreht. War das gerade eine Anmache?, fragte er sich, oder wollte Louanna ihn verarschen? Er konnte sich gut vorstellen, mit ihr einen Kaffee zu trinken, aber das war unprofessionell. Er hatte bereits einmal den Fehler gemacht und mit einer Angehörigen in einem Mordfall geschlafen. So gut es ging verdrängte er diese Affäre aus seinem Leben, denn die Frau hatte ihn nicht nur enttäuscht, sondern sogar gelinkt. Wie sich später herausstellte, war sie in das Verbrechen verwickelt gewesen, das er damals aufzuklären hatte. Noch einmal würde er solch einen Fehler nicht machen.

Er gab die Adresse von Martin Borchert in sein Navi ein und stellte fest, dass die Anschrift nicht weit entfernt in Dulsberg lag. Gut, dann statte ich dem Herrn Borchert gleich mal einen Besuch ab, beschloss Nielsen nach einem flüchtigen Blick auf die Uhr. Mit etwas Glück hatte der bereits Feierabend und war zu Hause anzutreffen.

In 15 Minuten hatte er die Adresse erreicht. Das Mehrfamilienhaus wirkte leicht heruntergekommen. Nielsen war selten in diesem Stadtteil und hätte nicht gedacht, dass sich auch hier die Parkplatzsuche derart kompliziert gestalten würde. Viermal musste er an dem Haus vorbeifahren, bis schließlich eine Lücke frei wurde. Er stieg aus und ging mit schnellen Schritten auf die Haustür zu. Borcherts Name las er auf einem Klingelschild. Wenn hier wirklich der Täter wohnte, wäre das ein großer Zufall, den er gern in Kauf nahm. Auch wenn Peer sich das nicht vorstellen konnte. Er hätte das Ethanol im Internet gekauft.

Er drückte den Klingelknopf und kurz darauf summte der Türöffner. Peer stieß die Tür auf und betrat den dunklen Hausflur. Er benötigte einen Moment, bis sich seine Augen an die Dunkelheit gewöhnt hatten und er den Lichtschalter fand, der sich etwas weiter im Flur neben einer Armada von Briefkästen befand. Er schlängelte sich an mehreren Kinderwagen vorbei und langte nach dem Schalter. Augenblicklich surrte die Flurlampe über ihm, doch der Lichtstrahl passte nicht zu dem enormen Geräusch, das eher eine Flutlichtanlage vermuten ließ als diese Funzel über ihm, die kaum für Helligkeit sorgte. Er stieg die Stufen hinauf, vermied dabei das Geländer anzufassen, das klebrig und dreckig wirkte. Wahrscheinlich hatten Trilliarden von Kindern ihre Eis- und Bonbonfinger beim Treppauf- und Treppablaufen daran entlanggeschmiert. Im zweiten Stock war eine Tür nur angelehnt. Wie es aussah, hatte Herr Borchert, wenn auch nicht ihn, jemanden erwartet.

Peer klopfte an den Türrahmen. »Hallo?«

Aus einer Tür im Flur reckte sich ihm ein Kopf entgegen. Martin Borchert wirkte übernächtigt. Seine schwarzen Locken standen in alle Himmelsrichtungen, und unter den Augen zeichneten sich dunkle Ringe ab. »Ja bitte?«, fragte er mit matter Stimme.

»Peer Nielsen, Polizei Hamburg.«

Wenn Martin Borchert sein Erscheinen erschreckte,

konnte er es gut hinter seiner müden Fassade verstecken. Jedenfalls veränderte sich die Miene des Angesprochenen nicht, wie Peer feststellte.

»Hat Frau Lüdtke sich wieder beschwert, die alte Schreckschraube?«

»Frau Lüdtke, wer?«

»Na die Alte von oben drüber?« Martin Borchert rollte die Augen himmelwärts.

»Nein, also nee.«

»Was wollen Sie dann von mir?«

»Sie haben vor ein paar Tagen etliche Flaschen Brennspiritus gekauft.«

»Ja, wieso? Ist das neuerdings verboten?«

»Nee, verboten nicht, aber durchaus auffällig.«

»Ich grille viel, deswegen beschwert sich die Lüdtke ja auch ständig.«

Das klang plausibel, fand Peer und musterte den jungen Mann. Außerdem stellte er nun fest, dass es in der Wohnung leicht nach Gegrilltem roch, was das Argument zu bestätigen schien.

»Trotzdem, man braucht ja nicht so viel Spiritus, oder?«, hakte Peer noch einmal nach.

»Das war ein Sonderangebot, da habe ich gleich mal zugegriffen.«

Warum hatte die nette Verkäuferin das nicht gesagt?, fragte sich Peer. Ob das der Wahrheit entsprach, oder Borchert sich das gerade ausgedacht hatte?

»Gut, dann haben Sie wohl nichts dagegen, wenn ich mir die Restbestände anschaue?«

Martin Borchert kniff die Augen zusammen. »Muss das sein?«

Peer witterte sofort einen Verdacht, wahrscheinlich hatte der Mann die Flaschen nicht mehr. »Ja, das muss sein«, entgegnete er mit kräftiger Stimme.

»Oh Mann, hätte ich das gewusst.« Martin Borchert griff nach einem Schlüsselbund auf dem Sideboard im Flur. »Na gut, dann kommen Sie.«

»Okay, der Typ wohnt in Hannover, da müsste dann einer von uns hin«, stellte Lutz Bielenberg fest, nachdem der Angestellte aus dem Strandhotel ihnen die Daten des verdächtigen Gastes gegeben hatte.

»Da sollten wir erst einmal mit Peer sprechen«, sagte Jens. »Wir wissen ja nicht, ob es eine Verbindung zum Opfer gibt.«

»Noch wissen wir nicht einmal genau, wer die Tote ist. Wenn es wirklich Frau Bäumer ist, dann ist der Mann nach wie vor verdächtig, und es ist fraglich, was der Gast aus dem Hotel mit dem Fall zu tun gehabt haben soll, außer dass er ein paar Kisten in sein Zimmer geschleppt hat. Vielleicht ist er Handelsvertreter und da waren wertvolle Muster oder Ähnliches drin«, räumte Lutz ein.

»Du musst zugeben, dass das durchaus verdächtig ist. Also ich hätte in diesem Zusammenhang auch die Polizei verständigt.«

»Obwohl der Angestellte reichlich wichtigtuerisch tat, als er uns die Daten aufgeschrieben hat, oder?«, fiel Lutz Bielenberg scheinbar erst jetzt auf.

»Mag sein.«

Boateng war es bereits nach kurzer Zeit langweilig geworden. Wieso hatte er sich nur für den Telefondienst gemeldet? Bisher hatte es keinen einzigen Anrufer gegeben. Er hatte ein paar Mails sortiert und war noch einmal die Vermisstenanzeigen durchgegangen, auch wenn das nicht viel einbrachte, denn die verbrannte Leiche bot zu wenige Anhaltspunkte.

Wieso hatte der Täter den Körper angezündet? Dumm schien er nicht zu sein, denn so hatte er ziemlich viele Spuren zerstört. Ob das aber der Grund für den Brand gewesen war, bezweifelte Michael. Zwar gab es immer wieder Täter, die ihre Opfer zerstückelten oder anzündeten, um die Tat zu vertuschen, aber in diesem Fall sah es für ihn beinahe wie ein Ritualmord aus, zumal das Opfer noch lebte, als der Täter es angezündet hatte.

Er griff zum Telefonhörer und wählte die Nummer der Polizeipsychologin, vielleicht hatte die eine Idee. Doch bei der Kollegin meldete sich nur der Anrufbeantworter, dessen Ansage deutlich machte, dass die Frau aufgrund ihres Urlaubes in den nächsten Tagen nicht erreichbar war.

»Urlaub«, murmelte Boateng und fragte sich, wann er das letzte Mal ein paar Tage freigehabt hatte.

Schon oft hatte er seine Frau vertröstet, und demnächst musste ein längerer Urlaub drin sein, beschloss er. Andere nahmen sich das schließlich auch raus, wobei er wusste, dass auch Nielsen schon lange keinen Urlaub gehabt hatte. Die Personalsituation war nicht die beste bei der Hamburger Polizei. Er überlegte, wen er ansonsten fragen konnte, und ihm fiel der Rechtsmediziner ein.

Dr. Choui meldete sich nach dem dritten Läuten. »Und haben Sie schon einen Match?«, erkundigte sich der Mediziner zunächst.

»Wir warten noch auf die Rückmeldung des Zahnarztes«, gab Boateng Auskunft.

»Gut, also, was dann?« Michael konnte an der schnellen Sprechweise erkennen, dass der Mediziner keine Zeit hatte. Wahrscheinlich wartete bereits die nächste Leiche auf ihn.

»Ich habe eine kurze Frage, zu den möglichen Hintergründen der Tat. Warum hat der Täter die Leiche angezündet, was könnte dahinterstecken?«

»Da die Frau noch lebte, als sie entzündet wurde, würde ich auf einen Ritualmord tippen. Dass der Täter nicht wusste, dass sein Opfer noch lebt, schließe ich so gut wie aus.«

Also doch, sah Boateng seinen Verdacht bestätigt. War es denkbar, dass der Mann von der vermissten Frau Bäumer etwas damit zu tun hatte? Michael schilderte dem Rechtsmediziner seinen Verdacht.

»Das wäre durchaus denkbar. Aus seiner Sicht hätte er seine Frau dadurch eventuell erlöst, obwohl er sich ihrer im Prinzip ja nur entledigt hat, denn solche Taten sind immer durch die Belastung und das Empfinden des Täters motiviert. Es ist nur eine Frage, wann die jeweilige Grenze erreicht ist, die ein Mensch ertragen kann. Aber wieso fragen Sie nicht Ihre Psychologin, die kann Ihnen sicherlich professioneller Auskunft geben.«

»Die ist leider in Urlaub.«

»Oh wie schön.«

Nielsen stand vor der Eingangstür und dachte darüber nach, was er von Borchert und seinen Angaben halten sollte. Der Mann hatte ihm seine Spiritusvorräte im Keller gezeigt und behauptet, er sei Profigriller und nehme an Wettbewerben teil. Daher müsse er ständig in Übung bleiben und grille natürlich auch zu dieser Jahreszeit. Das klang alles sehr plausibel, hieß aber nicht automatisch, dass er nicht einen Teil seines Vorrates dazu benutzt hatte, um jemanden anzuzünden. Immerhin kannte er sich mit Feuer gut aus. Und ob eine größere Menge Spiritus fehlte, konnte man bei dem Bestand wirklich nicht beurteilen. Aber ob die Aussage mit dem Sonderangebot stimmte, konnte er zumindest überprüfen. Er fischte sein Handy aus der Hosentasche, das gerade in diesem Moment klingelte. Vor Schreck hätte Nielsen das Telefon beinahe fallen lassen, konnte es aber gerade noch auffangen. Er erkannte Boatengs Namen auf dem Display.

»Der Zahnarzt hat sich gemeldet.«

»Und?« Peer spürte plötzlich ein Rauschen im Ohr.

»Keine Übereinstimmung der Kiefer.«

»Mist«, entfuhr es Nielsen. Ihre einzige heiße Spur hatte sich damit in Luft aufgelöst.

Michael erzählte von dem Gespräch mit Dr. Choui. »Aber der Bäumer fällt jetzt eh raus, also damit auch der Ansatz, er habe seine Frau von ihren Depressionen befreien wollen«, schloss er jedoch seine Ausführungen.

»Trotzdem müssen wir den Mann informieren, denn der macht sich ja Gedanken.« Peer konnte sich gut vorstellen, dass man sich an jeden Strohhalm klammerte, wenn der Partner einfach spurlos verschwand.

»Okay, ich kümmere mich darum.«

»Gut, und dann mach Feierabend, morgen früh setzen wir uns alle zusammen und besprechen die weitere Vorgehensweise.«

»Alles klar, Chef.«

Nielsen wählte anschließend die Nummer von Louanna, um sich nach dem angeblichen Sonderangebot zu erkundigen.

»Oh, doch ein Kaffee?«, jauchzte sie geradezu, nachdem er sich gemeldet hatte.

»Also eigentlich …«, druckste Peer herum, »rufe ich wegen etwas anderem an.«

»Och …«

»Wieso haben Sie nichts von dem Sonderpreis des Spiritus gesagt?«

»Ach so, ja, aber deswegen kauft man trotzdem nicht einfach so sämtliche Bestände auf. Oder verbrauchen Sie so viel Anzünder?«

»Ich nicht, aber ein passionierter Grillmeister, der auch an Wettbewerben teilnimmt, schon.«

»Echt?«

»Haben Sie denn den Kunden nicht danach gefragt?«

Sie ist ja sonst nicht auf den Mund gefallen, wunderte sich Peer. Immerhin hatte sie ihn angemacht. Oder war Borchert nicht ihr Typ?

»Na, hören Sie mal, ich bin doch kein leichtes Mädchen, das jeden Kunden bezirzt.«

Unweigerlich musste Peer grinsen. Das hatte er zwar nicht behauptet, trotzdem reizte es ihn, in diese Kerbe zu schlagen, wenn sie ihm schon solch eine Vorlage bot. »Ach, Sie wollten keinen Kaffee mit mir trinken?«

»Um diese Uhrzeit ist wohl eher ein Bier angesagt.«

11. KAPITEL

Am nächsten Morgen fuhr Peer pfeifend ins Büro. Seine gute Laune rührte nicht nur daher, dass sich das Wetter heute mit Sonnenschein und nur leicht bewölktem Himmel präsentierte, sondern lag vor allem an dem gestrigen Abend, der sich durchwegs positiv gestaltet hatte.

Louanna war sehr nett, und sie gefiel ihm. Sie hatten lange zusammengesessen, mehr als ein Bier getrunken und über Gott und die Welt gequatscht. Er konnte sich nicht daran erinnern, wann er das letzte Mal so viel gelacht hatte.

Seine gute Laune bekam jedoch einen kleinen Dämpfer, als sein Handy klingelte und die Nummer seiner Mutter auf dem Display erschien.

»Du hast dich ewig nicht gemeldet. Geht es dir gut?«

Seit der Scheidung seiner Eltern, vielmehr seit seine Mutter einen neuen Partner hatte, hatte sich das Verhältnis zwischen Nielsen und ihr verschlechtert. Er hatte den neuen Mann an ihrer Seite immer noch nicht akzeptiert, obwohl er wusste, wie ungerecht er ihr gegenüber damit war. Immerhin war es sein Vater gewesen, der die Familie verlassen hatte, und seine Mutter hatte ein Recht darauf, nicht ewig allein bleiben zu müssen.

Zu seinem Vater hatte Peer auch so gut wie keinen Kontakt mehr, dennoch gab er seiner Mutter unbewusst die

Schuld daran, dass der Vater gegangen war, insgeheim wusste er, dass er sich die Sache zu leicht machte. Beziehungen waren immer kompliziert, das kannte er mittlerweile aus eigenen Erfahrungen, dennoch war die kindliche Sichtweise derart tief in ihm verwurzelt, dass er einfach nicht anders konnte.

»Viel Arbeit. Wieso, ist was passiert?«

»Ich dachte, du würdest uns mal besuchen. Warst ewig nicht zu Hause.«

»Na ja, ich hatte jede Menge um die Ohren.« Dass sein Zuhause schon lange nicht mehr in Glückstadt bei ihr war, ließ er unerwähnt.

»Und jetzt in der Adventszeit? Da kommst du doch mal vorbei, oder? Ich backe Berliner Brot und Kinkentüch.«

Diese Plätzchen aus seiner Kindheit liebte er, dennoch konnten ihn die Süßigkeiten nicht locken. Er verspürte wenig Lust, die Mutter und ihren Partner zu besuchen, obwohl sie nicht weit entfernt wohnten.

»Ich habe auf jeden Fall Dienst und einen Adventssonntag bin ich bereits bei Sören eingeladen.«

»Ja, aber da bleibt ja dann noch der Samstag oder du kommst Weihnachten? Das wäre doch schön, wenn wir alle zusammen feiern.«

Bei der Vorstellung, mit seiner Mutter und ihrem Freund zusammen unter dem Weihnachtsbaum zu sitzen, gruselte es ihn gewaltig. »Mal sehen. Das kann ich jetzt noch nicht sagen. Ich melde mich dann noch einmal.«

»Aber wirklich«, mahnte seine Mutter.

»Jaja.« Er beendete das Telefonat. Seine gute Laune war verflogen, noch ehe er das Präsidium erreichte. Und sie sank noch weiter, als er den Besprechungsraum betrat und Fritsche schnaufend am Kopfende des Tisches sitzen sah.

»Peer, endlich.«

»Wieso?«, tat Nielsen gespielt überrascht. »Ist es schon so spät? Die Besprechung war doch für acht Uhr angesetzt, oder?« Demonstrativ schaute er auf seine Armbanduhr.

»Du weißt doch, wie der Chef mir im Nacken sitzt. Der Fall muss schnell geklärt werden, also was habt ihr bisher?«

Das war eine gute Frage, denn im Prinzip hatten sie so gut wie nichts. Der Hinweis zum Käufer des Brandbeschleunigers hatte sich quasi in Rauch aufgelöst oder besser: war ein Sonderangebot gewesen, das ein Profigriller genutzt hatte, und der Zahnabgleich der vermissten Frau Bäumer war negativ. Blieb nur noch der Hinweis aus dem Strandhotel.

»Soll da vielleicht einer von uns nach Hannover fahren?« Carsten Hinrichs schaute absichtlich nicht Nielsen, sondern Fritsche an. Der nickte. »Wenn das alles ist, was bleibt.«

»Gut, dann kann Carsten noch einmal die Vermisstenanzeigen durchgehen und Hinweise entgegennehmen, falls es denn welche gibt«, bestimmte Nielsen. Er selbst hatte wenig Lust, nach Hannover zu fahren, aber noch weniger Lust hatte er, wieder und wieder die Akten zu wälzen.

»Michael und ich fahren nach Hannover und Lutz und Jens befragen noch einmal die Anwohner in Blankenese.«

»Was? Aber das haben wir doch schon«, entfuhr es Jens Schnitter.

»Habt ihr eine bessere Idee?« Peer schaute zwischen seinen Mitarbeitern hin und her, die zwar lange Gesichter zogen, aber schwiegen.

»Dann an die Arbeit«, bestimmte Nielsen und stand auf.

Im Prinzip war der Weg nach Hannover nicht weit und durchaus in eineinhalb Stunden zu bewältigen, aber ähnlich wie in der Hansestadt befanden sich auf dem Weg dorthin etliche Baustellen und an der einen oder anderen Stelle stockte der Verkehr.

Nielsen war froh über Michaels Gesellschaft, wenngleich die Stimmung nicht besonders gut war.

»Mensch, wenn der Typ keine heiße Spur ist, dann haben wir gar nichts«, maulte Boateng, der etwas demotiviert wirkte.

Peer kannte seinen Mitarbeiter anders, nicht in solch einem Gemütszustand. Aber er konnte den Frust verstehen. Was, wenn auch diese Spur im Sand verlief? Dann standen sie vor dem Nichts. »Und was macht ihr so in der Vorweihnachtszeit?«, versuchte er daher das Thema zu wechseln.

Michael blickte ihn ob dieser Gesprächswendung irritiert an. »Ja, also wir feiern das ganz normal. Ich meine, mit Kranz und Plätzchen, viele Lichter. Ich mag die Adventszeit«, geriet Michael leicht ins Schwärmen. »Und du?«

Nielsen zuckte mit den Schultern. »Vielleicht besuche ich meine Mutter.«

Die angegebene Adresse lag in der Nähe der Lister Meile in einem Altbau.

»Nette Gegend«, kommentierte Boateng die Wohnlage, während er ausstieg.

»Ja, ich glaube, Hannover wird oftmals unterschätzt. Ich hatte mal eine Freundin, die aus Hannover kam, und sie hat mir ihre Lieblingsecken der Stadt gezeigt. Und ich muss sagen, die Stadt ist echt schön und hat eine Menge zu bieten.«

Boateng nickte lediglich, als sie auf den Eingang zugingen.

»Hoffentlich ist der überhaupt zu Hause, ich meine, haben wir ansonsten Angaben, wo der arbeitet?« Peer suchte an der Haustür nach dem entsprechenden Namen auf einem der Klingelschilder.

»Jens hat gemeint, die Rechnung wäre auf eine Firma ausgestellt worden, aber laut Recherche gehört die Björn Dahlen nicht, jedenfalls erscheint sein Name nicht im Register. Wahrscheinlich ist er da angestellt. Notfalls müssten wir also ein bisschen aus der Stadt fahren, der Firmensitz liegt in Isernhagen.«

»Na, vielleicht haben wir ja Glück und er ist da«, entgegnete Peer und klingelte.

Kurz darauf summte der Türöffner und sie traten ein.

»Herr Dahlen?«, vergewisserte Peer sich der Identität des Mannes, der sie am oberen Treppenansatz begrüßte.

»Ja, und Sie sind?«

»Kommissar Nielsen, das ist mein Kollege Boateng. Wir haben ein paar Fragen. Dürfen wir reinkommen?«

Dahlen musterte sie misstrauisch, entgegnete dann aber: »Kommen Sie.« Er führte sie in einen großen Raum, der durch eine Doppelflügeltür geteilt werden konnte. Die Einrichtung war alt, aber exklusiv. »Nehmen Sie doch Platz.« Er wies auf einen großen ovalen Holztisch im Esszimmer, um den mehrere Biedermeierstühle standen.

Nielsen und Boateng setzten sich und ließen sich ein Glas Wasser bringen. Während Björn Dahlen das Getränk holte, blickten die beiden sich um. Die Wohnlage und diese Einrichtung waren bestimmt teuer. Sie waren neugierig, was Dahlen beruflich machte, dass er solch eine Wohnung hatte. Peer verdiente selbst nicht schlecht, aber er bezweifelte, dass er sich solch eine Wohnung würde leisten können. Gut, ihm persönlich war das nicht wichtig. Er war Single und seine bescheidene Ein-Zimmer-Dachwohnung reichte ihm aus, aber trotzdem spürte er einen Anflug von Neid. Was, wenn er wieder eine Freundin hätte und sich etwas Festeres entwickelte. Dann war sein Apartment definitiv zu eng.

»Bitte schön.« Dahlen stellte die Gläser auf den Tisch. »Also, Sie hatten ein paar Fragen.«

»Ja, wir kommen aus Hamburg.«

»Hamburg? Da war ich gerade vor ein paar Tagen.«

»Dann haben Sie vielleicht auch den Brand am Elbstrand mitbekommen?«, erkundigte Nielsen sich und beobachtete Dahlens Reaktion, die jedoch kaum ins Gewicht fiel. Er nickte lediglich. »Sind Sie deswegen hier?«

Selbst wenn er nicht der Täter war, könnte er immer noch ein wichtiger Zeuge sein. In der Situation klammerte Nielsen sich an jeden Strohhalm.

»Wir haben den Hinweis erhalten, Sie haben im Strandhotel gewohnt und da ungewöhnlich viel Gepäck dabeigehabt.«

»Gepäck?« Björn Dahlen schaute zwischen Peer und Michael hin und her.

»Kartons?«

»Und?«

Dahlen erschien es wohl völlig normal, dass man als Hotelgast mehrere Kisten auf sein Zimmer schleppte.

»Können Sie uns sagen, was sich darin befand?«

Der Befragte kniff die Augen zusammen. »Wieso?«

»Es wäre für unsere Ermittlungen wichtig zu erfahren, was da drin war. Vielleicht können Sie uns die Kisten sogar zeigen?« Peer wurde ungeduldig. Er wollte endlich wissen, ob ihre letzte Spur eine heiße war.

»Hören Sie, ich bin Handelsvertreter und habe in diesen Kisten Musterteile dabei. Die sind viel Geld wert und die lasse ich nicht einfach über Nacht in meinem Auto, schon gar nicht in solch einer unsicheren Gegend wie Blankenese.«

»Ha«, entfuhr es Peer, »also Blankenese ist ja nun wirklich keine schlimme Gegend.«

»Nicht? Und was ist mit dieser verbrannten Frau?« Björn Dahlen starrte ihn an.

»Haben Sie denn etwas beobachtet, ich meine, der Brand ist ja nicht weit entfernt vom Hotel gewesen«, mischte sich nun Boateng ein, um die Situation etwas zu entspannen. Er hatte die ganze Zeit den Mann genau beobachtet, war sich aber nicht sicher, was er von ihm halten sollte. Sagte Björn Dahlen die Wahrheit?

12. KAPITEL

»Haben Sie den Täter immer noch nicht?«

»Wir ermitteln noch«, gab Jens der grantigen alten Frau Auskunft. Es war bereits die fünfte Anwohnerin, die er noch einmal zu dem Brand befragte, und langsam wurde er aggressiv, da er sich bereits mehrere Male hatte anhören müssen, wie unfähig die Polizei in Hamburg zu sein schien. Der Zeitungsbericht von Pisto hatte wirklich volle Arbeit geleistet und die Stimmung gegen die Polizei ordentlich aufgeheizt.

»Und da fragen Sie mich zum wiederholten Male? Glauben Sie etwa, ich bin senil und hab beim ersten Mal was vergessen? Oder denken Sie, ich habe etwas mit dem Brand zu tun? Sehe ich aus, als würde ich in meiner Freizeit Leichen am Strand verbrennen?« Die Frau funkelte ihn böse an.

»Nein, natürlich nicht«, versuchte Lutz zu schlichten. »Aber wir sind auf Beobachtungen der Anwohner angewiesen. Also, vielleicht ist Ihnen doch noch etwas eingefallen?«

»Tut mir leid, also ich habe geschlafen und bin erst von dem Tatütata der Feuerwehr aufgewacht.« Die Frau verschränkte die Arme vor der Brust und machte mit dieser Geste mehr als deutlich, dass die Polizisten sich jede weitere Frage schenken konnten.

»Mensch«, stöhnte Jens, nachdem sie sich verabschiedet hatte und ein kleines Stück den Plattenweg hinuntergegangen waren. »Das gibt es doch gar nicht, dass da keiner etwas gesehen haben will.«

»Na ja«, gab Lutz zu bedenken, »wenn ich schlafe, schlafe ich auch.«

»Schon, aber es kann doch nicht sein, dass man hier ungesehen eine Leiche an den Strand transportieren und anzünden kann.«

»Es war keine Leiche, vergiss nicht, die Frau hat noch gelebt, vielleicht ist sie mit ihm zusammen an den Strand gegangen oder sie haben sich hier getroffen.«

»Bei diesem Wetter?« Jens blickte zweifelnd himmelwärts.

»Wir wissen nicht, was dahintersteckt, aber es wäre doch möglich, dass der Täter die Frau mit etwas erpresst hat.«

»Um das herauszufinden, müssten wir erst einmal die Identität der Leiche kennen.«

»Wäre zumindest hilfreich«, pflichtete Lutz ihm bei. »Aber da scheint der Täter volle Arbeit geleistet zu haben. Also, wenn die Person nirgends vermisst wird, was seltsam ist, aber nicht unvorstellbar, dann wird es schwierig.«

Aus Erfahrung wussten sie, dass es viele Menschen in dieser Stadt gab, die isoliert wohnten. Manche von ihnen fielen der Nachbarschaft erst dann auf, wenn sie tage- oder gar wochenlang tot in der Wohnung lagen, bis ein seltsamer Geruch entstand.

»Aber das ist doch meistens eher bei älteren Leuten der Fall. Die Frau war laut Aussage des Rechtsmediziners zwischen 30 und 40, und in dem Alter arbeitet man für gewöhnlich oder hat Kinder, um die man sich kümmert. Da fällt es doch auf, wenn man plötzlich verschwindet«, merkte Jens an.

»Hm«, kommentierte Lutz die Aussage des Kollegen und überlegte, welche Menschengruppe in dem Alter des Opfers nicht so schnell vermisst wurde. Obdachlose? Touristen? Singles?

Letztere hatten wohl meist zumindest Freunde und eben besagten Arbeitgeber. Aber was war mit einer Obdachlosen? Dr. Choui hatte zwar gemeint, dass der Körper der Frau in einem guten gesundheitlichen Zustand gewesen war, aber vielleicht lebte sie noch nicht lange auf der Straße. Einen Versuch war es wert.

»Er könnte trotzdem etwas mit der Sache zu tun haben«, behauptete Peer, als sie wieder im Auto saßen und Richtung Hamburg fuhren. »Immerhin ist er zum Tatzeitpunkt direkt in der Gegend gewesen. Und vielleicht ist das Opfer auch gar nicht aus Hamburg und deswegen hat sich noch keiner gemeldet, und in den Vermisstenanzeigen haben wir ja auch nichts gefunden.« Seine Stimme überschlug sich beinahe. Was sollte er Fritsche sagen? Sie hatten nichts.

»Die Firma ist überregional vertreten. Für mich klang das plausibel«, merkte Michael an.

Björn Dahlen hatte ihnen die besagten Kartons gezeigt, in denen sich tatsächlich Musterkollektionen seines Arbeitgebers befanden. Parfümflaschen.

»Sie können sich gerne von meinem Chef bestätigen lassen, dass ich in Hamburg eingesetzt war und dass das Strandhotel eines der Hotels ist, die durch die Firmen-Policies approved ist«, hatte er gesagt, als er den Karton mit den gluckernden Flakons wieder neben seinen Schreibtisch stellte.

Zwar hatte Boateng sich Telefonnummer und Namen des Vorgesetzten geben lassen, aber er sah sich nicht wirklich veranlasst, den Chef von Dahlen um Auskunft zu bitten. Das war nicht der Mann, den sie suchten, hatte er für sich geschlussfolgert.

Peer schien da jedoch anderer Meinung. Schließlich war es der letzte Strohhalm, an den er sich klammern konnte, danach hatten sie keinen Ermittlungsansatz mehr und die geballte Druckwelle seines Vorgesetzten würde über ihn hinwegrollen.

Das Telefon klingelte und Jens meldete sich.

»Die Anwohnerbefragung hat außer Beschimpfungen nichts gebracht, aber ich habe da einen anderen Ansatz.«

»Und der wäre?«, erkundigte Nielsen sich gereizt.

»Wir haben überlegt, aus welchem Bereich das Opfer stammen könnte. Und da die Frau von niemandem vermisst wird, haben wir an Obdachlose gedacht.«

»Vielversprechender Ansatz.« Wider Erwarten war das tatsächlich mal eine gute Idee seines Mitarbeiters, musste Peer anerkennen. Wieso waren sie bisher noch nicht darauf gekommen? »Da gibt es jede Menge von in der Stadt, wo wollt ihr da anfangen?«, fragte er gleich.

»Bei dieser Witterung suchen viele abends Schutz in den Wohnheimen. Wir versuchen es zunächst dort, eventuell ist ja auch einem Betreuer aufgefallen, dass die Frau seit einiger Zeit nicht gekommen ist.«

»Okay, klärt das mal ab. Anschließend macht ihr Feierabend, und morgen tragen wir dann noch einmal alle Ergebnisse zusammen. Wir werden nämlich nicht vor Feierabend in Hamburg sein«, stöhnte Peer mit Blick auf die Straße. Vor ihnen hatte sich ein Lkw in der Baustelle quergelegt und das würde dauern.

»Könnten wir uns denn bei den Bewohnern noch ein wenig umhören?« Jens Schnitter blickte die ältere Dame fragend an.

»Wenn die mit Ihnen reden. Wissen Sie, auf die Polizei ist man hier nämlich nicht so gut zu sprechen.«

Carsten Hinrichs, der seinen Kollegen begleitet hatte, nickte. Das waren sie gewohnt.

Die Leiterin der Unterkunft hatte ihnen jedoch keine Auskunft geben können. »Hier kommen tagtäglich so viele Leute und suchen Obdach. Meist nur für ein paar Nächte, danach verschwinden die wieder.« Ihr sei jedenfalls nicht aufgefallen, dass eine Person nicht wieder aufgetaucht sei, die regelmäßig kam, um hier im Warmen zu übernachten.

Sie gingen den Gang entlang, von dem mehrere kleine kärglich eingerichtete Zimmer abgingen. Es war schon traurig, dass es so viele Leute ohne Dach über dem Kopf in der Stadt gab. Gut, dass es zumindest solche Einrichtungen wie diese gab, dachte Carsten Hinrichs, auch wenn er es sich nicht angenehm vorstellte, hier seine Nächte zu verbringen. Privatsphäre gab es hier so gut wie keine, denn in den Zimmern schliefen immer vier oder mehr Personen.

Auf dem Gang trafen sie eine junge Frau, deren lange Haare leicht filzig wirkten. »Entschuldigung«, sprach Jens Schnitter sie an. »Dürfen wir Sie vielleicht etwas fragen?« Die rehbraunen Augen der Angesprochenen huschten rastlos umher.

»Kommen Sie öfter hierher?«

»Ja.«

»Kennen Sie ein paar andere Frauen, die hier auch übernachten?«

»Kaum.«

»Aber Sie kennen welche?« So schnell gab Jens nicht auf.

Sie nickte leicht.

»Wir suchen eine etwa 30- bis 40-jährige Frau, die vor ein paar Tagen verschwunden ist. Ist Ihnen vielleicht aufgefallen, dass eine Bewohnerin in den letzten Tagen nicht wie gewohnt hierhergekommen ist?«

Die Angesprochene wirkte, als würde sie überlegen. Carsten fragte sich, welche Umstände dazu geführt hatten, dass die junge Frau auf der Straße lebte. Krank sah sie nicht aus, jedenfalls nicht körperlich. Eigentlich war sie ganz hübsch, fand er. Schmales Gesicht, aber volle Lippen, und wenn sie die Haare ein wenig mehr pflegte, würden die braunen Locken das Gesicht hübsch rahmen.

»Das ist nicht so einfach«, gab sie dann dieselbe Auskunft wie die Leiterin der Einrichtung. »Manchmal trifft man sich wieder, wenn man auf der Straße lebt, aber oftmals verschwinden die Leute einfach.«

»Verschwinden?«

»Ja, gehen in eine andere Stadt oder haben einen anderen Unterschlupf gefunden.«

»Auch bei dieser Witterung?«

»Schon, zwar seltener als im Sommer, aber auch jetzt gibt es immer wieder Leute, die von heute auf morgen weg sind«, bestätigte die junge Frau.

Carsten Hinrichs seufzte innerlich. Das Gespräch brachte sie nicht weiter. Er nickte der Frau zu und wollte sich gerade verabschieden, als sie plötzlich sagte: »Aber die Margi, die ist seit ein paar Nächten nicht aufgetaucht, dabei hatten wir fest abgemacht, nächste Woche in den Süden zu trampen.«

Die Fahrt zurück nach Hamburg hatte ewig gedauert. Die Autobahn war komplett gesperrt gewesen und da sie mitten in der Baustelle standen, konnte der Verkehr auch nicht abgeleitet werden. Jedenfalls nicht an der Stelle, an der sie sich befanden.

Zum Glück hatte Peer im Kofferraum noch eine Flasche Wasser und ein paar Müsliriegel gefunden, die er dort zusammen mit seinen Laufsachen hineingeworfen hatte.

»Also den Ansatz mit den Obdachlosen finde ich gut. Das ist tatsächlich eine Gruppe, bei der vermutlich kaum auffällt, wenn jemand verschwunden ist«, lobte Peer ganz gegen sein sonstiges Naturell den Mitarbeiter nochmals.

»Finde ich auch«, stimmte Michael zu. »Was gäbe es sonst noch für eine Gruppe?«

»Vielleicht Handlungsreisende wie Herr Dahlen«, fiel Peer sofort ein.

»Die haben doch Kundentermine oder müssen sich beim Chef melden. Also, da fällt bestimmt auf, wenn einer verschwindet.«

»Aber es gäbe zumindest eine Verbindung zu Dahlen«, gab Nielsen zu bedenken.

»Du meinst, der hat eine Kollegin um die Ecke gebracht?« Boateng musste unbewusst grinsen.

»Vielleicht schrieb sie bessere Zahlen als er und sollte

seinen Job bekommen? Vielleicht ging es um eine Beförderung? Du weißt doch selbst, aus welchen Gründen Menschen zum Mörder werden.«

»Ja schon«, stimmte Boateng zu, »aber irgendwie erscheint mir das …«

»Zu offensichtlich? Manche Menschen sind einfach so dreist«, hielt Peer an seiner These fest.

»Es geht weiter«, fiel Michael dazwischen und zeigte nach vorn durch die Windschutzscheibe. Man hatte den Laster geborgen und zumindest auf einer Spur konnte der Verkehr die Unfallstelle passieren.

»Endlich!«, stöhnte Peer und ließ den Motor an.

»Soll ich dich nach Hause fahren?«

Boateng nickte, und nachdem er Michael abgesetzt hatte, war auch Nielsen direkt nach Hause gefahren. Er war hundemüde, denn der gestrige Abend war lang geworden und er wusste noch nicht, dass er auch in dieser Nacht wenig Schlaf finden würde.

»Ob die einen Zahnarzt gehabt hat?« Die ältere Frau in dem dunklen Wollkleid grinste Jens und Carsten an. »Das ist ein Witz, oder? Hier ist jeder froh, wenn er eine Nacht im Warmen verbringen kann und eine anständige Mahlzeit bekommt.«

Carsten seufzte innerlich auf. Nun hatten sie endlich jemanden gefunden, der diese Frau seit ein paar Tagen vermisste, und kamen doch nicht wirklich weiter.

Margi, die laut der Leiterin Margret Rossmann hieß, lebte bereits seit einigen Jahren auf der Straße und war regelmäßig in der Einrichtung aufgetaucht.

»Länger als ein, zwei Tage ist die allerdings nie weggeblieben. Also entweder hat die einen Stecher gefunden oder sie ist tot.«

Sofort hatten Carsten und Jens Hoffnung geschöpft und sich nach dem Namen und eventuell einem behandelnden Zahnarzt erkundigt, auf letztere Frage war die Antwort ein bedauerndes Grinsen gewesen. Auch sonst konnte die Leiterin nichts weiter über Margret Rossmann sagen, sodass die beiden sich zwar bedankt, aber doch schnell verabschiedet hatten.

Sie hatten noch den einen oder anderen Bewohner nach Margi gefragt, und tatsächlich bestätigten einige weitere, die Frau seit ein paar Tagen nicht gesehen zu haben und diesen Umstand merkwürdig zu finden.

»Vielleicht ist sie krank oder hatte einen Unfall«, bemerkte ein älterer Mann, der an diesem Abend zu spät in das überfüllte Wohnheim kam und keinen Schlafplatz mehr erhielt.

»Was passiert in solchen Fällen?«

Der Angesprochene schaute ihn verständnislos an. »Arzt oder Krankenhaus?«, entgegnete er dann. »Es gibt ein paar ehrenamtliche Mediziner, die sich zusätzlich kümmern. Im Notfall zahlt ohnehin die Stadt, aber wenn es nicht so schlimm ist ...«

»Gibt es da auch einen Zahnarzt?«, fiel Carsten dazwischen.

Der ältere Mann schaute ihn fragend an. »Ja«, antwortete er dann zögernd. Zahnschmerzen waren sicherlich kein Grund zu verschwinden, geschweige, dass die Polizei nach einem suchte.

»Können wir seinen Namen haben?«, fragte Jens.

»Dr. Herbst, aber heute hat der bestimmt schon Feierabend.«

13. KAPITEL

Peer war schon wieder auf dem Sofa eingeschlafen, als mitten in der Nacht sein Handy klingelte.

»Nielsen«, meldete er sich völlig verschlafen, war jedoch nur wenige Sekunden später hellwach.

»Was? Das gibt es doch nicht. Ich komme.«

Hektisch rappelte er sich auf und stürzte im Halbdunkel in den Flur. Dort griff er Jacke und Autoschlüssel und verließ gleich darauf die Wohnung. Vor der Haustür musste er kurz überlegen, aber sein Auto stand heute quasi direkt vor der Tür. Er stieg ein und raste los.

Es gab einen weiteren Brand, hatte ein Kollege von der Bereitschaft ihn informiert, diesmal im Volkspark. Er lenkte den Wagen über die beinahe leeren Straßen und war in kürzester Zeit am Tatort. Der Kollege hatte etwas vom Tutenberg gesagt, wo direkt eine kleine Straße hinführte, wahrscheinlich hauptsächlich als Zufahrt für die Schrebergärten, die sich gleich gegenüber dem Park befanden.

Schon als er in die Stichstraße einbog, sah er das Blaulicht der Feuerwehr und der Kollegen vom PK 25 aus Bahrenfeld, die in diesem Bereich zuständig waren.

Er parkte am Straßenrand und hastete zur Absperrung, an der sich bislang wenige Schaulustige eingefunden hatten. Außer ein paar Laubenbesitzern, die ganzjährig in ihren

Gärten wohnten, gab es in der Gegend kaum Anwohner. Nur ein paar Flüchtlinge aus der Erstaufnahmeeinrichtung in der Schnackenburgallee, die nicht weit entfernt lag, verfolgten das Geschehen.

Peer nahm einen schmalen Weg und huschte dann durch eine Hecke über ein paar Stufen zum Tutenberg hinauf. Oben standen einige Feuerwehrleute und starrten auf die Brandreste.

»Diesmal ist der Leichnam besser erhalten«, kommentierte der Wehrführer den Fund. »Der Täter ist entweder gestört worden oder hat zu wenig Brandbeschleuniger benutzt.«

Peer sah auf die Feuerstelle hinunter, in der gut erkennbar ein Mann lag, ebenfalls in einer embryonalen Haltung. Die Haare waren komplett versengt und die Haut an einigen Stellen verkohlt und aufgeplatzt. Außerdem waren in den Brandrückständen Pflanzenreste zu sehen.

»Wenn der Täter das Ethanol, momentan gehe ich jedenfalls davon aus, dass er wieder Ethanol verwendet hat, nicht gleichmäßig verteilt hat, dann verbrennt der Körper nur an einigen Stellen. Auch die Haltung scheint drapiert zu sein, denn so lange kann der nicht gebrannt haben«, fügte ein Feuerwehrmann hinzu.

»Wer hat das Feuer denn gemeldet?« Nielsen fühlte sich leicht benommen, mit einem weiteren Brand hatte er nicht gerechnet. Nun schien es jedoch, als hätten sie es mit einem Serientäter zu tun.

»Ein Bewohner aus der Gartenkolonie. Die Alteingesessenen wohnen ja das ganze Jahr über hier – noch, bis der Deckel kommt, dann werden die Gärten, soweit ich weiß, plattgemacht«, entgegnete der Wehrführer.

Aus einem seiner letzten Fälle kannte Peer diese Problematik und überlegte, ob es sich bei dem Brand um einen Trittbrettfahrer handeln könnte. Vielleicht hatte ein Gegner des Ausbaus ein Zeichen setzen wollen und den Brand in Blankenese als Vorlage genutzt. Doch was sollte er davon haben, wenn das Motiv des Brandes im Verborgenen blieb?

»Oh«, unterbrach Boateng seine Gedankengänge, »das sieht ja beinahe wie eine Opferstelle aus.« Michael war hinter Nielsen getreten und betrachtete den Tatort.

»Stimmt, die Pflanzen könnten eine Art Opferbeigabe sein.« Nielsen glaubte in den Brandrückständen sogar Blumen erkennen zu können.

»Die Spusi soll sich das diesmal ganz genau anschauen mit den Pflanzen, wenn es dieselben sind, haben wir es vielleicht mit einer Serie zu tun«, äußerte er seine vage Befürchtung.

Sollten sie es mit einem Ritual zu tun haben, dann war die Wahrscheinlichkeit groß, dass weitere Personen in Brand gesteckt würden. Vom Altonaer Friedhof wusste er, dass es dort Grabstellen gab, an denen schwarze Messen abgehalten wurden. War der Fall ähnlich gelagert, nur dass man diesmal ein Menschenleben opferte?

Kurz darauf trafen die Kollegen von der Spurensicherung ein.

»Ähnlich, aber diesmal lässt sich sicherlich mehr finden«, kommentierte der Leiter des Teams die Brandstelle und verscheuchte alle anderen vom Tatort, um mit der Arbeit zu beginnen.

»Gut, wo ist die Person, die den Brand gemeldet hat?« Peer blickte sich um. Einer der Feuerwehrmänner hob seine Hand Richtung Absperrung. »Der Mann in der orangenen Wetterjacke hat uns jedenfalls unten an der Straße abgefangen und zur Brandstelle geführt.«

Der ältere Herr befand sich im Rentenalter und wohnte laut eigenen Angaben in der gegenüberliegenden Laube.

»Wie sind Sie denn auf den Brand aufmerksam geworden?«, wollte Nielsen von ihm wissen.

»Nun«, druckste er herum, »meine Frau und ich hatten einen kleinen Streit wegen der Wohnsituation. Hilde ist angespannt und weiß nicht, wo wir demnächst wohnen. Es ist ja nicht leicht, eine neue Wohnung hier in Hamburg zu finden und …«

»Jaja«, unterbrach Peer den Mann, »wann ist Ihnen das Feuer aufgefallen?« Nielsen hatte keine Lust, sich die ganze Lebensgeschichte des Mannes anzuhören.

»Also Hilde ist weggerannt und ich habe auf sie gewartet und als ich ein Motorengeräusch gehört habe, dachte ich …« Der Mann schluckte.

»Sie haben einen Wagen gehört?«

»Ja, aber es war nicht Hilde.«

»Sondern?« Peer spürte seinen Pulsschlag ansteigen.

»Keine Ahnung, woher soll ich das wissen? Als ich hoch an die Straße bin, hat es schon gebrannt. Ich habe da oben auf dem Berg jemanden stehen sehen, wie er ins Feuer sah, und habe gerufen: ›Hallo, was machen Sie da?‹ Aber da ist der Kerl weggerannt.«

»Und Sie sind sich sicher, dass es ein Mann war?«

»Ja.«

»Wie viel Zeit lag zwischen dem Motorengeräusch, das Sie gehört haben, und dem Brand?«

Der ältere Mann legte die Stirn in Falten. »30 Minuten?«

»30 Minuten! So lange haben Sie gewartet? Ich meine, wenn es Ihre Frau gewesen ist, wieso sollte sie so lange bis zur Laube gebraucht haben?«

»Ich dachte, sie traut sich nicht rein, dann bin ich erst einmal auf die Toilette gegangen, denn der Streit ist mir ordentlich auf den Magen geschlagen, besser, auf den Darm … und bis ich dann fertig war und meine Jacke angezogen hatte …«

»Gut, gut.« Diese Details wollte Nielsen nicht hören. »Was haben Sie denn erkennen können?«

»Nicht viel, es war ja dunkel. Nur dass es ein Mann war, vielleicht 1,80 Meter groß, aber das kann von hier unten auch täuschen.«

»Und was ist mit dem Auto? Können Sie dazu was sagen?«

»Keine Ahnung, hier stehen ja jetzt etliche herum. Die kenne ich alle nicht.«

»Der Wagen könnte also noch hier stehen?« Nielsen spürte einen winzigen Funken Hoffnung aufblitzen.

»Vielleicht, wenn der Typ nicht damit abgehauen ist, während ich die Feuerwehr gerufen habe.«

»Waren Sie denn der Einzige hier draußen?«

»Bis ich reingegangen bin, ja. Wann der Fritz rausgekommen ist, weiß ich nicht, Moment … Fritz!«, brüllte der Rentner einem grauhaarigen Mann entgegen, der das Geschehen aus einiger Distanz beobachtete. »Hast du jemanden wegfahren sehen?« Der Angesprochene schüttelte den Kopf.

Dann ist der Täter entweder entkommen oder aber mit etwas Glück steht sein Wagen hier noch rum, schoss es Nielsen durch den Kopf. Er winkte Boateng zu sich heran.

»Ich fahre ins Präsidium und du, Michael, gehst mit Herrn …?«

»Jürgensen, Otto Jürgensen«, stellte sich der Laubenbesitzer vor.

»Gut, also du gehst mit Herrn Jürgensen die Wagen hier ab und notierst die Kennzeichen der Fahrzeuge, die ihm fremd sind. Vielleicht erwischen wir den Kerl diesmal.«

»Geht klar, Chef«, entgegnete Boateng und zückte bereits sein Merkbuch.

14. KAPITEL

Obwohl der Tag kaum angebrochen war, befand sich Gerhard Fritsche bereits im Polizeipräsidium. Peer hatte sich gerade einen Kaffee aus der Gemeinschaftsküche geholt und war auf dem Weg ins Büro, als sein Chef ihn auf dem Flur abpasste.

»Es gab noch einen Brand?«

Nielsen nickte. »Aber diesmal war der Täter wohl unvorsichtiger. Die Leiche ist nicht bis zur Unkenntlichkeit verbrannt, und mit etwas Glück musste er bei seiner Flucht den Wagen zurücklassen. Michael prüft gerade die Halter der geparkten Fahrzeuge.«

»Gut«, atmete Fritsche auf. »Das heißt, ihr habt das Opfer identifizieren können?«

»Noch nicht, aber es scheint zunächst einmal einfacher. Auf jeden Fall handelt es sich diesmal um einen Mann.«

»Ach so?« Sein Vorgesetzter zog die Augenbrauen zusammen. »Das heißt, einen sexuell motivierten Ritualmord können wir ausschließen?«

»Eher unwahrscheinlich«, vermutete Peer, obwohl nicht auszuschließen war, dass der Täter eventuell bisexuell war oder generell eine Befriedigung im Tathergang fand. Das würden sie mit der Psychologin diskutieren müssen, notierte er sich gedanklich.

»Was steckt dann dahinter?«

»Was weiß ich?« Peer wurde langsam ungeduldig. Er wollte in Ruhe einen Kaffee trinken und dabei die ersten Fakten ordnen. »Verkorkste Kindheit, oder so etwas vermutlich.«

»Ach«, wischte Fritsche Nielsens Bemerkung mit einer Handbewegung beiseite. »Wir brauchen Ergebnisse, denn wenn die Presse Wind davon bekommt, dass wir einen Serientäter in der Stadt haben, dann Gnade uns Gott.«

»Nee, das ist doch der Wagen von Fritz.« Otto Jürgensen schüttelte den Kopf, als Boateng auf einen dunklen Kombi zeigte.

»Den da, den Wagen kenne ich nicht.« Der Rentner eilte auf einen roten Golf zu, der in die Jahre gekommen schien. Jedenfalls hatte der Lack an Glanz verloren und es waren einige Kratzer zu erkennen.

»Das ist mein Wagen«, entgegnete Michael und dabei wurde ihm wieder einmal bewusst, dass es nun langsam wirklich Zeit für ein neues Auto wurde. Er und seine Frau hatten warten wollen, bis der Nachwuchs sich ankündigte, um dann einen entsprechenden Wagen zu kaufen, bisher hatte es mit einem Baby jedoch nicht geklappt, und über den nächsten TÜV würde das Auto vermutlich nicht rüberkommen. Er seufzte.

»Na, dann scheint man bei der Polizei nicht viel zu verdienen«, kommentierte Herr Jürgensen den alten Wagen, während sein Blick auf Boateng fiel.

»Wie ist das denn eigentlich so, als Farbiger bei der Polizei?«

»Wie soll das sein?«

»Na, ist das erlaubt?« Der Rentner musterte ihn von oben bis unten.

Boateng begann zu schwitzen und spürte leichten Ärger in sich aufkeimen, wusste aber, dass er sich zurückhalten musste. Er konnte sich einen entsprechenden Kommentar nicht erlauben – weder in seiner Funktion bei der Polizei noch als vermeintlicher Ausländer.

»Ich habe die deutsche Staatsbürgerschaft«, lächelte er Herrn Jürgensen an.

»Aha.« Wieder musterte der Laubenbesitzer ihn ausgiebig.

»Na ja, das haben Özil und Boateng ja auch … Sie sind aber nicht mit dem Fußballspieler verwandt, oder?«

»Nein. Was ist denn mit dem Wagen da?«, versuchte Michael nun das Thema zu wechseln und zum Wesentlichen zurückzukehren. Außerdem standen nicht mehr besonders viele Fahrzeuge zur Auswahl und er hatte erst zwei Kennzeichen notiert.

»Den kenne ich nicht.«

Michael notierte sich das Kennzeichen und schaute sich den Wagen näher an. Durch die abgedunkelten Scheiben konnte man kaum ins Innere blicken. Vielleicht war der Sichtschutz ein Indiz? War das hier der Wagen des Täters?

Wenig später saß er mit seinen Notizen in der angesetzten Besprechung.

»Wir müssen endlich eine Spur finden und den Täter schnell überführen«, forderte Fritsche. Nielsen stimmte seinem Chef zu, allerdings nicht aufgrund des Drucks, den die Presse und vor allem der Innensenator auf ihr Team ausübten, sondern weil er befürchtete, der Täter würde weitermachen, wenn sie ihn nicht bald erwischten.

»Wie sieht es denn mit den Fahrzeugen aus?« Die Blicke aller Anwesenden wanderten zu Michael.

»Gestohlen gemeldet ist zumindest keiner der Wagen«, vermeldete Boateng. Das hatte er auf die Schnelle herausfinden können. »Wir müssen jetzt die Halter überprüfen.«

»Gut«, sagte Peer, »Jens kann dich unterstützen.«

»Ich wollte aber …«, fuhr der dazwischen und berichtete von der verschwundenen Margret Rossmann und dem ehrenamtlichen Zahnarzt, Dr. Herbst.

»Oh, das ist in der Tat eine heiße Spur.« Nielsen blickte sich in der Runde um. »Ja, dann vielleicht Lutz?« Der Mitarbeiter nickte. »Gut, ich muss nämlich gleich in die Rechtsmedizin.« Damit sah Peer im Grunde genommen alle Aufgaben vorläufig verteilt und machte Anstalten aufzustehen.

»Wann kann die nächste Pressekonferenz angesetzt werden?«, wollte Fritsche wissen. »Der Sprecher hat schon gefragt, denn die Geier warten bereits.«

»Momentan haben wir nichts, versuch ihn hinzuhalten, soll der sich mit der Meute rumschlagen, ist schließlich sein Job«, kommentierte Peer die Frage und stand nun wirklich auf. »Wir haben zu tun. An die Arbeit.«

Stöhnend erhob Gerhard Fritsche sich aus seinem Stuhl, gab aber nicht, wie Peer erwartet hatte, irgendwelche Widerworte von sich, sodass das Team sich ohne weitere Verzögerung an seine Aufgaben machen konnte.

»Gebt mir sofort Bescheid, falls es etwas Neues gibt«, forderte Nielsen von seinen Mitarbeitern, als er seine Jacke nahm, um in die Rechtsmedizin zu fahren.

»Geht klar, Chef.«

Auf dem Weg nach Eppendorf trödelte Peer absichtlich, ärgerte sich nicht einmal über die Baustellen, die die Fahrtzeit verlängerten. Mit etwas Glück hatte Dr. Choui schon angefangen. Zwei Obduktionen in so kurzer Zeit, das schlug selbst Nielsen aufs Gemüt.

Sie mussten dem Täter möglichst schnell auf die Schliche kommen, denn sonst würden noch weitere Menschen brennen. Nur was steckte hinter den Taten?, fragte er sich, als er auf den Parkplatz des Instituts abbog. Rache? Aber wieso dann diese Opferdarstellung? Vielleicht konnte Dr. Choui weiterhelfen. Seufzend stieg er aus, atmete noch einmal kräftig die frische Luft ein und aus, ehe er vor dem Eingang stand und auf das Summen der Türanlage wartete.

15. KAPITEL

»Herr Maier, entschuldigen Sie bitte die Störung, mein Name ist Boateng von der Kripo Hamburg.«

»Polizei?«, schallte es Michael als Reaktion aus dem Hörer entgegen.

»Ja, wir haben eine Frage wegen Ihres Wagens.«

»Mein Wagen?«

»Er ist nicht zufällig gestohlen worden?«

»Gestohlen?«

Michael stöhnte innerlich auf. Also entweder war Herr Maier ein wenig derangiert und plapperte daher alles, was er sagte, wie ein Papagei nach oder aber er hatte hier tatsächlich den Täter vor sich, der sich absichtlich doof stellte.

»Ihr Wagen steht am Volkspark bei den Kleingärten in der Nähe des Tutenbergs.«

»Ich weiß.«

Boateng horchte auf. Das war eine völlig neue Äußerung seines Gesprächspartners.

»Ach so, und können Sie mir auch sagen, warum der da steht?«

»Selbstverständlich.« War das der gleiche Mann wie vor wenigen Augenblicken, fragte Michael sich, da der Herr Maier plötzlich wie ausgetauscht erschien, beinahe ein wenig listig.

»Ich war beim Konzert von Helene Fischer und hatte ein bisschen viel getrunken. Also bin ich lieber mit der Bahn nach Hause gefahren.«

»Vernünftig«, kommentierte Boateng diese Aussage, war aber enttäuscht, denn womöglich hatte Maier für diesen Konzertbesuch auch Zeugen, die diese Aussage bestätigen konnten. Und das wiederum bedeutete, er war nicht der, den sie suchten.

»Waren Sie allein auf dem Konzert?«, fragte er trotzdem nach.

»Allein?« Herr Maier verfiel wieder in sein typisches Gesprächsmuster.

»Hatten Sie Begleitung?« Am liebsten hätte Michael diese Frage in den Hörer gebrüllt, aber das brachte nur Ärger.

»Ja, mein Kumpel Knut und seine Freundin Dagmar waren mit.«

»Gut, danke«, verabschiedete Boateng sich, nachdem er die Daten der Begleiter notiert hatte.

Bevor er Maiers Freunde kontaktierte, brauchte er dringend eine Pause. Diese zähen Gespräche schlauchten ihn. Oder war es der Schlafmangel der letzten Nacht, der sich nun langsam bemerkbar machte? Er ging in die Gemeinschaftsküche, wo Lutz Bielenberg gerade etwas im Kühlschrank suchte.

»Und bei dir was Neues?«, erkundigte sich Boateng.

»Nee, bei dir?«, entgegnete Lutz und schob dabei den Kopf noch tiefer in den Kühlschrank.

»Nicht wirklich.«

»Hoffentlich finden wir diesmal zumindest die Identität des Toten raus, sonst stochern wir weiter wie der Storch im Salat. Apropos Salat, hast du meinen Linsensalat gesehen? Der war in so einer gelben Tupperdose.« Lutz drehte sich zu ihm um und blickte ihn fragend an.

»Nee.« Michael nahm sich eine Tasse aus dem Hängeschrank über der Spüle, füllte Wasser aus dem Kocher hinein und versenkte einen Teebeutel darin.

»Hm«, kommentierte Lutz diese Antwort, die ihn gerade mehr zu beschäftigen schien als der Fall.

»Aber irgendwie muss der Täter mit dem ganzen Zeug zum Tutenberg gekommen sein. Ich meine Brandbeschleuniger, eventuell Brennmaterial und diese Opfergaben. Und dann ist auch die Frage, wie das Opfer da hingekommen ist. Hat er ihn woanders betäubt und dann im Wagen zum Tatort gebracht?«

»Ein Zusammenhang zwischen dem Motorengeräusch, das dieser Zeuge gehört hat, und dem Brand ist wahrscheinlich«, bemerkte Lutz und tauchte nun endlich wieder aus dem Kühlschrank auf.

»Bei dem Opfer bin ich mir nicht sicher. Vielleicht haben die sich auch dort getroffen.« Michael schwang den Teebeutel in der Tasse hin und her.

»Mitten in der Nacht?«

»Na, du weißt doch, dass sich die Leute zu jeder Uhrzeit irgendwo treffen. Vielleicht hat der Täter etwas gegen sein Opfer in der Hand gehabt und wollte ihn erpressen oder hat es sogar.«

»Und du meinst, der Mörder hat den Mann zum Tutenberg bestellt, dort betäubt und verbrannt?«

»Was weiß ich.« Michael zuckte mit den Schultern. So recht wollte sich der Tatvorgang noch nicht zusammensetzen.

»Das würde bedeuten, das Auto des Opfers stünde noch am Tutenberg. Es sei denn, der Mann ist mit der Bahn oder zu Fuß gekommen«, spann Lutz den Faden weiter.

»Wir haben noch nicht einmal den Wagen des Täters gefunden, obwohl es wahrscheinlich ist, dass er mit dem Auto gekommen ist.«

»Aber euer Zeuge hat ja nur etwas von einem Motorengeräusch gesagt. Nicht dass die verdächtige Person auch bei den Lauben geparkt hat. Vielleicht ist er nach unten in den Wald gefahren oder hat einen anderen Zugang gesucht. Mal angenommen, er hatte das betäubte Opfer dabei, dann wollte er es womöglich so weit wie möglich auf den Tutenberg transportieren.«

»Stimmt, komm, lass mal schauen, ob es irgendwo in der näheren Umgebung vom Tutenberg Reifenspuren gibt. Die müssten ja da sein, wenn diese Theorie stimmt.« Michael stürmte quasi aus der Gemeinschaftsküche, froh darüber, endlich wieder rauszukommen und seinem Schreibtisch für eine Weile zu entfliehen.

»Meinen Sie, das geht?« Peer blickte zweifelnd auf das Gesicht des Toten nieder, das vom Feuer wenig, aber nicht ganz verschont geblieben war.

»Wenn Sie die Identität feststellen wollen, könnte das helfen. Ein Thanatopraktiker kann das bestimmt etwas aufhübschen. Ich hingegen kann Ihnen nicht viel mehr sagen als bei der letzten Leiche.«

»Das heißt, auch dieses Opfer ist bei lebendigem Leibe …?« Peer schluckte, während Dr. Choui nickte.

Die Obduktion war in der Tat schon in Gange, als Nielsen den Sektionsraum betreten hatte. Er hatte sich im Vorraum extra viel Zeit gelassen, aber selbst hier war der Hauch des Todes zu spüren gewesen, und Peer war letztendlich nichts anderes übrig geblieben, als die Zähne zusammenzubeißen, möglichst flach zu atmen und sich zu den Rechtsmedizinern zu gesellen.

Nun hatte der Rechtsmediziner die Untersuchungen abgeschlossen und den Vorschlag gemacht, mit einem Foto der Leiche an die Presse zu gehen.

»Gut, kennen Sie denn einen Thanatopraktiker?« Nielsen blickte auf den Leichnam hinab und fragte sich, ob man das Gesicht wieder derart herstellen konnte, dass jemand den Mann erkannte. Immerhin waren die Haare komplett versengt und dass die Frisur das Aussehen massiv beeinflusste, hatte Peer vor etlichen Jahren selbst erfahren. Relativ früh hatte er Geheimratsecken bekommen und kurz darauf waren die oberen Kopfhaare stetig lichter geworden, sodass er eines Tages die Entscheidung getroffen hatte, dem Elend ein Ende zu setzen und sich den Kopf zu rasieren. Das Ergebnis war ihm im ersten Moment schockierend erschienen, denn er hatte sich im Spiegel nach der Rasur kaum wiedererkannt. Mittlerweile aber hatte er sich an seinen nackten Kopf gewöhnt und er störte sich eher daran, wenn vereinzelt Haare durch die Kopfhaut stießen.

»Ich kann mal einen der Bestatter fragen«, bot Jürgen Holst, der Sektionsassistent, an. »Sollen wir dann eine entsprechende Herrichtung beauftragen?«

Peer nickte. »Wenn Sie mir anschließend das Foto schicken mögen? Ich kümmere mich in der Zwischenzeit um einen entsprechenden Aufruf.« Er folgte Dr. Choui zur Tür, während Holst zurückblieb, um den Leichnam zu schließen und anschließend in eines der Kühlfächer zu schieben.

Nielsen war froh, der Atmosphäre des Obduktionssaals zu entkommen. Er legte den Kittel im Vorraum ab, streifte die Überzieher von den Schuhen und ging hinter dem Rechtsmediziner die Treppe ins Erdgeschoss hoch.

»Kennen Sie sich mit Ritualmorden aus?«, fragte er, als sie durch die Kellertür getreten waren und wieder im Eingangsbereich standen. »Die Brandstelle als Opferstätte geht mir irgendwie nicht aus dem Kopf.«

»Nicht wirklich. Ihr Kollege hat mich schon gefragt. Besser, Sie wenden sich an eine Expertin. Ich weiß, dass die Polizeipsychologin in Urlaub ist, aber vielleicht kann meine Freundin Ihnen noch einmal weiterhelfen.«

»Sie meinen, Frau Dr. Michaelsen?« Peer wusste von früheren Ermittlungen, dass der Rechtsmediziner und die Psychiaterin befreundet waren.

»Ja, genau. Einen Versuch ist es wert.«

»Na ja, noch haben wir nicht ausreichend Hinweise, dass es sich tatsächlich um eine Art Brandopfer handelt.«

»Pflanzenreste, lebendiges Opfer … Was wollen Sie noch? Außerdem, wenn Sie mich fragen, schlägt der Täter bald wieder zu. Der Abstand zwischen den beiden Taten war nicht sonderlich groß.«

»Das befürchte ich auch«, entgegnete Peer und reichte dem Rechtsmediziner zum Abschied die Hand.

16. KAPITEL

»Schau hier, Lutz.« Boateng winkte seinen Kollegen zu sich und wies auf eine Stelle vor sich auf dem Waldboden. Lutz Bielenberg beugte sich ein Stück vor.

»Könnte eine Spur sein«, kommentierte er das, was er auf dem feuchten Untergrund ausgemacht hatte.

»Bestimmt, denn hier geht die Spur weiter.« Michael war den Abdrücken gefolgt, die beinahe bis zum Tutenberg führten, kurz vorher jedoch endeten.

»Bis hierher ist der gefahren und dann hatte er nicht mehr weit zu schleppen.« Lutz Bielenberg war nun ebenfalls überzeugt, hier ein Indiz vor sich zu haben. Boateng blickte zu der Anhöhe hinauf. Trotzdem es reichlich beschwerlich sein durfte, einen leblosen Körper dort hinaufzuschleppen – möglich schien es. Außerdem war das eine perfekte Stelle, denn nachts kam hier sicherlich niemand vorbei. Außerdem hatte Herr Jürgensen den Täter vom Tutenberg in diese Richtung fliehen sehen.

»Ich rufe mal die Kollegen der Spusi an, die sollen sich das anschauen. Vielleicht gibt es weitere Spuren – Fußabdrücke, Schleifspuren, denn wenn das Opfer bereits betäubt war, dann dürfte das trotzdem nicht so einfach gewesen sein, den Körper hier raufzuschaffen«, erklärte er, während er darauf wartete, dass die Kollegen von der

Spurensicherung seinen Anruf entgegennahmen. »Michael Boateng von der Mordkommission hier. Ich habe da eine Frage zu dem Fall heute Nacht am Tutenberg. Habt ihr den Tatort auch Richtung Max-Schmeling- Straße abgesucht?«

»Schon«, antwortete der Kollegen, wobei seine Stimme leicht beleidigt klang.

»Und in was für einem Radius?«

»Wieso?«

»Wir haben hier im Wald Reifenspuren gefunden und bräuchten euch noch einmal hier. Das entsprechende Fahrzeug könnte vom Täter sein.«

»Ich dachte, der Wagen des Mörders war bei den Kleingärten geparkt.«

»Bisher haben wir da noch keine heiße Spur, aber hier im Wald, da fährt doch sonst niemand mit einem Auto herum.« Ein wenig ärgerte es Boateng, dass er um die Unterstützung der Kollegen beinahe betteln musste. Er wusste, dass die Abteilung mehr Arbeit hatte, als die Mitarbeiter schaffen konnten, aber hier ging es um ein grausames Verbrechen, begangen von einem Täter, der immer noch frei herumlief, und die Wahrscheinlichkeit, dass er noch einmal einen Menschen bei lebendigem Leibe anzünden würde, war relativ groß.

»Na, vielleicht Waldarbeiter«, versuchte der Kollege von der Spurensicherung immer noch eine mögliche Erklärung zu finden und somit ein Ausrücken eines Teams zu verhindern.

»Möglich wäre das natürlich. Ich kläre das ab, aber wenn das kein Waldarbeitertrupp war, will ich euch heute hier draußen sehen«, bestimmte er und legte auf.

»Und, was haben eure Nachforschungen bezüglich der Obdachlosen ergeben?« Eigentlich hätte Peer sich die Frage sparen können, denn als er aus der Rechtsmedizin zurück ins Büro kam, saßen Carsten und Jens mit ziemlich langen Gesichtern an ihren Arbeitsplätzen.

»Passt nicht, das Gebiss«, antwortete Carsten mürrisch. Er war enttäuscht, hätte die verschwundene Margret Rossmann doch die Lösung für das Identitätsproblem der Toten von Blankenese sein können. Doch auch diese Spur hatte sich in Luft aufgelöst.

»Und bei dir?«, wechselte Jens schnell das Thema, als sei diese schlechte Nachricht ihre Schuld.

»Gleiche Todesursache. Toxikologisches Gutachten muss noch abgewartet werden, aber Dr. Choui ist sich ziemlich sicher, dass der Mann auf dieselbe Weise wie die Frau umgebracht worden ist.«

»Und hat er etwas zu den Umständen gesagt?«

»Umständen?« Peer runzelte die Stirn. Hatte er nicht gerade erklärt, dass der Mann wie das Opfer zuvor zunächst betäubt und dann bei lebendigem Leibe angezündet worden war?

»Das meine ich nicht«, stellte Jens richtig. »Eher wegen der Gestaltung der Brandstelle.«

»Ach so, nee, dazu sollten wir besser eine Psychiaterin befragen, meinte er.«

»Und hast du das schon getan?« Gerhard Fritsche war hinter Nielsen getreten und hatte die letzten Worte aufgeschnappt.

Peer wandte sich um.

»Nein, uns fehlen noch die Ergebnisse der Spusi. Die wollte ich abwarten, denn eventuell gibt es bestimmte

Opfergaben, die die Kollegen gefunden haben und die eine bestimmte Bedeutung haben könnten. Außerdem ist die Polizeipsychologin im Urlaub und ich muss schauen, ob Frau Dr. Michaelsen, die Bekannte von Dr. Choui, Zeit hat, uns zu unterstützen.«

»Hm«, grunzte Fritsche und war sichtlich unzufrieden.

»Aber ich habe vielleicht etwas für die Presse.«

Die Miene seines Vorgesetzten hellte sich schlagartig auf.

»Dr. Choui meinte, dass man das Gesicht des Toten präparieren kann. Wir wenden uns also mit einem Foto an die Öffentlichkeit.«

Fritsche nickte, war aber wenig begeistert von dem Vorschlag.

»Das sieht wieder so aus, als könnten wir ohne fremde Hilfe den Fall nicht lösen.«

»Aber es ist momentan die einzige Chance, die Identität des Opfers herauszufinden. Und ohne die, das siehst du bei der verkohlten Frau aus Blankenese, tappen wir absolut im Dunkeln.«

Kurz vor Feierabend traf sich das Team im Besprechungszimmer und trug die Ergebnisse des Tages zusammen.

Viel Positives hatten sie nicht zu berichten: der nicht übereinstimmende Zahnabgleich, die wenig erfolglose Recherche bei den Haltern der Wagen aus dem Volkspark, die ausstehende Identifizierung der Leiche.

Dennoch gab es den einen oder anderen Lichtblick.

»Dr. Choui hat ein Bild vom Gesicht des Toten geschickt, und ich habe mit der Presseabteilung gesprochen, die geben es frei. Daher könntest du, Carsten, eine Mitteilung, vielmehr einen Aufruf verfassen.«

Der Angesprochene nickte.

»Dann laufen die Auswertungen der Spusi noch wegen der Reifenspuren aus dem Volkspark«, ergänzte Boateng. Waldarbeiter oder ähnliches Gewerk hatte sich in den letzten Tagen nicht in der Nähe des Tutenbergs aufgehalten, hatte Boateng mit einem Anruf bei der entsprechenden Behörde klären können, woraufhin sich das Team der Spurensicherung an die Arbeit gemacht hatte.

»Die Ergebnisse der Brandstelle sind fast vollständig. Bei den Pflanzenresten handelt es sich um Alcea rosea nigra – eine schwarze Stockrose«, las Peer den Namen der Pflanze ab.

»Eine schwarze Rose?« Boateng musste unweigerlich ein wenig lächeln. »Die gibt es sicherlich selten zu kaufen.«

»Glaube ich auch. Ist sicherlich nicht so der Verkaufsschlager«, stimmte Nielsen Michael zu. »Lutz und Jens, ihr telefoniert mal morgen die Blumenläden ab und fragt, ob sie solche Rosen verkaufen und ob in der letzten Zeit viele davon verkauft wurden. Telefoniert auch die Gärtnereien ab und hakt dort nach.«

Die Angesprochenen waren wenig begeistert, stimmten aber zu. Was blieb ihnen sonst auch übrig? Jede Spur konnte wichtig sein.

»Dann hoffen wir mal, dass es heute Nacht ruhig bleibt, und morgen geht's dann an die Arbeit«, schloss Nielsen die Versammlung.

17. KAPITEL

Nielsens Hoffnung, dass es in der Nacht keinen weiteren Brand geben würde, erfüllte sich zwar, aber dafür war es am nächsten Morgen, als er sein Büro betrat, sofort mit der Ruhe vorbei. Die Telefone hatten seit Erscheinen der Zeitung so gut wie keine Minute stillgestanden. Aber wenigstens ging es voran.

»Wir haben einen ganz vielversprechenden Hinweis bekommen«, begrüßte Boateng ihn. »Bei dem Toten soll es sich um Steffen Hoffmann handeln. Ein ehemaliger Nachbar will ihn erkannt haben.«

»Okay, dann fahren wir gleich mal dahin und sprechen mit dem Nachbarn«, entgegnete Nielsen auf die Mitteilung. Er war froh, dem Telefonterror entkommen zu können.

Die Adresse, die der Anrufer angegeben hatte, lag in Fuhlsbüttel. So früh am Morgen brauchten sie durch den dichten Berufsverkehr eine gefühlte Ewigkeit.

»Hat es weitere Hinweise gegeben?«, erkundigte Nielsen sich bei Michael.

»Hast ja selbst gehört, was da los ist. Jens und Lutz kommen gar nicht dazu, wegen der Blumen zu telefonieren.«

»Dann sollte ich vielleicht Verstärkung aus anderen Teams anfordern«, überlegte Peer.

»Die haben doch selbst viel zu tun, weißt du doch«, erinnerte Michael ihn an die schlechte Personalsituation in ihrer Abteilung.

»Aber die haben keine Mordserie und den Innensenator im Nacken hängen«, beschloss Peer, ehe er seinen Chef anrief und ihn bat, sich um Verstärkung für sein Team zu kümmern.

»Habt ihr denn endlich was?«, erkundigte sich Fritsche sofort.

»Wir sind wegen der Identifizierung der zweiten Leiche unterwegs, aber wir müssen noch andere Dinge erledigen und können nicht alle Anrufe wegen des Aufrufs bewältigen.«

»Da hättest du auch vorher dran denken können«, rügte Fritsche ihn, knurrte dann aber, dass er sich darum kümmern würde. »Hauptsache, es geht voran.«

Michael blickte zu Peer, der mit den Schultern zuckte. So wie Fritsche sich in den letzten Tagen verhielt, kannten sie ihn eigentlich nicht. Ob Peer einmal mit ihm darüber sprechen sollte? Vielleicht kamen zu dem Druck, der ja für Fritsche nicht unbedingt neu war, zusätzlich private Probleme? Jahrelang war sein Chef für ihn da gewesen, vielleicht brauchte er nun seine Hilfe?

Er stoppte den Wagen in einer kleinen Seitenstraße, in der es abgesehen vom Fluglärm, recht ruhig war. Jedenfalls fuhren wenig Autos durch die schmale Wohnstraße.

»Hier ist es«, sagte Boateng, als sie vor die Haustür der Nummer 17 traten, und wies auf ein Klingelschild mit dem Namen Bauer. Kaum hatte er gedrückt, summte der Türöffner und sie traten ein.

»Sind Sie wegen Steffen hier?«, schallte es ihnen aus dem Hochparterre entgegen.

»Ja, wir sind von der Polizei«, entgegnete Peer, als sie den Treppenabsatz umrundet hatten und vor Mike Bauer standen.

»Ich hatte angerufen, weil ich Steffen auf dem Bild in der Zeitung erkannte habe.« Mike Bauer sprach schnell.

»Wo hat er gewohnt?«

Bauer zeigte auf die gegenüberliegende Tür, vor der sich etliche Kinderschuhe stapelten. »Mittlerweile sind da andere Leute eingezogen, aber davor hat Steffen da gewohnt.«

»Und Sie sind sich sicher?«, hakte Boateng nach.

»Ja, aber kommen Sie ruhig rein.«

Die beiden folgten der Aufforderung und traten ein. Mike Bauer führte sie in ein Wohnzimmer, das klein, aber ordentlich war. Sie nahmen auf einer blauen Sitzgarnitur Platz.

»Hatten Sie denn näheren Kontakt zu Ihrem Nachbarn?«, wollte Nielsen wissen.

»Anfänglich schon, aber seit der dieser Gemeinschaft beigetreten war …« Mike Bauer seufzte leicht.

»Was für einer Gemeinschaft?«

»Was Religiöses, glaube ich, wenn Sie mich fragen, eher eine Sekte. ›Kinder des Lichtes‹ nennen die sich.«

»Kinder des Lichtes?« Boateng krauste die Stirn und notierte sich den Namen.

»Steffen war ja Feuer und Flamme, hat mich mal mitgenommen, aber für mich ist so etwas nichts. Ich glaube nicht an einen Gott oder an einen Allah oder wie immer die das auch nennen mögen.«

»Aber Steffen Hoffmann hat das gefallen?«, vermutete Nielsen.

Mike Bauer nickte.

War ja grundsätzlich nicht verboten, jeder konnte und durfte zum Glück glauben, an wen und was er mochte, dachte Peer, nur im Zusammenhang mit dem Mord war eine Sekte natürlich verdächtig. Vielleicht hatte Steffen Hoffmann aussteigen wollen und war von den Mitgliedern quasi geopfert worden. Das würde passen, und zwar gut, fast zu gut.

»Okay, wissen Sie denn, ob Steffen Hoffmann Familie hatte?«

»Ja, seine Eltern leben in Rellingen, soweit ich weiß, aber auch von denen hat der sich zurückgezogen. Der wurde ja immer seltsamer, als wenn die ihn einer Gehirnwäsche unterzogen hätten, und als er dann ausgezogen ist, da habe ich gar keinen Kontakt mehr zu ihm gehabt. Vorher hat man sich ja ab und an im Treppenhaus …« Mike Bauer räusperte sich.

»Wann ist Steffen Hoffmann denn ausgezogen?«, erkundigte sich Boateng, der Mühe hatte, alle Hinweise so schnell zu notieren.

»Vor gut einem Jahr.«

»Und seit wann war er in dieser Gemeinschaft?«

»Vielleicht seit eineinhalb, es können auch zwei Jahre gewesen sein.«

»Gut, das hilft uns sehr weiter, Herr Bauer, vielen Dank«, sagte Peer und die beiden verabschiedeten sich kurz darauf von dem Zeugen. »Also, wenn das nicht mal ein Hinweis ist.« Nielsen atmete draußen erleichtert aus. Die Informationen wirkten äußerst vielversprechend, aber lag der Fall wirklich so einfach? Hatte Steffen Hoffmann aus der vermeintlichen Sekte austreten wollen und war von den

Mitgliedern als Verräter geopfert worden? Und wie passte dann die Tote von Blankenese ins Bild?

»Ich denke, es macht Sinn, zunächst die Eltern aufzusuchen. Je eher wir eine eindeutige Identifizierung haben, umso besser. Die Sekte können wir dann anschließend besuchen«, schlug Nielsen vor und wählte die Nummer eines seiner Mitarbeiter im Büro.

»Zwei Bitten«, begann er sogleich, als sein Anruf von Carsten Hinrichs entgegengenommen worden war. »Zum einen brauchen wir eine Anschrift in Rellingen und dann schau doch mal, was du über die Kinder des Lichtes herausbekommen kannst.«

»Kinder des Lichtes?«

»Ja, das ist wohl eine religiöse Glaubensgemeinschaft, vermutlich eher eine Sekte.«

»Aha, ja gut«, sagte Hinrichs und tippte sofort auf der Tastatur seines Computers. »Adresse habe ich schon. Fasanenweg 13. Wegen dem anderen melde ich mich später«, teilte er kurz darauf mit.

»Alles klar«, entgegnete Nielsen und gab die Adresse ins Navi ein.

18. KAPITEL

Im Präsidium klingelten ununterbrochen die Telefone, sodass die anderen Kollegen Carsten Hinrichs missmutig anschauten, als der sich dem Telefonterror entzog. »Entschuldigung, Anweisung vom Chef, soll etwas recherchieren«, erklärte er. Er machte sich daran, im Internet und im Polizeicomputer nachzuschauen. Er hatte von der Sekte noch nie etwas gehört. Daher schloss er, dass es einen Mord in dem Umfeld bisher nicht gegeben hatte. Er konnte sich auch an keine Nachricht in der Zeitung oder im Fernsehen über diese Gruppe Gläubiger erinnern. Trotzdem erstaunte ihn, was er herausfand, und darum wählte er sogleich Peers Nummer.

»Also, die Gemeinschaft gibt es seit 2000 in Hamburg, sie ist eine Millenniumsvereinigung und zählt weltweit wohl mittlerweile an die drei Millionen Mitglieder. Hier in Hamburg gibt es gut 300 Anhänger. Vorsitzender ist Klaus Siegel, aber da die wohl meist unter sich bleiben, gab es bisher wenig Berührungspunkte mit der Außenwelt. Wir haben bisher jedenfalls nichts gegen die.«

Das musste nichts heißen, dachte Peer, denn was sich im Verborgenen abspielte, war manchmal weitaus gefährlicher, als man glaubte. »Und wo haben die ihren Sitz?«

»In Altona. Goethestraße.«

»Danke, wir melden uns nachher wegen der eventuellen Identifizierung, okay?«

Peer und Michael hatten Rellingen erreicht, ein kleiner Ort im sogenannten Speckgürtel Hamburgs. Wer sich in der Hansestadt keine große Wohnung oder gar ein Haus leisten konnte, zog oftmals ins Umland – vor allem Familien mit Kindern. Die gesteigerte Nachfrage hatte die Preise allerdings auch hier in der letzten Zeit in die Höhe getrieben.

Die Hoffmanns wohnten in einem kleinen Bungalow mit Minigarten. Vor der Auffahrt stand ein Polo.

»Guten Tag.« Peer räusperte sich, als die Haustür von einem grauhaarigen Mann geöffnet wurde. »Herr Hoffmann?«

»Ja?« Der Blick des Mannes wanderte zwischen Nielsen und Boateng hin und her.

»Was wollen Sie? Sind Sie von dieser Sekte, dann schert euch oder ich rufe die Polizei.« Die Stimme von Herrn Hoffmann nahm einen bedrohlichen Ton an, er machte Anstalten, die Tür wieder zu schließen.

»Wir sind von der Polizei«, klärte Michael auf.

»Was? Wollt ihr mich verarschen?« Mittlerweile war das Gesicht des Mannes puterrot angelaufen.

Nielsen zeigte seinen Dienstausweis, den Herr Hoffmann mit wirrem Blick studierte.

»Hm, aha, und was wollen Sie?«

»Es geht um Ihren Sohn Steffen.«

»Ich habe keinen Sohn.«

»Nicht?«, entgegnete Nielsen irritiert.

»Nein, ich meine, seitdem er bei dieser Sekte Mitglied ist, ist der gestorben für mich. Hat uns klammheimlich bestohlen und alles Geld, was er für den Familienschmuck bekommen hat, diesen Aasgeiern gegeben.«

Die Gräben schienen tiefer als erwartet.

»Herr Hoffmann, Sie haben eventuell von dem Brand im Volkspark gehört, bei dem eine männliche Leiche entdeckt wurde. Wir haben nun den Hinweis erhalten, dass es sich bei dem Toten um Ihren Sohn handeln könnte.«

»Was?« Mit einem Schlag wich sämtliche Farbe aus Herrn Hoffmanns Gesicht.

»Ich weiß, das ist nicht einfach, aber wir bräuchten Sie wegen der Identifizierung«, versuchte Nielsen möglichst verständnisvoll, um die Hilfe Hoffmanns zu bitten. Der schluckte geräuschvoll.

»Steffen ist tot?«, meldete sich plötzlich eine blasse ältere Frau aus dem Hintergrund zu Wort. Sie ging gebeugt und hatte Mühe, zu Boateng und Peer aufzusehen.

»Das wissen wir nicht genau, daher wäre eine Identifizierung notwendig.«

»Ich mache das«, bestimmte Hoffmann und griff nach einer Jacke an der Garderobe direkt hinter der Tür.

Die Fahrt verlief relativ schweigsam, jeder hing seinen eigenen Gedanken nach. Nielsen drehte das Radio ein wenig lauter, damit das Schweigen nicht allzu sehr ins Gewicht fiel.

»Einen Moment«, sagte Nielsen und wies Boateng an, mit Herrn Hoffmann im Wagen zu warten, nachdem er vor dem Rechtsmedizinischen Institut geparkt hatte. Er musste zunächst Dr. Choui in Kenntnis setzen, damit man den Leichnam entsprechend vorbereitete. Während der Fahrt hatte er das nicht veranlassen wollen.

»Ist gut, zwei, drei Augenblicke«, versicherte Jürgen

Holst der Sektionsassistent, »dann öffne ich den Seiteneingang.« Im Institut gab es für solche Angelegenheiten
einen entsprechenden Raum, der durch einen separaten
Seiteneingang zu erreichen war. Die Angehörigen mussten nicht, wie in manchen Filmen oft zu sehen, durch die
gesamte Rechtsmedizin laufen und den Toten womöglich
noch im Sektionssaal identifizieren.

Peer bedankte sich und holte Boateng und Herrn Hoffmann.

Michael, der eher selten im Institut war, musste schlu-
cken, als er den Leichenwagen von der Auffahrt hinunter-
fahren sah. Diese dunklen Kastenwagen machten ihn immer
beklommen. Der Tod machte ihn beklommen, obwohl er
durchaus an eine Art Leben nach dem Tod glaubte. Er
konnte sich nicht vorstellen, dass mit dem letzten Herz-
schlag alles vorbei sein sollte. Von Kindesbeinen an war er
so erzogen worden. Seine Eltern waren sehr religiös, sie
beteten zu Hause, dankten Gott für Essen und Gesundheit,
baten um Schutz. Regelmäßig hatte er mit ihnen die Kir-
che besucht, was allerdings im Teenageralter etwas nach-
gelassen und sich irgendwann ganz eingestellt hatte. Er
betete heute auch nicht mehr, obwohl er immer noch an
Gott oder zumindest eine höhere Macht glaubte. Was ihm
manchmal sehr schwerfiel, bei den Verbrechen, die er zu
sehen bekam. Wenn es einen Gott gab, wieso ließ er solch
grausame Taten zu? Alle Ungerechtigkeiten und das Böse
per se mit dem freien Willen zu erklären, fand er zu einfach.

Der kleine Seiteneingang öffnete sich und Holst winkte
ihnen vom Fuße der seitlichen Treppe zu.

Langsam stieg Herr Hoffmann zwischen ihnen die Stufen hinunter und zögerte kurz, ehe er durch die Tür ins

Innere des Instituts trat. Neben dem Flur lag ein kleiner Raum, in dem die Toten für solche Zwecke aufgebahrt wurden. Gemeinsam betraten sie den leicht schummrigen Raum und Jürgen Holst ging zur Bahre, auf der der Tote unter einem Abdecktuch lag. Langsam hob er das Tuch und gab so das Gesicht frei. Herr Hoffmann ging ein paar Schritte auf den Leichnam zu, blieb plötzlich wie versteinert einige Meter vor der Bahre stehen. Es war still, nur aus dem Flur drangen leise Stimmen. Dann ertönte ein tiefes Schluchzen aus der Kehle Hoffmanns und er nickte, wandte sich ab. Peer gab Holst ein Zeichen und führte Herrn Hoffmann zurück ins Freie.

Eigentlich sicher, die Identität des Toten geklärt zu haben, erkundigte sich Nielsen bei Herrn Hoffmann: »Es ist Ihr Sohn?«

»Ja.«

»Mein Beileid.«

»Danke.«

Schweigend gingen sie zum Wagen zurück, doch ehe sie einstiegen, blieb Hoffmann stehen. »Was ist geschehen?«

Nielsen konnte Hoffmanns Wunsch verstehen. Natürlich wollte ein Vater wissen, was genau mit seinem Sohn geschehen war. Dennoch konnte er keine befriedigende Auskunft geben.

»So genau können wir das nicht sagen, aber Ihr Sohn wurde am Tutenberg gefunden. Jemand hat versucht, ihn zu verbrennen.« Dass Steffen Hoffmann noch lebte, als er angezündet wurde, erwähnte Nielsen nicht explizit.

»Ich wusste, dass es ein schlimmes Ende nehmen wird«, murmelte der Vater.

»Was meinen Sie damit?«

»Seit er bei dieser Sekte ist oder war, hat er sich ganz und gar verändert. Vor einigen Wochen ist der Kontakt ganz abgebrochen, oder besser: Er hat den Kontakt zu uns abgebrochen. Wir vermuten, dass diese Sekte hinter all dem steckt.«

Nielsen nickte. Er hatte gehört, dass solche Gemeinschaften eine bedingungslose Hingabe und das Abbrechen sämtlicher Verbindungen in das bisherige Leben von ihren Mitgliedern verlangten.

»Also nicht bereits, als er sie bestohlen hat?«, hakte Boateng nach.

»Er war unser Kind. Natürlich waren wir erschrocken, dass er uns bestohlen hat, aber ich hätte ihn nicht verstoßen. Er war es, der nichts mehr mit uns zu tun haben wollte, und daran sind diese Menschen schuld.«

»Können Sie sich denn vorstellen, was ihn dazu veranlasst hat, sich dieser Gemeinschaft anzuschließen?«, erkundigte Nielsen sich.

Herr Hoffmann zuckte mit den Schultern. »Wissen Sie, da denkt man, man kennt sein Kind und dann muss man feststellen, dass man gar nichts über es weiß.« Eine Träne löste sich aus dem Augenwinkel.

»Steffen war schon immer leicht beeinflussbar. Ich denke, die haben ihn manipuliert.«

»Und wo hat er den Kontakt zu dieser Sekte gefunden?«, wollte Peer wissen.

Wieder folgte ein Schulterzucken. »Er war unzufrieden mit seiner beruflichen Situation, hat alles und jeden infrage gestellt. Vielleicht hat er aktiv nach einer Lösung gesucht und sie in dieser Gemeinschaft gefunden ... Etwas,

was wir ihm nicht geben konnten«, fügte Herr Hoffmann nach einer Weile leise hinzu.

Sie stiegen ein und fuhren schweigend zurück nach Rellingen, wo sie den Mann vor seinem Haus absetzten. »Ich möchte es meiner Frau alleine sagen.«

Nielsen nickte. »Aber wir haben noch Fragen, können wir Sie morgen kontaktieren?«

»Ja.«

Gemeinsam beobachteten sie, wie Herr Hoffmann mit hängenden Schultern und müden Schritten zum Eingang ging.

»Es muss furchtbar sein, sein Kind zu verlieren«, bemerkte Michael.

»Und das gleich zweimal«, sagte Peer, ehe er den Motor startete.

»Dann wollen wir uns diese Gemeinschaft mal näher anschauen«, kündigte er an, als er den Weg Richtung Altona einschlug.

19. KAPITEL

Obwohl sie im Präsidium ein Band geschaltet hatten, das die eingehenden Anrufe mehr oder weniger mit dem Spruch – »Vielen Dank für Ihren Hinweis, aber der unbekannte Mann konnte dank Hinweisen aus der Bevölkerung identifiziert werden. Sollten Sie jedoch persönlich Bezug zu ihm gehabt haben, wenden Sie sich direkt an uns« – abwimmelte, hatte der Telefonwahnsinn noch kein Ende gefunden.

Jetzt wussten sie, um wen es sich bei dem Toten vom Tutenberg handelte, und nun standen noch die Telefonate mit den Blumenhäusern an. Bisher hatte das Team keinen Laden ausfindig machen können, der die seltenen Pflanzen verkaufte.

Lutz stöhnte, als er den Hörer auflegte und einen Schluck Kaffee trank. »Wusste gar nicht, wie viele Blumenstübchen es in Hamburg gibt«, seufzte er und Carsten und Jens nickten ihm zu.

Nach einer kurzen Pause nahm er den Hörer erneut in die Hand und wählte die nächste Nummer der Liste.

»Blumendiele Grote, Petersen, was kann ich für Sie tun?«, meldete sich die freundliche Verkäuferin des Geschäfts in Ottensen.

»Polizei Hamburg, Bielenberg, wir suchen einen Laden, der schwarze Stockrosen verkauft. Haben Sie diese Blumen im Sortiment?«

»Oh, das ist eine seltene Sorte«, bemerkte Frau Petersen, »aber Sie haben Glück. Wollen Sie die Blumen zu einem bestimmten Anlass?« Die Frage war verständlich, denn wer konnte ahnen, dass die Polizei versuchte, auf diesem Weg einen Mörder ausfindig zu machen?

»Nein, aber das ist dennoch eine gute Nachricht. Wir sind auf der Suche nach einem Käufer dieser Blumen.«

»So, nun ja …«

»Haben Sie in der letzten Zeit mehrere dieser Pflanzen verkauft?«

»Ja.« Frau Petersens Stimme klang nach wie vor freundlich, aber es hatte sich ein Hauch von Skepsis hineingeschlichen.

»Viele und öfter?«

»Interessanterweise ja. Gerade Anfang der Woche habe ich eine größere Menge an einen Kunden verkauft.«

»Okay, und wer war der Kunde?« Lutz Bielenberg setzte sich aufrecht hin. Mit etwas Glück hatte der Täter die Rechnung mit Karte beglichen.

»Ehrlich gesagt, kannte ich den nicht, aber vorige Woche war der schon mal hier.«

»Und wie hat der Mann gezahlt?«

»Bar, beide Male.«

Vor Enttäuschung entfuhr Lutz ein Seufzer. »Und können Sie den Mann beschreiben?«

»Schon, er war circa Mitte 30 und ziemlich groß. Blonde Haare, nettes Gesicht. Hat gesagt, er hätte Jahrestag und wollte die Blumen seiner Freundin schenken.«

»Äh? Zweimal? Jahrestag hat man doch nur einmal im Jahr, oder?«, wunderte Lutz sich.

»Beim zweiten Mal hat er irgendwas von einem Streit erzählt. Die Blumen sollten ein Versöhnungsgeschenk sein. Warten Sie mal.« Lutz hörte ein Rascheln. »Ich habe den Namen bei der Bestellung notiert.«

»Ehrlich?« Lutz schnellte von seinem Stuhl hoch. Sein Mund war plötzlich ganz trocken. Er schluckte. Sollte der Mann einen Fehler gemacht haben, indem er seinen Namen hinterlassen hatte? Dass es der Täter war, der sich hier die Opfergabe besorgt hatte, war für Lutz so gut wie sicher.

»Hier«, hörte er plötzlich Frau Petersen. »Bestellt hat die Blumen ein gewisser Herr Hinze.«

Das Gebäude wirkte schlicht. Peer parkte direkt vor dem Eingang und stieg aus. Lediglich ein Messingschild gab Auskunft darüber, dass sich hier die Zentrale der Kinder des Lichtes befand.

Sehr diskret, dachte er und ging auf die Tür zu, die plötzlich aufschwang.

»Willkommen bei den Kindern des Lichtes, was kann ich für Sie tun?«

Eine Frau in den Zwanzigern blickte ihn und Michael freundlich an. Sofort drängte sich Nielsen die Frage auf, warum sie sich hier engagierte. Die Frau wirkte auf ihn normal. Doch was hatte er erwartet? Erst auf den zweiten Blick fiel ihm das weite weiße Gewand auf, das sie trug und das ihre schlanke Gestalt verhüllte.

»Mein Name ist Peer Nielsen, das ist mein Kollege Boateng«, antwortete er mit einem Blick auf Michael. »Wir möchten zu Herrn Siegel.«

»In welcher Angelegenheit?« Das Lächeln schien der Frau ins Gesicht gemeißelt, doch Nielsen hatte genau beobachtet, wie ihr linkes Augenlid leicht geflackert hatte. Er zog seinen Dienstausweis aus der Jackentasche.

»Das ist offiziell, wir haben ein paar Fragen zu einem Mitglied.«

»Zu einem Bruder oder einer Schwester?«

So nannte man sich hier also. Beinahe wie in einer gewöhnlichen Kirchengemeinde, fiel Peer auf.

»Das ist vertraulich.«

»Dann folgen Sie mir.«

Anscheinend hatte sie bemerkt, dass ihr bloßes Lächeln ihn nicht würde abwimmeln können. Die Frau machte einen Schritt nach hinten, sodass sie eintreten konnten und sich in einer kleinen Eingangshalle wiederfanden, die ebenfalls in Weiß gehalten war. Der Raum wirkte sehr steril, und als sie auf ein paar Stühle am Ende der Halle wies, wagte Peer sich kaum zu setzen. Sicherlich würde seine dunkle Jeans auf das weiße Polster abfärben. Daher erhob er sich sogleich und betrachtete die Bilder von verschiedenen Lichtformationen an den Wänden, unter denen verschiedene Sprüche standen.

»Die Erkenntnis erlangt man nur durch das Licht der Wahrheit.« Peer runzelte die Stirn. Dieser Satz erschien ihm gerade in Bezug auf seine Arbeit plausibel, dennoch glaubte er, dass damit nicht die Wahrheit gemeint war, nach der er suchte. Er ging zum nächsten Bild mit einem Sonnenaufgang, während Boateng auf dem Stuhl sitzen blieb und etwas in sein Merkbuch notierte.

»Nur das Licht vertreibt das Dunkel und du erkennst den Herrn in seiner ganzen Güte und Weisheit.« Auch bei diesem Spruch musste Nielsen zugeben, dass ein gewisser Wahrheitsgehalt nicht zu leugnen war, fragte sich aber, wer denn dieser weise gütige Herr wohl war. Glaubte die Gemeinschaft an Gott wie die Christen oder war hier eine Art Guru gemeint?

Er warf Boateng einen Blick zu und fragte sich, wie die Mitglieder es wohl mit seiner dunklen Hautfarbe hielten. Dürfte auch er hier Erhellung finden?

Ehe er sich weiter damit beschäftigen konnte, öffnete sich eine Tür und die Frau schwebte quasi zu ihnen zurück.

»Herr Siegel hat eine Sitzung, die nicht unterbrochen werden kann, aber vielleicht kann ich Ihre Fragen beantworten?«

»Nein. Wie lange dauert die Sitzung?«, entgegnete Boateng, wie aus der Pistole geschossen. Die junge Frau stockte einen Moment und musterte ihn.

»Zwei, drei Stunden?«

Peer drängte sich die Frage auf, ob er so lange betete oder meditierte, und schaute er auf seine Uhr. »Gut, dann kommen wir um drei Uhr wieder.«

»Wieso hast du nicht auf ein Gespräch bestanden?«, wunderte Michael sich, als sie wieder vor der Tür standen. »Wir ermitteln schließlich in einem Mordfall, und wahrscheinlich hat der Tod von Steffen Hoffmann etwas mit dieser Sekte zu tun.«

»Das wissen wir noch nicht. Und wir wissen auch nicht, wie dieser Siegel verbandelt ist. Noch mehr Wirbel und Druck können wir uns nicht leisten. Außerdem haben wir uns eine Mittagspause verdient«, bestimmte er und schlug vor, in Ottensen eine Kleinigkeit zu essen.

Auf dem Weg zu einem Bistro rief Peer im Büro an.

»Und, gibt es Neuigkeiten?«

»Wir haben einen Blumenladen ausfindig machen können, der in den letzten Tagen viele dieser schwarzen Rosen verkauft hat«, triumphierte Lutz Bielenberg. Endlich hatten sie eine heiße Spur.

»Oh, gut.«

»Ja, aber der Käufer hat bar bezahlt und außer dem Namen Hinze haben wir keine Hinweise auf den Kunden.«

»Das ist besser als gar nichts.«

»Schon, aber weißt du, wie viele Hinze es in Hamburg gibt? Wir selektieren gerade die mit Geburtsdatum 1970 und jünger, denn in diesem Alter hat sich laut Angaben der Verkäuferin der Kunde befunden«, informierte Lutz ihn über seine Vorgehensweise.

»Guter Ansatz. Wie heißt der Laden und wo ist der?«

»Ottenser Hauptstraße, Blumendiele Grote.«

»Da sind wir ganz in der Nähe«, gab Nielsen an. »Wir schauen schnell vorbei. Telefoniert ihr weiter, denn eventuell hat der Täter auch bei anderen Blumenläden Bestellungen aufgegeben.«

»Geht klar, Chef«, entgegnete Lutz, doch die Euphorie in seiner Stimme war verschwunden.

20. KAPITEL

Nach einem kleinen Snack in einem Bistro in dem quirligen Stadtteil machten sich die beiden auf den Weg zur Blumendiele Grote. Das Geschäft war winzig und fiel in der Häuserzeile kaum auf. Sie betraten den Laden durch einen schmalen Eingang.

»Guten Tag, ich bin gleich für Sie da«, rief ihnen eine Frau aus einem Hinterzimmer zu, wo sie gerade einen farbenprächtigen Strauß band.

Boateng blickte sich um und auch Peer, der eigentlich nicht viel für Blumen und Pflanzen übrig hatte, war fasziniert von der Blütenpracht in dem kleinen Verkaufsraum. Die Rosen, Nelken, Gladiolen verströmten einen Duft, den Nielsen tief einsog und der ihm leicht die Sinne vernebelte. Augenblicklich musste er an Miri denken. Ihr Parfum roch so frisch und fruchtig. Wo sie momentan wohl steckte? Ob es ihr gut ging?

»Suchen Sie etwas Bestimmtes?« Die Verkäuferin war unbemerkt neben ihn getreten und riss ihn abrupt aus seinen Gedanken.

»Sie haben bereits mit meinem Kollegen gesprochen«, erklärte Peer und wühlte dabei umständlich in seiner Jackentasche nach seinem Dienstausweis.

»Ich kann Ihnen aber nicht viel mehr sagen, als ich

bereits am Telefon erzählt habe. Der Mann hat bar bezahlt und bestellt waren die Blumen auf den Namen Hinze.«

»Haben Sie den Mann seitdem noch einmal gesehen? Hat er vielleicht weitere Bestellungen aufgegeben?«

»Bisher nicht, aber jetzt wo ich weiß, dass Sie ihn suchen, melde ich mich natürlich sofort bei Ihnen, wenn er wieder auftaucht.« Sie hielt ihm ihre Hand hin, die Nielsen irritiert anstarrte. Boateng verstand schneller und reichte der Frau eine Visitenkarte.

»Und zu seinem Aussehen oder der Erscheinung selbst ist Ihnen nichts aufgefallen? Sprach er vielleicht einen Dialekt?«

»Nee, der kam eindeutig von hier. Hatte einen typischen norddeutschen Slang drauf.«

»Ein Muttermal oder Tattoo?« Peer gab nicht auf. Sie brauchten Ergebnisse. Doch die Frau schüttelte den Kopf. »Der sah ganz normal aus.«

Normal, was war schon normal?, dachte Nielsen. War ein Mörder normal? Aus Erfahrung wusste er tatsächlich, dass viele Verbrecher erschreckend normal auf ihre Umgebung wirkten.

»Können Sie uns vielleicht etwas zu den Blumen sagen?«, fragte nun Boateng.

»Nun«, die Blumenverkäuferin fuhr sich leicht durch ihre mittellangen Haare, »eigentlich ist die schwarze Rose gar nicht schwarz.«

»Sondern?« Nielsen zog die Augenbrauen hoch.

»Tiefrot, dennoch wird sie schwarze Rose genannt und das ist ja nicht unbedingt positiv.«

Nielsen nickte und nahm an, dass die Farbe Schwarz auch in diesem Fall für Trauer, Tod und Abschied stand, was ins Bild der Taten passte.

»Es ist natürlich Auslegungssache, und daher habe ich mir nichts dabei gedacht, als der Kunde sagte, die Blumen seien für seine Freundin als Versöhnungsgeschenk.«

»Schenkt man da nicht eher rote Rosen?«, meinte Peer zu wissen.

»Schon, aber das ist Auslegungssache. Es gibt Leute, die sind der Meinung, dass schwarze Rosen auch einen Neuanfang oder Neubeginn symbolisieren können.« Die Verkäuferin zuckte mit den Schultern.

Nielsen bedankte sich und wies auf die Visitenkarte, die die Frau mittlerweile auf dem kleinen Verkaufstresen abgelegt hatte. »Wenn er wieder auftaucht …«

»Melde ich mich sofort.«

»Das mit den schwarzen Rosen – das könnte ein Hinweis sein«, bemerkte Michael, als sie zurück in die Goethestraße liefen.

»Könnte, aber viel mehr als Tod und Trauer symbolisiert das für mich auch nicht.«

»Und Abschied«, ergänzte Boateng. »Vielleicht nimmt der Täter von irgendetwas Abschied.«

»Vielleicht von seinem bisherigen Leben, weil er sich dieser Sekte angeschlossen hat?«, murmelte Nielsen, als sie vor dem Gebäude der Kinder des Lichtes angekommen waren.

»Nur warum ermordet er dann seine Geschwister?«, gab Michael zu bedenken.

»Der Schlüssel zu dem Rätsel liegt vielleicht hier«, entgegnete Peer, ehe er läutete. Diesmal öffnete ein Mann, ebenfalls in einem weißen Gewand.

»Herr Siegel erwartet Sie«, begrüßte er sie hoheitsvoll und deutete ihnen mit einer Geste einzutreten.

Michael und Peer folgten dem grauhaarigen Mann durch die ihnen bereits bekannte Eingangshalle. Diesmal drangen sie jedoch weiter in die Räumlichkeiten vor – durch einen langen Flur, an dessen Ende sich eine Tür befand. Der Mann im Gewand klopfte, wartete auf ein vernehmbares »Herein« und öffnete die Tür.

Dahinter erstreckte sich ein heller lichtdurchfluteter Raum, in dem außer ein paar Stühlen und einem gläsernen Schreibtisch keine weiteren Möbel standen. Herr Siegel trug im Gegensatz zu den anderen beiden Mitgliedern einen Anzug, ebenfalls in Weiß. Mit federnden Schritten kam er auf sie zu. Mit dem Licht im Rücken wirkte es, als strahle er, als sei er die Lichtquelle in dem Raum.

Nielsen nahm die ihm gereichte Hand und stellte sie vor. »Wir sind wegen eines Ihrer Mitglieder hier.«

Der Angesprochene ließ die Mundwinkel sinken. »Herr Hoffmann hat uns bereits angerufen und über Steffens tragischen Tod informiert«, sagte er in einem traurigen Ton und holte anschließend tief Luft. »Das ist ein herber Verlust für uns.«

Peer vermutete, dass Steffens Vater die Sekte für den Tod seines Sohnes verantwortlich machte. »Wieso herber Verlust, hatte Herr Hoffmann denn eine besondere Position in Ihrer Institution?«

»Jedes Kind ist wichtig«, belehrte Klaus Siegel ihn. »Aber jemand neidete ihm anscheinend seine Erleuchtung.«

»Und hat ihn daher in Flammen aufgehen lassen?« Michael krauste die Stirn.

»Passt das Ihrer Ansicht nach nicht?« Der Sektenführer musterte Boateng eingehend.

»Vermissen Sie noch weitere Mitglieder?«, übernahm Nielsen wieder.

Siegels Blick wanderte zu dem Grauhaarigen, der sie herbegleitet hatte und der immer noch im Türrahmen stand. Er schüttelte unmerklich den Kopf.

Nielsen überlegte, ob es einen weiteren Zusammenhang zwischen den Opfern gab, oder hatte der Mörder sie willkürlich ausgesucht? War es nur Zufall, dass Steffen Hoffmann Mitglied dieser Sekte gewesen war? Er konnte und wollte sich das nicht vorstellen. Die meisten Taten waren sogenannte Beziehungstaten, was bedeutete, dass es eine Verbindung zwischen Opfer und Täter gab. Laut Angaben von Herrn Hoffmann hatte Steffen jedoch alle Verbindungen zu seinem bisherigen Leben abgebrochen, selbst zu seiner Familie. Seine Gemeinschaft, sein Umfeld waren nun die Kinder des Lichtes gewesen.

»Was war denn Steffen Hoffmann für ein Mensch? Wie haben Sie ihn gesehen?«

»Nun«, holte Herr Siegel aus, »alle Kinder des Lichtes müssen rein und edel sein.«

»Rein und edel?« Peer zog die Augenbrauen hoch. »Und das schließt ein, dass sie ihre Eltern bestehlen?«

»Stehlen, nein, wie kommen Sie auf so etwas?«

»Die Familie von Steffen Hoffmann hat davon berichtet.«

»Hören Sie, viele Menschen neiden uns unsere Erleuchtung und versuchen, uns und die Gemeinschaft schlechtzumachen. Das sieht man ja an dem Mord. Hat denn der Vater Anzeige erstattet?«

»Wieso?« Aus Nielsens Sicht war es verständlich, dass Herr Hoffmann seinen Sohn nicht angezeigt hatte, dennoch hatte er dem Vater mehr geglaubt als diesem Leuchthannes.

»Dann ist das sicherlich nur ein Gerücht. Denn Steffen war eines unserer ehrlichsten Mitglieder. Und ein Vorbild für viele. Er kam zu uns, da war er am Boden und ausgelaugt. Hier, bei den Kindern des Lichtes hat er Ruhe und Frieden gefunden.«

»Und Erleuchtung?« Peer konnte sich den sarkastischen Unterton nicht verkneifen.

»Ja, allerdings muss man dafür ein umfangreiches Programm mit mehreren Prüfungen absolvieren. Das gelingt nicht jedem.« Herr Siegel ließ sich nicht aus der Reserve locken.

»Aber Steffen hat es geschafft?«

»Mit Bravour.«

»Also ich weiß nicht«, beurteilte Nielsen wenig später das Gespräch mit Siegel. »Das stinkt doch alles zum Himmel. Erleuchtung, Erkenntnis, und das alles durch ein Programm?« Sie hatten das Gebäude verlassen und schlenderten zurück zum Wagen.

»Wahrscheinlich betreiben die da eine Art Gehirnwäsche«, vermutete Michael.

»Oder es sind Drogen im Spiel.«

»Auch möglich.«

»Am besten, wir fragen mal bei den Kollegen vom Drogendezernat an, ob da was bekannt ist, und dann sollten wir mal mit einem Sektenbeauftragten sprechen. Da ist bestimmt nicht alles erleuchtet und rein bei denen, auch wenn diese weißen Gewänder es so aussehen lassen sollen.« Nielsen blickte auf die Uhr. »Nur heute wird das wohl nichts mehr.«

21. KAPITEL

Die Nacht über blieb es ruhig. Und auch der nächste Morgen begann recht gemächlich. Die Telefone glühten nicht mehr, es kamen so gut wie keine Anrufe mehr aus der Bevölkerung.

»Trotzdem gibt es keinen konkreten Ansatz, oder?« Fritsche starrte Nielsen über den Besprechungstisch hinweg an.

»Wir haben zumindest das zweite Opfer identifiziert, darüber hinaus einen Blumenkäufer, und diese Sekte ist definitiv ein guter Ansatzpunkt.«

»Aber an die kommt ihr nicht ran«, gab Fritsche zu bedenken. »Oder wie wollt ihr da vorgehen?«

»Man müsste die Mitglieder befragen«, schlug Boateng vor.

»Sehr gute Idee, du übernimmst das mit Carsten«, wies Nielsen an. »Ich werde mich heute mit dem Sektenbeauftragen treffen. Der kann mir sicherlich etwas über den Verein sagen.«

Fritsche nickte, wirkte jedoch nicht zufrieden. »Was ist mit Lutz und Jens?«, wollte er wissen.

»Ihr sprecht mit den Kollegen vom Drogendezernat und vielleicht von der Sitte. Schaut auch mal im Archiv, ob es Anzeigen gegen die Kinder des Lichtes oder Klaus

Siegel persönlich gegeben hat«, wies Nielsen die beiden an. »Mich soll der Affe lausen, wenn der nicht etwas damit zu tun hat.«

Nachdem die Aufgaben verteilt und das Meeting beendet war, checkte Peer noch ein paar Mails, als sein Chef das Büro betrat.

»Na«, frotzelte Peer, »hat der Innensenator wieder Druck gemacht?«

»Nein, nun ja, schon, aber ich wollte mit dir sprechen.« Fritsche ließ sich auf den Stuhl vor Peers Schreibtisch fallen. Nielsen sah seinem Vorgesetzen ins Gesicht und ahnte, dass nun ein nicht gerade angenehmes Gespräch folgen würde.

»Was gibt's?«, fragte er dennoch möglichst lässig.

»Nun«, hüstelte Fritsche.

»Geht es dir nicht gut?«, fiel Nielsen dazwischen. »Siehst blass aus.«

»Lenk nicht ab.« Fritsche kannte ihn zu gut und hatte den Versuch durchschaut. »Es geht um dein Team.«

»Was ist damit?«

»Es ist Kollegen aufgefallen, dass du einen Mitarbeiter bevorzugst.«

»Hat sich einer beschwert? Ich habe alle Arbeit gerecht verteilt.« Peer verschränkte die Arme vor der Brust.

»Gerecht?«

Nielsen nickte.

»Die vielversprechendsten Hinweise überprüfst du immer selbst, und das meistens zusammen mit Michael. Oft überprüfst du die Arbeit deiner Mitarbeiter doppelt.«

Peer ahnte, woher die Klage kam. »Wir waren eh gerade in der Gegend und manchmal fällt den Zeugen noch etwas ein. Außerdem ist ein persönliches Gespräch meist besser als ein Telefonat.«

»Ja, wenn das so ist, hättest du Lutz rausschicken können.«

»Wenn wir eh in Ottensen waren?«

»Warum nimmst du nicht einmal eines der anderen Teammitglieder mit?«

»Boateng ist nun mal mein bester Mann und er hat neulich auch Telefondienst geschoben.« Peer sah nicht ein, dass er etwas an seiner Arbeitsweise ändern sollte. Er band sein Team in die Ermittlungen ein, lobte vielversprechende Ansätze und bemühte sich um gute Stimmung. Er war es leid, dass seine Arbeitsweise immer kritisiert wurde, und auf solch neidisches oder gar eifersüchtiges Geplänkel hatte er so gar keine Lust. Demonstrativ blickte er auf die Uhr. »Ich muss los. Der Termin mit der Sektenbeauftragten ist in 30 Minuten.« Er stand auf und nahm seine Jacke, die über dem Stuhl hing.

»Peer«, stöhnend erhob Fritsche sich, »ich will dir doch nichts Böses. Ich sehe dein Potenzial, aber du musst lernen, es zu nutzen.«

Michael und Carsten hatten die Befragung der Mitglieder telefonisch angekündigt.

»Muss das sein?«, hatte Klaus Siegel gefragt.

»Ja, das muss sein«, hatte Boateng darauf bestanden.

»Alle?«

»Zumindest alle, die in engerem Kontakt zu Steffen Hoffmann standen.«

Diesmal wurden sie wieder von der Frau begrüßt, allerdings nicht so freundlich wie tags zuvor.

»Wir sind angemeldet«, erklärte Carsten unnötigerweise.

»Ich weiß.«

Sie schwebte geradezu in ihrem weißen Gewand einen Gang entlang und anschließend die Treppe hinauf in den ersten Stock. Dort führte sie die beiden in einen komplett leeren Raum. Carsten warf Michael verwunderte Blicke zu, der zuckte leicht mit den Schultern.

»Warten Sie hier.« Die Frau ließ sie allein.

Boateng ging ans Fenster und hörte, wie Carsten hinter ihm leise »Strange« flüsterte. Von hier oben blickte man auf eine Art Innenhof, der weiß gepflastert war. Keine Blumen, keine Pflanzen, nicht mal ein Zipfelchen Unkraut war zu sehen.

Das Letztere war hier nicht vorhanden, wurde ihm klar, weil eine Gruppe Mitglieder mit einer Art Giftspritze die Ritzen bearbeitete. Solche Aufgaben hatte man hier also auch zu erledigen. Aber gut, was sollte man auch den ganzen Tag machen? Meditieren? Erleuchtung suchen? Siegel hatte etwas von einem Programm erzählt. Wie das wohl aussehen mochte? Ob Unkrautjäten dazugehörte? Die Tür wurde geöffnet und riss Michael aus seinen Überlegungen.

»Ich soll mich hier melden.« Ein schmächtiger blasser Mann betrat den Raum. Seine Augen huschten zwischen Boateng und Carsten hin und her.

Michael trat auf ihn zu und streckte ihm dabei die Hand entgegen. Der Mann machte jedoch keine Anstalten, diese zu ergreifen.

»Ja, gut …« Michael zückte sein Merkbuch. »Sie haben

sicherlich mitbekommen, dass eines Ihrer Mitglieder ermordet wurde.«

Sein Gegenüber nickte lediglich.

»In welchem Verhältnis standen Sie zu Steffen Hoffmann?«

»Ich?« Die Augen des Angesprochenen wurden größer. Boateng konnte nur einen schmalen grünen Ring um die geweitete Iris ausmachen.

»Nun ja, also, wir waren, also wir kennen uns natürlich von hier aus der Gruppe.«

»Und waren Sie enger befreundet?«

»Befreundet, nein, wir befanden uns beide auf derselben Stufe des Programms und haben für die nächsten Prüfungen zusammengearbeitet.«

»Und war Steffen in den letzten Tagen anders, oder hat er etwas gesagt, zum Beispiel, dass er sich bedroht fühlte?«

»Nein, überhaupt gar nichts, also nichts Auffälliges. Nicht dass ich wüsste, nur, dass er eben dann nicht zur Abendmeditation erschienen ist.« Der Mann fuhr sich mit der Hand über die Stirn.

Schwitzt er?, fragte sich Michael. Im Raum war es nicht besonders warm und das weiße Gewand war zwar aus festem, aber recht dünnem Stoff gefertigt. »War er denn sonst immer da oder waren Sie verabredet?«

»Nein, aber wenn man die nächste Stufe der Erleuchtung erreichen will, ist es Pflicht, bei der Abendmeditation teilzunehmen.«

Michael wurde bewusst, dass es bei der Erleuchtung also nicht wirklich um irgendeine Erkenntnis ging, sondern diese anscheinend durch Teilnahmen an bestimmten Veranstaltungen erlangt werden konnte.

»Und ist außer Steffen noch irgendjemand nicht erschienen?«, fragte Carsten.

»Wie, noch jemand?« Der Blick des Mannes huschte zwischen beiden Polizisten wieder hin und her.

»Na, vermissen Sie noch weitere Mitglieder?« Vielleicht war die Tote von Blankenese auch Teil der Sekte gewesen, überlegte Michael.

»Also aus meiner Gruppe nicht, da müssen Sie andere fragen.«

»Gut, danke«, entließ Michael den Mann, der gar nicht schnell genug den Raum verlassen konnte.

Die weiteren Befragungen ergaben ein ähnliches Ergebnis. Keinem war etwas aufgefallen, keiner wusste etwas, alle suchten nur nach der Erleuchtung.

Als sie das Haus der Kinder des Lichtes schließlich verließen, schwirrte Michael geradezu der Kopf. Er hatte nicht gewusst, dass so viele Leute nach etwas Übersinnlichem, einer Art höheren Macht suchten oder gar nach ihr strebten. Reichte es ihnen nicht, sie selbst zu sein und das Leben zu genießen? Oder lag es in der Natur des Menschen, nach immer weiteren und höheren Zielen zu streben? Er jedenfalls war mit seinem Leben zufrieden – zumindest meistens, stellte er für sich fest, während sie schweigend zum Wagen zurückgingen. Natürlich gab es immer Dinge, die man anders haben wollte, Dinge, die man sich wünschte, wie zum Beispiel, dass er und seine Frau gern ein Kind hätten. Aber es wollte einfach nicht klappen. Trotzdem schrieb er das keiner höheren Macht zu oder betete darum oder glaubte, dass durch irgendein Ritual oder Opfer sein Wunsch erfüllt werden würde. Von wem auch? Es war ein medizinisches, besser körperliches

Problem, bei dem auch keine erleuchtete höhere Macht helfen konnte. Jedenfalls sah er es so.

Er wusste zwar, dass sich die Menschen gerne an eine höhere Macht wandten, wenn es ihnen schlecht ging oder ein Unglück passierte, aber dass sie Erleuchtung suchten, war ihm so gut wie neu. Und was bedeutete diese Erleuchtung eigentlich? Er hatte zwar eines der Mitglieder danach gefragt, doch der Mann hatte ihn nur misstrauisch angeschaut und sich erkundigt, ob diese Frage zur Auflösung des Mordes an Steffen diente. Auf den Kopf waren die Leute jedenfalls nicht gefallen, das konnte man nicht sagen. Sie ließen nur das verlauten, was nötig war, um ihre Fragen zu beantworten. Nicht mehr. Vielleicht hatten sie selbst etwas mit dem Mord zu tun? Vielleicht war Steffen Hoffmann ein Aussteiger gewesen, hatte gedroht, etwas über die Praktiken der Sekte zu verraten, und man hatte ihn daraufhin einfach mundtot gemacht. Ebenso wie die verbrannte Frau, deren Identität sie zwar noch nicht kannten, die aber durchaus in einem Zusammenhang mit den Kindern des Lichtes stehen konnte. Wer wusste das schon?

22. KAPITEL

Die Sektenbeauftragte hatte bei der Terminabsprache darum gebeten, sich mit Nielsen in der Innenstadt zu treffen. Peer war das ganz recht, denn es war Mittagszeit und der vorgeschlagene Treffpunkt war ein Café, das kleine Gerichte anbot. Er bestellte sich ein belegtes Baguette und einen Kaffee.

»Sie haben mich wegen der Kinder des Lichtes kontaktiert, wie kann ich Ihnen helfen?«, begann Frau Sengemann das Gespräch anstelle Nielsens, der gerade von seinem Brötchen abgebissen hatte. Peer kaute und betrachtete die ältere rundliche Dame an dem kleinen Tisch ihm gegenüber. Sie hatte sich lediglich einen Tee bestellt und blickte ihn nun aus wachen und interessierten Augen an.

»Sie haben sicherlich von dem Brand am Tutenberg gehört? Das Opfer war Mitglied der Gemeinschaft.«

»Oh«, entfuhr es Frau Sengemann, »dann hat er wahrlich Erleuchtung gefunden. Entschuldigung, aber mit dem Verein haben wir bisher keine guten Erfahrungen gemacht. Es gibt zwar kaum Aussteiger, daher ist unser Wissen, was die Sekte angeht, eher begrenzt, dafür haben wir eine Selbsthilfegruppe mehrerer Angehöriger.«

»Und wie gehen die Angehörigen damit um? Was erzählen die so?« Peer biss erneut von seinem Baguette ab.

»Nun ja, Umgang gibt es ja so gut wie keinen. Was soll man da sagen, aber das genau ist eben das Problem, wenn Ihr Kind oder Partner plötzlich aus Ihrem Leben verschwindet und jeglichen Kontakt abbricht.«

»Schreibt das die Sekte denn vor?«

»Vorschreiben, das ist vielleicht das falsche Wort. Aber es ist durchaus gerne gesehen, wenn man nur Kontakte innerhalb der Gemeinschaft pflegt. Und glauben Sie mir, die haben ihre Druckmittel, um das deutlich zu kommunizieren.« Auf Frau Sengemanns Hals bildeten sich leichte rote Flecken.

»Hm, und wie sieht es mit Geld aus?«

»Geld?« Die Sektenbeauftragte runzelte die Stirn.

»Ja, die Eltern von Steffen Hoffmann, dem Opfer vom Tutenberg, gaben an, dass ihr Sohn sie bestohlen hat.«

»Durchaus gängig. Die Sekte muss sich schließlich finanzieren. Haben Sie die Räumlichkeiten gesehen?«

Peer nickte. Da er gerade wieder etwas im Mund hatte.

»Wissen Sie«, fuhr Frau Sengemann fort, »prinzipiell ist ja die Suche nach dem Sinn des Lebens nicht grundsätzlich verwerflich, aber unseres Wissens nach betreiben die Kinder des Lichtes eine Art Gehirnwäsche. Eigene Meinungen oder kritische Bemerkungen sind nicht erwünscht.«

»Und wenn man aussteigen will?«

»Das ist nicht einfach. Bisher sind uns zwar keine Gewaltexzesse bekannt, aber das muss nichts heißen. Hinter die Mauern des Gebäudes kann man nicht schauen, und es gibt, wie gesagt, wenig Mitglieder, die da rausgekommen sind.«

»Aber es gibt welche?« Nielsen schob seinen leeren Teller von sich.

»Schon, aber die wenigen, die ich kenne, haben Angst, an die Öffentlichkeit zu gehen. Sie werden bedroht und sind psychisch kaputt. Neulich traf ich ein junges Mädchen, das sich an uns gewandt hat. Sie berichtete, dass sie vorhatte, die Praktiken öffentlich zu machen. Da waren wir natürlich sehr interessiert, aber dann ist sie von heute auf morgen von der Bildfläche verschwunden.«

»Verschwunden?« Peer überlegte, ob es sich bei der Toten aus Blankenese um das besagte Mädchen handelte, doch Frau Sengemann hatte eine andere Erklärung für das Verschwinden.

»Wir nehmen an, dass die anderen Mitglieder so viel Druck ausgeübt haben, dass sie doch wieder zur Gemeinschaft zurückgekehrt ist, und dann versucht man natürlich, sie noch stärker zu isolieren. Vermutlich hat man sie ins Ausland geschafft.«

»Die Sekte ist international tätig?«

»Schon, soweit wir wissen, gibt es sogenannte Trainingslager in den USA und in Russland.«

»Ach so?« Derartige Ausmaße hatte Peer der Gemeinschaft gar nicht zugetraut.

»Hier in Deutschland sind die Kinder des Lichtes lediglich ein winziger Ableger, und Klaus Siegel eine kleine Nummer – auch wenn er anders auftritt. Aber weltweit ist die Sekte durchaus bedeutsam.«

»Und was genau machen die in diesen Lagern?«

»Offiziell meditieren, nach der Erleuchtung suchen, das Licht anbeten – nach außen hin jedenfalls nichts Verbotenes«, erklärte Frau Sengemann.

»Und inoffiziell?«

»Die Leute festhalten, nicht ihrer Kontrolle entziehen,

sodass nichts Negatives nach außen dringt. Das ist typisch für solche Gruppen. Und gleichzeitig macht sie das so gefährlich, denn wir nehmen an, dass unbequeme Mitglieder mundtot gemacht werden.«

»Sie meinen …?«

Die Sektenbeauftragte nickte. »Nachweisen können wir denen nichts, aber den einen oder anderen Selbstmord hat es gegeben. Dass allerdings jemand quasi öffentlich hingerichtet wurde, das ist meines Wissens noch nicht vorgekommen.«

»Sie meinen, das Brandopfer passt nicht in die Vorgehensweise der Sekte?« Peer fragte sich, ob er sich insgeheim zu früh gefreut hatte.

»Nicht wirklich, aber ausschließen würde ich es dennoch nicht. Immerhin passt der Zusammenhang, denn durch diese Hinrichtung hat Steffen Hoffmann doch scheinbar Erleuchtung gefunden.«

»Na ja, ganz so kann man das nicht sehen.«

»Sie und ich wohl nicht, aber der- oder diejenige, die ihn angezündet hat, vielleicht.«

23. KAPITEL

Zwei Stunden später saß Peer mit seinem Team zusammen und besprach die Neuigkeiten.

»Also, in der Sekte selbst sagt keiner was«, berichtete Boateng von den Befragungen.

»Passt zu dem, was die Sektenbeauftragte gesagt hat, die haben bestimmt vorher Redeverbot bekommen oder wurden im Umgang mit uns vorbereitet.«

»Aber wenn die mit den Morden zu tun haben, wie sollen wir an die Täter rankommen?« Ratlosigkeit spiegelte sich in den Gesichtern der Anwesenden.

»Vielleicht können wir einen von denen privat, also außerhalb der Sekte, abfangen«, schlug Nielsen vor.

»Ich weiß nicht, die haben doch viel zu sehr Angst, die werden sich auch denken können, dass Steffens Tod etwas mit seinem Verhalten zu tun hatte. Obwohl bisher niemand ausgesagt hat, dass er aussteigen wollte. Oder wussten die Eltern etwas darüber?« Carsten blickte fragend zwischen Peer und Michael hin und her.

»Nein«, entgegnete Nielsen.

»Und der ehemalige Nachbar?« Carsten Hinrichs griff nach jedem Strohhalm.

»Auch nicht, der hatte außerdem schon länger keinen

Kontakt mehr zu Steffen, ebenso wenig wie die Eltern«, erklärte diesmal Michael.

Es breitete sich ein Schweigen aus, bis plötzlich Jens sich zu Wort meldete. »Und wenn wir einen von uns dort einschleusen? So kämen wir wahrscheinlich am ehesten an Informationen.«

Nielsen fand das grundsätzlich eine gute Idee. Es gab nur ein Problem.

»Carsten, Michael und mich kennen die dort bereits. Außerdem, wenn die herausfinden, dass unser Spitzel bei der Polizei angestellt ist …« Peer schluckte. »Nee, das ist zu gefährlich.«

Der Ansatz war nicht schlecht, nur wen könnten sie als V-Mann einschleusen?

»Ich denke, wir machen für heute Feierabend und überlegen morgen die nächsten Schritte.« Hoffentlich gab es bis dahin keine neuen Opfer, dachte er und stand auf.

Peer fuhr nicht direkt nach Hause, wo außer Fritz, seinem Leguan, ohnehin niemand auf ihn wartete. Er fuhr weiter nach Rissen, um seinen Freund Sören zu besuchen. Sie kannten sich seit der Schulzeit und waren gute Kumpel, sahen sich selten, obwohl sie in der gleichen Stadt wohnten. Aber in der Stimmung, in der Nielsen sich jetzt befand, suchte er den Freund oft auf. Es tat ihm einfach gut, mit jemandem Unbeteiligten zu reden, der zudem in einer anderen Welt lebte. Sören wohnte mit seiner Freundin und seinem Sohn in einem fast schon dörflichen Stadtteil. Der Marketingleiter war vor allem ein Familienmensch. Im Gegensatz zu Peer, der sich manchmal zwar auch eine Partnerschaft wünschte, aber Kinder? Dafür fühlte er sich nicht bereit, auch wenn Sören ihm immer wieder versicherte, wie viel so ein Kind einem zurückgab.

Für Peer war ein Kind zunächst einmal viel Arbeit und kostete Nerven, was sich bestätigte, als er vor der Tür stand und durch das geöffnete Fenster Kindergeschrei hörte. Ob es ein guter Zeitpunkt war, den Freund zu besuchen?

Sören jedoch sah wider Erwarten entspannt aus und freute sich, Peer zu sehen. Anscheinend war er den Lärm, den Julius, sein Sohn, verursachte, gewöhnt und hörte das Geschrei nicht oder konnte es zumindest ausblenden.

»Alter, du?« Sören ahnte vermutlich, dass Nielsen sich bei seinen Ermittlungen in einer Sackgasse befand, und bat ihn herein. Nachdem er ihn in die Küche gelotst hatte, wo ein heilloses Durcheinander herrschte, reichte er ihm aus dem Kühlschrank eine Flasche Bier. »Und, was machen eure Brandleichen?« Sören hatte natürlich von den Vorfällen aus der Zeitung erfahren.

»Ach«, stöhnte Peer und ließ sich auf einen der alten Küchenstühle fallen, »das ist kompliziert.«

Der Freund schob von einem anderen Stuhl einen Haufen Wäsche, ehe er sich zu ihm setzte. »Habt ihr denn schon einen Ansatzpunkt?«

Nielsen nickte, während er einen Schluck Bier trank. »Ein Opfer ist identifiziert, die andere Leiche ist allerdings bis zur Unkenntlichkeit verbrannt.«

»Schrecklich«, kommentierte Sören die Verbrechen und wartete, dass Peer fortfuhr.

Nielsen durfte eigentlich nicht mit Zivilpersonen über den Fall sprechen, aber bei Sören war er sich sicher, dass er die Angelegenheit für sich behielt.

»Wie es aussieht, hat die Sekte Kinder des Lichtes etwas damit zu tun, denn das zweite Opfer war Mitglied in der Gemeinschaft.«

»Kinder des Lichtes?« Sören krauste die Stirn. »Nie davon gehört.«

»Ich vorher auch nicht, aber ich habe mit der Sektenbeauftragten der Stadt gesprochen, und dort ist der Verein bekannt. Bisher nicht wirklich einschlägig, aber man weiß ja, wie das da läuft.«

»Woran glauben die denn?«

»Eigentlich an nichts Verwerfliches, außer dass sie auf der Suche nach Erleuchtung sind. Aber die Programme sind da wohl recht streng, und bisher ist wenig davon an die Öffentlichkeit gedrungen. In Deutschland herrscht Religionsfreiheit, also glauben können die im Prinzip, an was sie wollen.«

»Aber das ist doch sicherlich nicht alles?«

»Es geht wohl auch um Geld, denn es ist unklar, wie die Sekte sich finanziert. Man geht davon aus, dass die Mitglieder ausgebeutet werden.«

»Inwiefern?« Sören beugte sich ein Stück weit über den Tisch.

»Um Erleuchtung zu erlangen, muss man an diesen Programmen teilnehmen und die kosten viel Geld, vermute ich.«

»Verstehe. Und inwiefern, glaubt ihr, haben die nun etwas mit diesen Brandleichen zu tun?«

Nielsen zuckte mit den Schultern. »Möglich, dass der Typ aussteigen wollte und sie ihn mundtot gemacht haben. Wir haben einige Befragungen durchgeführt, aber natürlich sagt da keiner was.«

»Ihr solltet Kontakt zu Ehemaligen aufnehmen«, schlug Sören vor.

»Sind laut Sektenbeauftragter keine bekannt, und wenn, dann verschwunden oder die haben sich selbst umgebracht. Es gibt lediglich eine Selbsthilfegruppe einiger Angehöriger«, seufzte Peer und nahm den letzten Schluck Bier aus seiner Flasche.

»Könnte einer von denen der Täter sein?«

Diesen Ansatz hatten sie bisher noch nicht in Erwägung gezogen, musste Nielsen sich eingestehen. Vielleicht wollte sich ein Familienmitglied rächen? Aber wieso hatte man dann Mitglieder umgebracht und nicht Klaus Siegel? Oder hatte Steffen Hoffmann eine besondere Stellung in der Gemeinschaft innegehabt? Eher unwahrscheinlich. Soweit er Michael verstanden hatte, hatte Steffen sich mit einem anderen Mitglied quasi noch in der Ausbildung befunden. Was aber, wenn er ein anderes Mitglied verführt hatte, in die Sekte einzutreten, quasi neue Mitglieder aktiv geworben hatte? Dann könnte ihn jemand für die Wurzel allen Übels gehalten haben. Und die andere Leiche? Lag der Fall bei der Frau ähnlich, falls sie ebenfalls Mitglied bei den Kindern des Lichtes gewesen war? Diesen Ansatz mussten sie unbedingt verfolgen. Peer setzte den Punkt gedanklich auf seine Liste für den morgigen Tag. Dennoch ließ ihn der Gedanke nicht los, dass sie am ehesten an Informationen kämen, wenn sie jemanden in die Gruppe einschleusten.

»Ja, aber wen wollt ihr denn da hinschicken? Habt ihr für solche Fälle Personal?«, wollte Sören wissen, nachdem Peer ihm von diesem Ansatz berichtet hatte.

»Nicht wirklich.« Peer stierte Sören an.

»Du hast nicht an mich gedacht«, wehrte der plötzlich ab.

»Nein«, beteuerte Nielsen wahrheitsgemäß, aber wenn er länger darüber nachdachte, fand er die Idee nicht so schlecht.

»Ich habe mit solchen spirituellen Dingen gar nichts am Hut, das weißt du.«

»Ja, und außerdem keine Zeit«, stöhnte Nielsen, als Cordula mit dem Kind in die Küche kam und es Sören reichte. »Jetzt bist du mal dran, ich kann nicht mehr.«

Sören nahm seinen Sohn auf den Schoß und für einen Augenblick verstummte Julius, als er Peer sah.

»Na, du kleiner Tyrann«, begrüßte Nielsen den Jungen und grinste.

Als hätte das Kind ihn verstanden, fing es augenblicklich wieder an, aus Leibeskräften zu schreien.

»Vielleicht täte dir eine kleine Auszeit gut«, bemerkte Peer, als er beobachtete, wie der Freund erfolglos versuchte, seinen Sohn zu beruhigen.

»Vielleicht.«

24. KAPITEL

In der Nacht war es zum Glück erneut ruhig geblieben, doch Nielsen ahnte, dass das auf Dauer nicht so bleiben würde. Nicht, solange der Täter noch frei herumlief, denn egal ob sich irgendwer an der Sekte rächte oder die Kinder des Lichtes versuchten, auf diese Art und Weise Querulanten loszuwerden, es würde sicherlich weitere Opfer geben.

Wenn die Sekte etwas mit den Morden zu tun hatte, hatte man sicherlich nicht nur Angst, sondern auch Zweifel bei den Anhängern gestreut. Er konnte sich nicht vorstellen, dass die Mitglieder keine Fragen stellten. Wäre ein V-Mann dann nicht die beste Idee, um an Informationen zu kommen? Und am besten noch einen in der Selbsthilfegruppe? Diese beiden Ansätze jedenfalls fand Peer am vielversprechendsten.

Zu der Selbsthilfegruppe wollte er Jens schicken. Er kannte sich mit der Sekte aus, hatte gut recherchiert und konnte sicherlich glaubhaft vorgeben, eine Schwester oder einen Bruder an die Sekte verloren zu haben.

Jens Schnitter war sofort Feuer und Flamme, als Nielsen den Vorschlag in der morgigen Besprechung machte, denn normalerweise schickte er den Mitarbeiter nicht raus oder nur ganz selten. Aber diesmal erschien er ihm der geeignetste Mann in seinem Team zu sein und er trug Jens auf, sich gleich mit dem Vorstand der Selbsthilfegruppe in Verbindung zu setzen und herauszufinden, wann das nächste Treffen stattfand.

»Aber du musst trotzdem vorsichtig sein, denn wenn der Täter aus der Gruppe kommt, darf der nicht mitkriegen, dass du von der Polizei bist.«

»Aber wenn der Täter jetzt Selbstjustiz betreibt, kommt er vielleicht gar nicht mehr zu den Treffen«, gab Michael zu bedenken.

»Valider Punkt«, lobte Peer ihn. »Erkundige dich unauffällig, ob es Leute gibt, die der Gruppe seit einiger Zeit fernbleiben«, forderte er von Jens, der immer noch begeistert wirkte.

»Und was ist mit der Sekte selbst? Wollen wir da jetzt jemanden einschleusen?«, fragte Carsten Hinrichs und blickte dabei in die Runde.

Weitere vielversprechende Ansätze blieben ihnen momentan nicht, musste Peer eingestehen. »Es sollte jemand von außerhalb der Polizei sein, ich habe da an einen Freund von mir gedacht.«

Die anderen runzelten die Stirn oder zogen die Augenbrauen hoch. Sie wussten, wie heikel es war, Zivilpersonen in Ermittlungen zu involvieren. Dafür würden sie vermutlich keine Genehmigung bekommen.

»Es muss ja nicht offiziell sein«, merkte Peer an und wechselte schnell das Thema, als Gerhard Fritsche zur Besprechung hinzustieß. »Also wir werten die verbleibenden Hinweise der Spurensicherung aus und sprechen noch einmal mit der Blumenverkäuferin aus Ottensen. Die Suche nach einem Herrn Hinze ist bisher erfolglos geblieben. Da gibt es einfach zu viele und die Wahrscheinlichkeit, dass der Mann einen falschen Namen angegeben hat, ist sehr groß. Besser, wir klappern noch andere Läden ab, vielleicht hat der Täter eine neue Bestellung woanders aufgegeben«, erklärte Nielsen die weitere Vorgehensweise.

»Hm.« Sein Vorgesetzter wog den Kopf hin und her und schien augenscheinlich nicht zufrieden mit den Fortschritten des Teams. »Was können wir der Presse präsentieren?«

»Wieso, ist schon wieder eine Konferenz angesetzt?« Nielsen stöhnte innerlich auf.

»Es gab so viele Anfragen«, versuchte Fritsche sich zu verteidigen.

»Unsere Ansätze würde ich nicht präsentieren, dann warnen wir den Täter womöglich. Und wenn wir nichts vorzuweisen haben, stellen die uns wieder wie Idioten dar«, sagte Peer.

»Ich weiß«, stöhnte Gerhard Fritsche. »Aber was soll ich machen?«

Nielsen spürte, wie sein Magen zu grummeln begann. War es sein Problem, was der Presse präsentiert werden sollte? Anstatt sie in Ruhe arbeiten zu lassen, musste er sich ständig mit solch überflüssigen Konferenzen herumschlagen. »Also ich habe einen Außentermin«, gab er deshalb an. »Ich muss noch einmal mit den Eltern von Steffen Hoffmann reden.«

Auf dem Weg zu den Hoffmanns rief er Sören an. Er hatte gestern Abend kurz vor der Verabschiedung das Gefühl gehabt, dass der Freund von seinem Vorschlag nicht ganz so abgeneigt gewesen war, wie er zunächst vorgegeben hatte, wenngleich sich bei Peer sein Gewissen meldete.

Durfte er dem Familienvater solch eine zusätzliche Belastung aufbürden?

Obwohl, überlegte er, wie oft hatte Sören ihn um seinen Job beneidet und gesagt, er würde lieber einen anderen Beruf, vielleicht bei der Polizei ergreifen, wenn er noch einmal vor der Berufswahl stünde. Die Arbeit im Büro machte ihm zwar generell Spaß, war aber bei Weitem nicht das, was er sich ursprünglich als Tätigkeit vorgestellt hatte. »Und dann diese Kollegen«, hatte Sören schon mehrfach gejammert. »Mehr mit sich selbst als mit der Sache beschäftigt, an der sie arbeiten sollen. So kommt man wirklich nicht voran.«

Sören meldete sich nach dem dritten Klingeln. »Peer, was gibt's?« Zum Glück klang der Freund entspannt, anscheinend hatte er momentan keinen Stress im Büro. Trotzdem wusste Nielsen nicht so recht, wie er auf das Thema zu sprechen kommen sollte.

»Ja, wegen gestern noch einmal. Also wegen dieser Sekte …«

»Ich mach's«, platzte Sören unerwartet dazwischen.

»Was?« Nielsen glaubte, sich verhört zu haben.

»Ja, ich mach's. Muss hier unbedingt mal raus, brauche ein wenig Abwechslung.« Die letzten Sätze hatte er geflüstert.

»Echt, das habe ich gar nicht …« Peer war tatsächlich sprachlos.

»Könntest du dann später ins Präsidium kommen, oder …« Peer fiel ein, dass das keine gute Idee war. Sein Chef durfte nichts davon mitbekommen. Am liebsten hätte er aber Michael und Jens dabei. Wo also konnten sie sich treffen?

»Wie wäre es später im Vapiano?«

»Um 16 Uhr?«, erkundigte Sören sich.

»Das hört sich gut an.« Das Restaurant war um diese Zeit vermutlich nicht übermäßig besucht und groß genug, sodass man sich ungestört unterhalten konnte. Jedenfalls gab es dort keine Kellner, die ständig an den Tisch kamen und störten, befand Nielsen.

Nachdem er das Gespräch beendet hatte, musste er die Zusage des Freundes erst einmal verdauen. Kurz kamen ihm Zweifel, ob das wirklich richtig war, Sören hineinzuziehen, aber das konnten sie beim Gespräch immer noch klären, wischte er schließlich seine Bedenken zur Seite. Wichtig war, dass es eine Möglichkeit gab, die Sekte auszuspionieren, alles andere würde sich zeigen.

»Ja, spreche ich mit Knut Grundmann?« Jens Schnitter hatte im Internet den Vorsitzenden der Selbsthilfegruppe ausfindig gemacht und versuchte gerade ihn zu erreichen.

»Ja?« Die Stimme klang misstrauisch, aber das konnte natürlich daran liegen, dass der Mann von Sektenmitgliedern bedroht wurde. Jens schrieb sich diesen Punkt auf das vor ihm liegende Blatt Papier. »Ich habe Ihren Verein im Netz ausfindig gemacht und …«

»Ja?«

»Also es ist so, mein Bruder ist seit einigen Wochen bei den Kindern des Lichtes und hat den Kontakt beinahe komplett zu mir und meinen Eltern abgebrochen. Jeden Versuch, ihn zu sprechen, blockt man ab. Meine Eltern machen sich wahnsinnige Sorgen, weil wir nicht wissen, was er macht und wie es ihm geht.« Jens fand, dass seine

Stimme durchaus glaubhaft klang, und tatsächlich zeigte das Gesagte seine Wirkung.

»Oh, das tut mir leid. Wie lange, sagten Sie, haben Sie schon keinen Kontakt mehr?«

»Seit circa drei Wochen. Anfangs hat mein Bruder sich von Zeit zu Zeit gemeldet, aber gut drei Wochen haben wir kein Wort mehr von ihm gehört.«

»Das ist ganz typisch«, bestätigte Herr Grundmann. »Nur bei der Kontaktaufnahme können wir nicht helfen.«

»Das verstehe ich, aber es täte mir gut, mich mit Leuten auszutauschen, die Ähnliches erlebt haben. Wissen Sie, meine Eltern sind alt, ich mache mir Sorgen um sie.«

»Das verstehe ich, wäre denn unsere Gruppe nicht auch etwas für Ihre Eltern?«

Diesen Punkt hatte Jens nicht bedacht, fieberhaft suchte er nach einer plausiblen Erklärung.

»Ich möchte sie eigentlich nicht noch stärker mit dem Thema belasten, jedenfalls momentan nicht, wissen Sie, mein Vater hatte vor kurzer Zeit einen Herzinfarkt und darf sich nicht aufregen und meine Mutter nimmt das Ganze so sehr mit; sie lebt seitdem in einer Art Angstzustand.«

»Ja, aber täte es ihnen dann nicht gerade gut, darüber zu sprechen?« Herr Grundmann blieb hartnäckig.

»Mein Vater ist noch sehr schwach. Vielleicht ist es besser, wenn erst einmal nur ich …?«

»Verstehe«, gab der Vorsitzende endlich nach und Jens atmete leise auf. »Sie haben Glück, wenn man das in diesem Fall so sagen kann. Morgen Vormittag gibt es ein Treffen. Wir frühstücken zusammen. Das ist vielleicht auch ein guter Anlass, um sich kennenzulernen.«

»Morgen Vormittag?« Jens gab vor zu überlegen. »Da müsste ich eventuell mit meinem Chef sprechen.« Diese Antwort war nicht einmal ganz gelogen, dachte Jens und ließ sich von Herrn Grundmann Adresse und Uhrzeit für das Treffen geben. »Dann vielleicht bis morgen«, verabschiedete Jens sich und legte auf.

25. KAPITEL

Nielsen stoppte den Wagen vor dem Haus der Hoffmanns. Als er gerade klingeln wollte, wurde die Tür geöffnet.

»Oh«, entfuhr es Herrn Hoffmann. Neben ihm stand ein Mann im schwarzen Anzug, wie Peer annahm, der Bestatter, denn soweit er wusste, war die Leiche von Steffen Hoffmann heute freigegeben worden. Was mit der anderen Leiche geschehen würde, wusste er nicht, aber sicherlich blieben ihnen noch ein paar Tage, die Identität herauszufinden, ansonsten würde man die Tote vermutlich anonym bestatten.

»Wir sind dann ja fertig.« Herr Hoffmann verabschiedete sich von dem Bestatter und bat Nielsen herein. Frau Hoffmann saß mit geröteten Augen am Esstisch im Wohnzimmer und knetete ein Taschentuch in den Händen.

»Mein Beileid«, sagte Nielsen, der die Frau seit der Identifizierung der Leiche nicht gesehen hatte.

»Danke«, flüsterte sie und schnäuzte sich leicht. »Möchten Sie einen Kaffee?«

Gerne hätte Peer eine Tasse getrunken, wollte der Frau aber keine Umstände bereiten.

»Es ist noch welcher da«, informierte ihn Herr Hoffmann und Nielsen nickte leicht.

Nachdem die dampfende Tasse vor ihm stand, räusperte er sich. »Ich habe da noch ein paar Fragen.«

»Das heißt, Sie haben den Täter noch nicht?« Mit Tränen in den Augen blickte Frau Hoffmann ihn an.

»Nein«, musste Peer eingestehen. »Aber wir haben bereits erste Ansätze. Diese Sekte, in der Steffen seit einiger Zeit war, hatten Sie Kontakt zu denen?«

»Die sind doch an allem schuld«, flüsterte Frau Hoffmann, während ihr Mann entgegnete, dass sie zu den Kindern des Lichtes keinerlei Kontakt hatten.

»Und haben Sie sich irgendwo Hilfe geholt?«

»Nee, aber hätten wir besser«, schluchzte Frau Hoffmann. »Steffen war, seitdem er sich denen angeschlossen hatte, wie auf Droge, total verändert.«

»Wie war er denn vorher?«

»Na ja, er war nie ein leichtes Kind, hatte immer seinen eigenen Kopf. Viel geredet hat er mit uns über seine Probleme nicht, aber ich habe auch nie gefragt«, gab die Mutter zu. »Vielleicht ist es meine Schuld.«

»Gerda, es ist doch nicht deine Schuld, dass der denen verfallen ist«, polterte Herr Hoffmann dazwischen.

»Aber er muss bei denen etwas gefunden haben, was wir ihm nicht geben konnten. Ich habe nicht geahnt, dass er auf der Suche war, nach … ja, wonach eigentlich?«

Die Frau schaute Peer an, und irgendwie fühlte er sich an seine Mutter erinnert, die sich gerade jetzt auch nach einer engeren Beziehung zu ihm sehnte. Peer konnte diese Nähe allerdings nicht ertragen. Vielleicht war es Steffen Hoffmann ähnlich ergangen.

»Wahrscheinlich wusste er das selbst nicht so genau«, wandte er sich daher aus der Fragestellung der Mutter.

»Haben Sie denn noch andere Mitglieder kennengelernt? Hatte Steffen Freunde, die er Ihnen vorgestellt hat, oder eine Freundin?«

»Freunde kann man die wohl nicht nennen, die ihn da reingezogen haben«, bemerkte Herr Hoffmann. »Aber nein«, versuchte er sich zu beruhigen, »wir hatten keinen Kontakt mehr zu Steffen. Wussten nicht recht, was er da so trieb.«

»Hat er denn gar nicht mit Ihnen gesprochen?«

»Ganz am Anfang ja, da war er ein paar Mal hier. Hat versucht uns zu überzeugen, dass die Gruppe so toll sei und ihm guttat«, stieß Herr Hoffmann in einem abfälligen Ton hervor.

»Inwiefern?«

Die Mutter zuckte mit den Schultern. »Na ja, er hat gesagt, dass er sich da angenommen fühlt. Dort würde man ihn ernst nehmen. Als wenn wir ihn nicht ernst genommen hätten.«

»Hat er denn gar nicht von anderen Mitgliedern erzählt?« Peer wunderte sich, dass die Hoffmanns anscheinend so wenig Interesse an dem Umgang ihres Sohnes gezeigt hatten.

»Erzählt? Geschwärmt hat er, besonders von diesem Leiter, der ihm eine fabelhafte Karriere in Aussicht gestellt hat. Dabei war Steffen nicht dumm, er hätte auch sonst alles werden können, war sportlich und besonders in Sprachen sehr begabt. Dass er auf solch einen Scharlatan hereinfällt, hätten wir nicht gedacht.« Herr Hoffmann schüttelte den Kopf.

Peer spürte, dass er hier wohl kaum etwas mehr über die Sekte oder andere Mitglieder erfahren würde. Trotzdem hakte er noch einmal nach. »Sie hatten also zu niemandem aus der Sekte Kontakt?«

»Doch«, fuhr Frau Hoffmann plötzlich auf. »Vor ein paar Wochen war hier ein junger Mann. Hat sich als Bekannter von Steffen vorgestellt und gefragt, was er so in der Sekte macht, wo er sich aufhält.«

Nielsen wurde hellhörig. »Kannten Sie ihn?«

»Nein, und ehrlich gesagt, haben wir den auch als einen von diesen Spinnern abgetan. Habe mich nur gefragt, warum der dann nichts über Steffen wusste.«

»War das vielleicht ein Aussteiger?«

Wieder folgte ein Schulterzucken.

»Meine Frau war allein zu Hause und hatte Angst. Nachdem Steffen uns schon bestohlen hatte, wussten wir nicht, wozu die aus der Sekte sonst noch fähig sind. Reingelassen hat sie den zum Glück nicht. Wer weiß, was sonst womöglich passiert wäre.«

»Hat er seinen Namen genannt?«

Frau Hoffmann blickte auf. »Ich meine, er hieß Hinze oder so.«

»Schön, dass Sie es einrichten konnten«, begrüßte Herr Grundmann Jens, nachdem er sich bei den vielen Anwesenden bis zum Vorgesetzen der Selbsthilfegruppe durchgefragt hatte.

»Ja, ich habe meinem Chef die Wahrheit gesagt, und er hatte Verständnis dafür, dass ich mich um meinen Bruder kümmern will.«

Der ältere Mann nickte. »Ehrlich währt am längsten.«

Es waren zu dem Frühstück mehr Leute anwesend, als Jens erwartet hatte. Viele ältere Paare, aber auch ein paar junge Männer und Frauen waren gekommen. Es herrschte ein geschäftiges Treiben. Jens fand einen Platz neben einer jungen Frau, die sich als Hilke Jürgensen vorstellte und gleich erzählte, dass ihr Mann seit einigen Monaten bei der Sekte war.

»Mit einem Koffer ist er ausgezogen, hat sämtliche Konten leer geräumt und mich mit den Kindern mittellos zurückgelassen.«

Jens war schockiert. Wie konnte man eine so bildhübsche Frau verlassen, um sich der Suche nach irgendeiner Erleuchtung zuzuwenden? Diese Frau war Erleuchtung.

Er sah Hilke Jürgensen mitleidig an und hörte ihrer Schimpftirade auf die Sekte zu, an der sie wirklich kein gutes Haar ließ. Sie verstand nicht, warum ihr Mann gegangen war.

»Hatten Sie denn Probleme?«

Sie schaute ihn skeptisch an, dann aber gab sie zu, dass es wohl in jeder Ehe und Familie hin und wieder zu Reibereien kam. »Das ist doch normal, deswegen läuft man doch nicht davon und lässt alles stehen und liegen.«

Jens fragte sich, wie die Frau wohl zurechtkam. Es war sicherlich nicht leicht, ohne Geld mit zwei kleinen Kindern über die Runden zu kommen. »Und wollten Sie ihn zurückgewinnen?«

»Einige von uns haben so etliches unternommen. Ich habe mit Ilse und Werner eine Sitzblockade vor dem Haus gemacht, denn die haben uns nicht einmal geöffnet. Jedenfalls nicht, nachdem wir versucht haben, mit unseren Angehörigen zu sprechen. Regelrecht abgeschottet haben die sich, verbarrikadiert.«

»Und dann, was war mit der Blockade?«

»Nachdem es dann nach Stunden angefangen hat zu regnen, sind wir gegangen. Es war ohnehin aussichtslos. Maik ist weg, damit muss ich mich abfinden, auch wenn es mir schwerfällt. Und bei Ihnen?«, bemühte sie sich nun von sich abzulenken, da ihr bei den letzten Worten die Tränen in die Augen gestiegen waren.

Jens erzählte von seinem imaginären Bruder. »Dass man so gar nichts gegen die machen kann«, endete er schließlich.

»Tja, das ist schwierig. Einige von uns hatten anfänglich vor, das Gebäude zu stürmen, um mit den Angehörigen zu sprechen. Die wollten über den Hinterhof ins Innere gelangen, aber dabei sind sie bedroht worden.«

»Bedroht?« Jens war ganz Ohr.

»Zunächst wohl nur verbal, aber dann sind einige von denen mit Schaufeln und Gartengeräten auf sie losgegangen.«

»Haben Sie denn eine Ahnung, was genau die darin veranstalten? Worum geht es dieser Sekte?«

Hilke Jürgensen zuckte mit den Schultern. »Maik hat anfänglich, als er noch zu Hause wohnte, erzählt, dass die einem helfen, das ewige Licht zu finden, und dass er sich viel besser fühle. Ich wusste nur nicht, dass es ihm vorher schlecht ging. Ich habe ihn gefragt, was denn dieses ewige Licht sein soll, und er hat geantwortet, es sei wie ein Feuer, das einen mit Haut und Haaren in Besitz nimmt.«

26. KAPITEL

Nach dem Besuch bei den Hoffmanns machte sich Peer auf den Weg zu Vapiano in Altona. Er war früh dran und ging daher ein paar Schritte um das Restaurant herum, versuchte seine Gedanken zu ordnen, doch immer wieder kamen ihm Bedenken in die Quere, dass es nicht gut sei, seinen Freund da hineinzuziehen.

Was, wenn die Leute von der Sekte gefährlich waren? Immerhin standen sie im Verdacht, etwas mit den beiden Morden zu tun zu haben. Er würde sich nie verzeihen, wenn Sören etwas zustieß. Außerdem bestand die Gefahr, dass er aufflog. Und wer konnte sagen, wie die Kinder des Lichtes darauf reagieren würden?

Sollten sie die ganze Sache lieber abblasen? Aber er brauchte den Zugang zu der Sekte. Noch einen Mord konnten sie sich nicht leisten, das hatte Fritsche deutlich klargemacht. Der Druck war enorm, daher versuchte er die Bedenken zur Seite zu schieben und konzentrierte sich noch einmal auf das vorangegangene Gespräch mit den Hoffmanns.

Hinze, so hatte sich auch der Käufer in der Blumendiele genannt. Handelte es sich um ein und dieselbe Person? Die Wahrscheinlichkeit war sehr, sehr groß. Dann hatte Frau Hoffmann vermutlich dem Mörder ihres Sohnes gegenübergestanden. Das hatte Nielsen ihr gegenüber wohlweislich verschwiegen, auch wenn Frau Hoffmann sich nicht in der Lage sah, mit einem Beamten ein Phantombild von dem jungen Mann anzufertigen. »Ich kann mich an den gar nicht so genau erinnern«, hatte sie vorgegeben, aber Peer hatte eher den Eindruck gehabt, dass sie Angst hatte. Zumal Herr Hoffmann erzählt hatte, dass Steffen bei seinen letzten Besuchen äußerst aggressiv geworden war, als sie ihm kein Geld hatten geben wollen. Danach war er zwar völlig abgetaucht, aber es war deutlich spürbar gewesen, dass neben der Sorge um den Sohn vor allem Angst vor der Sekte den Alltag der Hoffmanns bestimmt hatte. Erst recht nachdem sie festgestellt hatten, dass Steffen heimlich eingebrochen und den Familienschmuck gestohlen hatte.

Erneut überkamen ihn die Sorgen um seinen Freund und durchkreuzten seine weiteren Gedanken. Sören war ein taffer Mann, der wusste, was er tat, versuchte er sich zu beruhigen, als er schließlich ins Restaurant ging.

Dort traf er als Erstes Jens, der von dem Treffen der Angehörigen erzählte. »Die scheinen echt fies drauf zu sein. Möchte nur wissen, mit welcher Art von Gehirnwäsche die den Mitgliedern beikommen.«

»Wahrscheinlich drohen die den Mitgliedern.«

»Aber womit?«, fragte Jens. »Schließlich sind die freiwillig da.«

»Na, wahrscheinlich damit, dass ihnen die Erleuchtung verwehrt bleibt. Oder es sind Drogen im Spiel, das hat es doch auch schon gegeben, oder? Das würde vielleicht auch erklären, warum die so viel Geld abkassieren. Vielleicht erkauft man sich die Erleuchtung, die dann durch Drogen stattfindet.« Peer dachte an die Äußerung von Steffens Mutter, dass ihr Sohn auf sie wie auf Droge gewirkt hatte.

Bevor sie weiter spekulieren konnten, traf Boateng und gleich darauf Sören ein. Langsam kam er auf ihren Tisch zu und Nielsen glaubte an seinem Gesichtsausdruck zu erkennen, dass Sören seine Zusage bereits bereute.

»Es ist nicht zu spät, du kannst noch Nein sagen«, bot er dem Freund an, doch er wusste, dass Sören immer zu seinem Wort stand und so gut wie nie einen Rückzieher machte.

»Nee, das wird ja nicht so schlimm sein, oder?«

»Man sollte die Sekte nicht unterschätzen«, warf Jens ein, der bei dem Treffen der Selbsthilfegruppe noch von weiteren Drohungen gehört hatte.

»Aber ich soll doch nur ein paar Kontakte knüpfen, vorgeben, interessiert zu sein, oder?« Sören blickte zwischen den dreien hin und her.

»Schon, aber man wird versuchen, dich da hineinzuziehen, von dem Programm zu überzeugen, in irgendeiner Weise abhängig zu machen.« Die Sache mit den Drogen ließ Nielsen zunächst einmal unerwähnt, schließlich war das nur eine vage Vermutung, wie die Sekte ihre Mitglieder gefügig machen könnte.

»Also, wie gesagt, ich mach es. Wie und wo kann ich Kontakt zu denen aufnehmen?«

Da war Peer überfragt, aber Jens konnte zum Glück weiterhelfen. »Hilke Jürgensen hat erzählt, dass einige Mitglieder in einem Geschäft in Bahrenfeld arbeiten und dort potenzielle neue Mitglieder ansprechen. Jedenfalls ist Maik dort in dem Laden mit der Sekte in Kontakt gekommen.«

»Und was ist das für ein Geschäft?«, fragte Boateng.

»Irgend so ein Tee- und Esoterikladen. ›Lichthaus‹, nennt der sich, ist in der Friedensallee.«

»Gut«, bestimmte Sören, »dann werde ich da morgen nach Feierabend mal vorbeischauen.«

Auf dem Heimweg rief Peer im Büro an. Carsten Hinrichs meldete sich und Nielsen fragte, ob es Neuigkeiten gäbe.

»Stell dir vor, es sind in Wandsbek schwarze Rosen bestellt worden«, sprudelte es aus seinem Mitarbeiter heraus.

Peers Herz begann augenblicklich einen Takt schneller zu schlagen. Weniger deswegen, weil er sich darüber ärgerte, dass Carsten Hinrichs ihn nicht sofort informiert hatte, als darüber, dass diese Bestellung wahrscheinlich ein weiteres Opfer nach sich zog, und das vermutlich bald.

»Und wart ihr in dem Laden?«

»Ja, aber ähnlich wie in Ottensen wurde der Auftrag bar bezahlt und die Verkäuferin, die den Strauß ausgehändigt hat, ist heute Mittag in Urlaub gefahren.«

»Das heißt, die Rosen wurden bereits abgeholt?«

»Ja, heute Morgen, leider.«

»Verdammt«, fluchte Peer. »Habt ihr versucht, die Blumenverkäuferin zu erreichen?«

»Schon, aber da meldet sich nur die Mailbox.«

»Das ist sch… Aber danke, dann mach Feierabend, Carsten.«

Lange würden die Blumen nicht halten. Der Täter plante sicherlich seinen nächsten Mord, vielleicht schon heute, spätestens morgen. Doch wo sollten sie anfangen zu suchen? Vielleicht wäre es gut, die Zentrale der Kinder des Lichtes im Auge zu behalten, überlegte Peer und wählte Boatengs Nummer.

»Chef, was gibt's?«

Nielsen berichtete von der Blumenbestellung und der vorsorglichen Observation.

»Keine schlechte Idee«, erwiderte Michael. »Ich habe Zeit.«

Wenig später trafen sie sich bei einem Supermarkt in der Nähe des Altonaer Bahnhofs, um sich mit Getränken und Lebensmitteln für die bevorstehende Nacht einzudecken.

»Wenn der Täter wirklich aus deren Reihen kommt, dann haben wir vielleicht Glück und können ihn abpassen«, sagte Peer, als sie schließlich in einer nahe gelegenen Parklücke Position bezogen, von wo aus sie den Eingang gut im Blick hatten.

»Und wenn es einen Hinterausgang gibt?«, wagte Michael zu fragen.

»Gibt es mit Sicherheit, aber hier weg kommst du meiner Ansicht nach nur über diese Straße, und dass der Täter sich zu Fuß aufmacht, halte ich für unwahrscheinlich. Schließlich muss er irgendwie die Leiche oder den Betäubten zur Opferstelle bringen.«

»Oder er betäubt sein Opfer vor Ort.«

»Möglich, aber selbst dann müsste man das ganze Tatwerkzeug – Brandbeschleuniger, eventuell Brennmaterial und nicht zu vergessen die Rosen – hinschleppen. Außerdem muss er im Notfall schnell verschwinden können, wie wir letztes Mal festgestellt haben.«

»Hm«, entgegnete Boateng und blickte angestrengt zum Haus der Sekte, da es dunkler wurde und die Straßenlaterne nur mäßig den Eingangsbereich erhellte.

»Ich finde es übrigens toll von deinem Freund, dass er uns helfen will.«

Peer nickte leicht. Noch immer war er sich unsicher, ob er die Aktion nicht abblasen sollte. Und Boatengs nächste Äußerung war nicht gerade hilfreich.

»Die sind schließlich nicht ungefährlich, also wenn die mitkriegen, dass wir Sören da eingeschleust haben …«

»Was dann?« Nielsen blickte zu Michael, der nach wie vor den Eingang des Gebäudes im Visier hatte.

»Wenn die wirklich etwas mit den Morden zu tun haben, kann es ziemlich brenzlig werden. Vielleicht sollte doch besser einer von uns …? Ich meine, so oder so, du hast ja nicht mal eine offizielle Genehmigung für die Aktion.«

»Danke für die Erinnerung, aber Sören macht das schon. Er geht jetzt morgen erst einmal in den Laden und versucht, Kontakt aufzunehmen. Dann schauen wir mal.«

Zu dem Thema schien plötzlich alles gesagt und Schweigen breitete sich im Wagen aus.

»Ich übernehme die erste Schicht, sieh zu, dass du deine Augen ein wenig schonst«, wies Nielsen an. Boateng, dem die letzten Tage und Nächte in den Knochen steckten, stellte dankbar seinen Sitz ein Stück nach hinten und schloss die Augen. »Weck mich, wenn was ist.«

»Sowieso.«

27. KAPITEL

Es war jedoch nicht Peer, der ihn weckte, sondern das Klingeln seines Handys.

»Leute, wir haben einen neuen Brand.«

»Was, wo?«

»Im Stadtpark bei der großen Wiese.«

»Dann scheint uns hier irgendetwas entgangen zu sein.« Boateng nickte zum Eingang und startete den Motor.

»Oder der Täter war schon unterwegs, als wir hier eintrafen.«

»Möglich«, entgegnete Michael und gab Gas.

Der Stadtpark lag ein gutes Stück entfernt, aber zu dieser Nachtzeit war so gut wie kein Verkehr auf den Straßen und sie kamen zügig voran. Neben der Frage, was sie diesmal vorfinden würden, wuchs in Nielsen ein enormer Druck. Vielleicht würde der Innensenator ihn persönlich anrufen? Oder gar vom Fall abziehen? Und die Berichterstattung der Presse würde hässlich werden – sehr hässlich. Pisto würde sicher wieder über seine Arbeit und die seines Teams herziehen. Er stöhnte, sodass Boateng kurz den Blick zur Seite wandte und ihn besorgt anschaute.

»Alles gut, Chef?«

»Nee, alles in Ordnung«, entgegnete Nielsen, obwohl so gar nichts in Ordnung war.

Die Brandstelle befand sich diesmal mitten auf der großen Wiese des Stadtparks und war bereits großräumig abgesperrt, sodass sie etwas entfernt parken mussten, zumal Feuerwehr und Notarzt die Zufahrt versperrten.

Das Feuer war spät entdeckt worden, was nicht nur an der Zeit lag, sondern auch daran, dass hier in der Nacht weit und breit keine Personen unterwegs waren. Lediglich ein Schichtarbeiter, der seinen Hund ausgeführt hatte, als er heimgekommen war, hatte den hellen Lichtschein durchs Gehölz flackern sehen und das Feuer gemeldet, das auch auf die umliegenden Büsche übergegriffen hatte.

»Wie sieht es aus?«, fragte Nielsen den ersten Feuerwehrmann, der ihnen über den Weg lief. »Eingedämmt und gelöscht. Kollegen schauen nur, ob es noch Glutnester gibt, sonst können Sie gleich näher ran.«

Peer nickte und schaute sich um. Auch bei diesem Brand hatte sich eine Schar Schaulustiger versammelt, die trotz der Uhrzeit dem Klang der Sirenen gefolgt schien. Nielsen musterte die Neugierigen und erkannte zu seinem Ärger Pisto, der sich geradezu den Hals verrenkte. Der Journalist hatte sogar einen Fotografen dabei, wahrscheinlich, um möglichst spektakuläre Bilder vom Tatort zu bekommen. Peer konnte sich bereits ausmalen, was morgen in der Zeitung stehen würde.

Hamburger Polizei gnadenlos überfordert, schon wieder eine Brandleiche vom mörderischen Feuerteufel. Wie viele unschuldige Opfer muss es noch geben, bis der Täter endlich geschnappt wird?

So oder so ähnlich würde sicherlich die Schlagzeile lauten, und Nielsen musste zugeben, dass diese Worte noch nicht einmal gelogen wären. Er fühlte sich tatsächlich ein wenig überfordert in diesem Fall und dass sein Chef persönlich nun hinter dem Absperrband auftauchte, machte es nicht besser. Ganz im Gegenteil.

Mit hochrotem Kopf kam Fritsche schnaufend auf Peer zu. »Gleiche Methode?«, fragte er keuchend.

»Sieht danach aus.«

»Hattet ihr Hinweise, dass es eine weitere Tat geben würde?«

»Hallo?« Peer zog die Augenbrauen hoch und blickte Fritsche verständnislos an. »Wir haben ja wohl alle mit weiteren Opfern gerechnet.«

»Na ja … schon.«

»Dennoch war abzusehen, dass der Täter bald zuschlagen würde, denn in einem Blumenladen in Wandsbek waren schwarze Rosen bestellt und heute Morgen abgeholt worden.«

»Was? Wieso habt ihr mich nicht darüber unterrichtet?«

Nielsen zuckte mit den Schultern. Was sollte er sagen, dass sie gehofft hatten, sie hätten ein wenig mehr Zeit? Oder dass sie den Täter innerhalb der Sekte überführen konnten? Schließlich hatten sie die Kinder des Lichtes observiert – zumindest das Gebäude. Aber egal, was er vorbringen würde, es änderte nichts an der Situation.

»Gibt es Zeugen, hat diesmal jemand den Täter gesehen?«

»Nein, nur der Hundebesitzer ist auf den Brand aufmerksam geworden, aber da war es schon zu spät. Die Leiche ist auch diesmal ziemlich verkohlt, also ich fürchte …«

»Noch eine ungeklärte Identität?«

»Sieht ganz so aus.«

Die Besprechung war am nächsten Morgen sehr früh angesetzt. Die Teammitglieder saßen alle ziemlich zerknittert an dem großen Besprechungstisch, Nielsen hatte überhaupt nicht geschlafen, sondern diesmal die Arbeiten am Brandort bis zum Schluss begleitet.

»Dasselbe Muster, jedenfalls soweit die Spusi das bisher sagen konnte.«

»Ihr müsst diese Sekte noch einmal näher unter die Lupe nehmen. Nehmt die auseinander. Steffen Hoffmann hatte letztendlich nur zu den Kindern des Lichtes Verbindung und diese Ritualmorde passen doch zu diesem Verein«, merkte Fritsche an.

Peer nickte, verschwieg wohlweislich, dass eine andere Vorgehensweise geplant war, als Fritsche es sich vorstellte.

»Und dann eine Mitteilung an alle Kommissariate, die sollen sofort Alarm schlagen, wenn jemand eine Vermisstenanzeige aufgeben will. Und versucht diese Blumenverkäuferin zu erreichen. Vielleicht kann die doch etwas zu dem Käufer sagen«, übernahm sein Chef die Anweisungen ans Team, was Peer ganz und gar nicht gefiel, doch er wusste, dass es in dieser Situation besser war, sich zurückzuhalten. Daher fuhr er nach der Besprechung auch wieder in die Rechtsmedizin, wie sein Vorgesetzter es von ihm gefordert hatte.

»Na, Sie werden langsam zum Dauergast hier«, bemerkte Dr. Choui, als Nielsen in Kittel und Überziehern im Sektionssaal erschien.

Der Geruch von verbranntem Fleisch, der sich mit dem

normalen Verwesungsduft vermischt hatte, der hier permanent in der Luft hing, stieg ihm in die Nase. Nielsen bemühte sich, möglichst flach zu atmen, aber der Gestank ließ sich nicht so einfach ignorieren.

»Ich wünschte auch, es wäre anders, aber wir haben nicht wirklich eine heiße Spur. Die Identität des zweiten Opfers hat uns zwar ein paar Hinweise gebracht, aber es wäre gut, wenn wir wüssten, um wen es sich bei den beiden anderen Leichen handelt, denn sonst ist kein Zusammenhang herstellbar und dass es den gibt, ist eigentlich offensichtlich, oder?«

»Na ja«, wog der Rechtsmediziner ab, »eine zufällige Opferauswahl kann man nicht ganz ausschließen, denn das Motiv des Täters könnte religiös motiviert sein. Vielleicht muss er aus seiner Sicht irgendeiner Gottheit Gaben bringen und wählt die Opfer spontan aus.«

»Sie meinen, die Opfer waren einfach nur zur falschen Zeit am falschen Ort?«

»Auszuschließen ist das nicht, oder? Das wäre sicher nicht das erste Mal in Ihrem Job so. Jedenfalls sieht mittlerweile doch alles nach einem Ritual aus. Haben Sie denn inzwischen mit meiner Bekannten, Frau Michaelsen, gesprochen?«

Peer musste zugeben, dass er das Gespräch bisher immer verschoben hatte, aber Dr. Chouis Anmerkungen durchaus für valide hielt. Nur die Möglichkeit, dass der Täter beinahe wahllos seine Opfer aussuchte, war nicht unbedingt etwas, was man aktiv in Betracht ziehen mochte.

»Nun, wir haben durchaus die Sekte Kinder des Lichtes im Visier. Ich meine, Licht, Feuer und etwas Spirituelles liegt nahe, oder?«

»Möglich«, bestätigte der Mediziner, ehe er sich an die äußere Leichenschau machte.

»Eindeutig wieder ein Mann, aber das Alter …« Dr. Choui betrachtete das, was vom Kiefer übrig geblieben war. »Schwer zu sagen, vielleicht Mitte 50.«

»So alt? Waren die anderen Toten nicht wesentlich jünger?«, wunderte Nielsen sich.

»Würde durchaus für eine spontane Wahl der Opfer sprechen«, kam Dr. Choui wieder auf seine These zu sprechen.

»Die Mitglieder der Sekte sind aus allen Altersklassen«, hielt Peer dagegen.

»Aber zünden die sich denn selber an?« Der Rechtsmediziner runzelte die Stirn.

»Was heißt selbst? Vielleicht entledigen die sich so ihrer Aussteiger.«

»Warum nicht?« Dr. Choui zuckte mit den Schultern und wendete mithilfe des Sektionsassistenten die Leiche. Augenblicklich wurde der Brandgeruch stärker und Nielsen kämpfte mit einem Würgereiz, der ihn zum Schweigen zwang.

28. KAPITEL

»Ich komme heute ein wenig später, wir haben noch ein Meeting mit anschließendem Bierchen.«

Sören log seine Freundin nicht gerne an, aber er hatte Peer versprochen, dass er zu niemandem ein Sterbenswörtchen über seinen Einsatz sagen würde. Ohnehin hatte er ein mulmiges Gefühl, wenn er an sein Vorhaben dachte. Wenn jemand aus der Sekte etwas mit den Morden zu tun hatte, war es ziemlich gefährlich, da rumzuschnüffeln. Auf der anderen Seite war er ein gestandener Mann. Er konnte jederzeit aussteigen, wenn es ihm zu brenzlig wurde, oder?

Nach dem letzten Meeting, in dessen Anschluss es jedoch kein Bier gab, machte Sören sich auf den Weg nach Bahrenfeld zu dem Lichthaus. Eigentlich hatte er sich vorher bei Peer melden sollen, aber der war nicht erreichbar. Das fing ja gut an, dachte Sören, aber einen harmlosen Besuch in einem Esoterikladen würde er sicherlich allein hinkriegen, da war ja nichts dabei.

Von außen wirkte das kleine Geschäft jedenfalls wie jedes andere, zumindest soweit Sören das beurteilen konnte, denn bisher hatte er solche Läden nicht besucht, geschweige denn überhaupt wahrgenommen. Seine Schwester war vor einigen Jahren einmal auf so einem Esoteriktrip gewesen und daher wusste er, dass es in solchen Geschäften allerlei sogenannte energetische Hilfsmittel wie Edelsteine, Lektüre und Räucherstäbchen zu kaufen gab.

Ähnlich wie Peer glaubte Sören jedoch nicht an eine höhere Gewalt oder übersinnliche Macht, fragte sich allerdings trotzdem manchmal, ob es irgendetwas gab, das sein Leben lenkte. Manchmal jedenfalls hatte Sören den Eindruck, als mische sich jemand in sein Leben ein, ohne genau benennen zu können, wer dieser jemand war. Jedenfalls fühlte er sich nicht immer selbstbestimmt.

Als er die Tür zu dem Laden öffnete, erklang ein leises Klingeln wie von tausend zarten Glöckchen und der typische Räucherstäbchenduft schlug ihm entgegen, recht dezent, sodass Sören ihn nicht als unangenehm empfand. Eine junge Frau stand hinter einem Verkaufstresen und begrüßte ihn lächelnd, als er eintrat.

»Kann ich helfen?«

»Ich schaue mich erst einmal ein wenig um.« Sören hatte sich eine Strategie überlegt und verfolgte genau seinen Plan. Er wollte suchend wirken, ohne genau formulieren zu können, wonach. Er zog hier und da ein Buch heraus und las den Klappentext, steckte es wieder zurück ins Regal und wandte sich einigen Postkarten mit Sprüchen zu. Dabei behielt er die junge Frau im Blick, die ihn ihrerseits diskret musterte und nach einer Weile fragte, ob er etwas Bestimmtes suche.

»Nee, nicht wirklich, eigentlich also …«, tat er ein wenig hilflos. Mit Erfolg. Die junge Frau verließ ihren Platz hinter dem Ladentisch und trat auf ihn zu. Sie war ganz in Weiß gekleidet, was Sören als Zugehörigkeit zur Sekte wertete.

»Möchtest du vielleicht einen Tee?«, bot sie ihm an.

Er bejahte und musste sich eingestehen, dass er sich die Kontaktaufnahme nicht derart einfach vorgestellt hatte.

Die Frau verschwand in einem kleinen Hinterzimmer und kam wenig später mit einer dampfenden Tasse zurück. »Ingwertee, reinigt die Gedanken«, sagte sie, als sie ihm den Tee reichte.

Er blickte in die Tasse, nahm einen vorsichtigen Schluck. Das Gebräu brannte im Mund. »Schmeckt gut.«

»Ja, viele Menschen verkennen die Umwelt und vor allem die Kraft der Natur. Nur weil man gewisse Dinge nicht sehen oder nachweisen kann, heißt es nicht, dass es sie nicht gibt, oder wie dieser Ingwertee nicht wirkt.« Sie nickte ihm auffordernd zu und er nahm einen weiteren Schluck, wobei er sich fragte, ob die Tasse wirklich nur reinen Ingwertee enthielt. Vorsichtshalber nippte er nur daran. Schließlich war es auch möglich, dass die Mitglieder der Sekte mit Drogen gefügig gemacht wurden, hatte Peer angemerkt, und er solle deshalb vorsichtig sein, was er zu sich nahm. Auch wenn ihm dies hier und jetzt nicht drohte, war er skeptisch. »Am besten, du täuschst irgendeine Allergie vor, dann bist du auf der sicheren Seite«, hatte Nielsen vorgeschlagen, doch schon jetzt merkte er an dem forschenden Blick seines Gegenübers, dass es schwer werden würde, alles abzulehnen.

»Nun«, versuchte er daher, das Thema zu wechseln, und stellte die Tasse ab. »Ich suche eine Art Ratgeber, vielleicht von jemandem geschrieben, der eine gewisse Erkenntnis hat.«

»Erkenntnis?« Sie blickte ihn zweifelnd an.

»Ja, also es ist so, ich spüre momentan, dass ich mich mit meinem Leben in einer Art Sackgasse befinde.«

»Inwiefern?«

»Irgendwie …«, er zögerte und tat, als zweifle er daran, ob er ihr vertrauen konnte.

»Ich bin übrigens Ira. Du kannst mir alles sagen, hier verlässt nichts den Raum«, entgegnete die Frau, die sein Zögern in Sörens Absicht gedeutet hatte.

»Also, irgendetwas fehlt mir. Ich glaube, es ist …«

»Ein Sinn?«

»Sinn?« Er blickte sie fragend an und wartete einen Augenblick, ehe er nickte. »Ja, wahrscheinlich ist das das Wort, was es am ehesten beschreibt.«

»Ich glaube, da kann ich dir helfen«, erwiderte sie.

Die Obduktion war endlich beendet, und Peer war froh, sie hinter sich gebracht zu haben. Wie bei den Fällen zuvor sah alles danach aus, dass der Mann betäubt wurde, aber sie brauchten noch die Ergebnisse der toxikologischen Untersuchung. Nielsen hatte jedoch kaum einen Zweifel, dass der Tote auf dieselbe Art und Weise wie die anderen beiden Opfer umgebracht worden war.

Als er ins Büro zurückkam, schaffte er es nicht mal bis zu seinem Schreibtisch. Auf dem Gang kam ihm Gerhard Fritsche wie ein aufgescheuchtes Huhn entgegen, packte ihn am Arm und zerrte ihn mit sich.

»Wohin geht es?«, fragte Nielsen, während er versuchte Fritsche seinen Arm zu entziehen.

»Der Innensenator hat zum Gespräch geladen.«

»Ja, und was soll ich da?«

Peer sah es nicht als seine Aufgabe an, mit dem Senator zu sprechen, obwohl er bereits befürchtet hatte, dass der Innensenator auch ihn zur Verantwortung ziehen würde.

Nielsen reichte es, dass er sich meist mit der Staatsanwaltschaft herumschlagen musste. Warum ließ man ihn nicht einfach seine Arbeit machen? Immer diese politischen Spielchen. Wie er das hasste.

Doch sein Chef ließ nicht locker – im wahrsten Sinne des Wortes – und so hatten sie bald darauf das Besprechungszimmer erreicht, in dem der Innensenator sie erwartete.

Wider Erwarten wirkte er nicht so aufgebracht und verärgert, wie Peer gedacht hatte. Er musterte seinen Vorgesetzten von der Seite, der mit hochrotem Kopf nun auf den Senator zutrat und ihm die Hand reichte.

»Schön, dass Sie es einrichten konnten. Der Fall gewinnt immer mehr Brisanz, und ich wollte einmal persönlich hören, wie der aktuelle Ermittlungsstand ausschaut.«

»Ja, deswegen habe ich den Leiter Herrn Nielsen mitgebracht, er kann am ehesten etwas dazu sagen.«

Peer schluckte unter den Blicken der beiden Vorgesetzten. »Wir hatten den Täter in den Reihen der Sekte der Kinder des Lichtes vermutet, der das identifizierte Opfer angehörte, und diese daher observiert, aber nach dem neuerlichen Brand scheint es …«

»Na ja, nur weil Sie niemanden aus dem Gebäude der Sekte herauskommen haben sehen, sind die nicht aus dem Schneider, oder? Mir scheint, die hätten das größte Motiv, vor allem wenn es einen Zusammenhang zu den anderen beiden Toten gibt.« Der Innensenator lächelte ihn an.

»Natürlich«, beeilte Nielsen sich zu antworten. Er sah die Sekte auch nicht als entlastet, konnte aber kaum von dem unerlaubten Einsatz seines Freundes berichten.

»Ich verstehe, dass es schwierig ist, solch eine Sekte zu durchleuchten, aber wenn Sie da Unterstützung brauchen …?«

»Die haben wir bereits.« Aus dem Augenwinkel sah Peer, wie Fritsche die Stirn runzelte. Hoffentlich fragte er später nicht danach, dachte Peer, während der Senator sich nun weitere Ermittlungsansätze beschreiben ließ.

»Das ist alles schön und gut, aber wir brauchen möglichst schnell die Aufklärung der Fälle«, machte der oberste Vorgesetzte der Hamburger Polizei abschließend deutlich.

»Ist klar, wir wollen auch nicht noch einen weiteren Todesfall«, brachte Peer vor. Als würden sie absichtlich trödeln, ärgerte er sich.

»Gut, dann erwarte ich, dass der Fall in den nächsten Tagen abgeschlossen wird.« Der Innensenator reichte ihm die Hand, die Peer stumm schüttelte.

Sören verließ mit gemischten Gefühlen das Geschäft in Bahrenfeld. Eigentlich hatte er das Gespräch mit der jungen Frau als angenehm empfunden, bis auf den Ingwertee – andererseits wusste er durch Peer mit Bestimmtheit, dass hier neue Mitglieder für die Sekte angeworben wurden, obwohl davon bisher nicht ein Wort gefallen war. Die junge Frau hatte ihm allerdings begeistert von einer eigenen Lebenserfahrung erzählt und ihm ein Buch von Klaus Siegel empfohlen. Als er gegangen war, hatte er mehr als einmal betont, wie gut ihm das Gespräch getan hätte, dennoch war die Frau zurückhaltend geblieben.

Auf dem Weg zur S-Bahn rief er Peer an.

»Und, was hat sich ergeben?«, fragte der ungeduldig.

Auch wenn es ihm klar war, hatte das Gespräch mit dem Innensenator ihm noch einmal verdeutlicht, wie dringend sie Ermittlungserfolge brauchten.

»Nichts.«

»Wie, nichts?« Nielsen begann zu schwitzen und fuhr sich mit der freien Hand über seinen kahlen Kopf.

»Na, die Verkäuferin in dem Esoterikladen hat sich mit mir unterhalten, aber auf die Kinder des Lichtes hat sie mich nicht angesprochen.«

»Schade, wäre auch zu schön gewesen«, sagte Peer.

»Ich gehe morgen noch einmal hin, vielleicht braucht es ein wenig Zeit«, schlug Sören vor.

Gerade die hatten sie nicht, dachte Peer, entgegnete aber trotzdem in einem ruhigen Ton: »Gut, dann bleib dran. Und Alter, danke!«

Nachdem sie aufgelegt hatten, überlegte Peer, was sie noch tun konnten. Er bat Jens, den Kontakt zu den Angehörigen zu verstärken, und setzte Boateng darauf an, sich näher mit dem Liquid Ecstasy auseinanderzusetzen, das der Täter als Betäubungsmittel benutzte.

»Das Zeug bekommt man doch an jeder Ecke«, entgegnete Michael reichlich demotiviert.

»Na, das ist wohl ein bisschen übertrieben, oder? Sprich mal mit den Kollegen vom Drogendezernat.«

»Du weißt doch, dass man im Internet heutzutage alles bekommt. Und große Dosen hat der Täter nicht benötigt, da reichen wenige Milliliter, um jemanden außer Gefecht zu setzen, soweit ich weiß.«

»Genau, soweit du weißt. Deshalb sollst du das noch einmal anständig recherchieren. Oder hast du eine bessere Idee?« Als Nielsen plötzlich Michaels Blick auffing, wurde

ihm bewusst, dass er sich wie Fritsche verhielt. Erschrocken über sich selbst nickte er Boateng zu und verließ den
Raum ohne ein weiteres Wort.

29. KAPITEL

Jens hatte sich am späten Nachmittag mit Hilke Jürgensen verabredet. Bei dem Frühstück hatten sie sich auf Anhieb gut verstanden und er hoffte, bei dem Treffen Näheres über sie, die Selbsthilfegruppe, aber auch über die Sekte zu erfahren. Sie hatten sich in einem kleinen Café in der Schanze verabredet. Als er den Laden betrat, sah er sie bereits an einem Tisch sitzen.

»Ich habe selten die Gelegenheit, am Nachmittag wegzugehen, aber heute hat meine Schwiegermutter die Kinder genommen«, erklärte sie, nachdem sie sich begrüßt und Jens Platz genommen hatte.

»Und was sagt sie dazu, dass ihr Sohn so mir nichts, dir nichts …«

»Ihr ist das ebenso unverständlich. Erika sucht die Schuld bei sich«, entgegnete Hilke Jürgensen leise.

»Wenn einer Schuld hat, dann diese Sekte.« Jens Schnitter bestellte sich einen Milchkaffee und fragte Hilke Jürgensen, was sie noch trinken möchte.

»Einen Latte bitte«, teilte sie der Bedienung mit, die daraufhin verschwand.

Eine Weile saßen sie schweigend da.

»Dass man auch so gar nichts gegen die machen kann«, schimpfte Jens schließlich vor sich hin.

»Aus der Selbsthilfegruppe haben es ja einige versucht, aber wenn die Leute freiwillig dableiben, was will man da machen?« Sie zuckte mit den Schultern.

»Das ist ja die Frage, ob das da alles freiwillig ist.«

»Wie meinst du das?«

»Bei meinem Bruder kann ich mir das nicht vorstellen, der war sonst so bodenständig.«

»Ich verstehe, was du meinst. Bei uns ist es ähnlich. Hinzu kommt, dass ich nicht verstehe, wie Maik seine Kinder im Stich lassen kann. Mich, okay, aber seine Kinder verlässt man doch nicht!«

»So eine tolle Frau wie dich auch nicht«, bemerkte Jens, und Hilke Jürgensen errötete leicht. »Hast du denn nichts unternommen, um ihn zurückzubekommen?«

»Was glaubst du denn?« Sie schaute ihn an und Jens glaubte für einen kurzen Moment eine unbändige Wut in ihren Augen aufblitzen zu sehen.

»Ich war da, wollte ihn zur Rede stellen.«

»Und?«

»Die haben ihn nicht einmal an die Tür geholt, haben gesagt, er sei im Ausbildungsprogramm und zurzeit nicht in Hamburg.«

»Sondern wo?« Jens rutschte unmerklich ein Stück näher.

»Keine Ahnung, das haben die nicht gesagt. Ich glaube auch, dass die lügen, aber als ich dann angefangen habe, seinen Namen zu rufen, haben sie mir die Tür einfach vor der Nase zugeschlagen.«

»Und hast du nie daran gedacht, dich zu rächen?«

Sie schwieg einen Moment, trank von dem Latte, den die Kellnerin gebracht hatte. »Was soll ich schon tun? In

Gedanken habe ich das Haus in Brand gesetzt, bin da eingebrochen und habe den Oberguru gezwungen, Maik freizugeben.«

Jens überlegte, ob es nur bei den Gedanken geblieben war, aber wenn er die zierliche Frau so anschaute, konnte er sich kaum vorstellen, dass sie gewalttätig werden konnte. Obwohl, einen Menschen betäuben und dann anzünden, das würde sie schon können – rein körperlich.

»Was machst du eigentlich beruflich?«, erkundigte er sich.

»Ich bin gelernte PTA, war im Mutterschutz und arbeite nun Teilzeit in einem Großhandel für Medikamente.«

Die Nacht blieb ruhig und Peer war beinahe überrascht, wenn auch erleichtert, dass es kein weiteres Opfer gegeben hatte. Er fütterte Fritz und trödelte absichtlich ein wenig herum.

Als er schließlich im Büro auftauchte, stürzte Jens Schnitter geradezu auf ihn zu und erzählte ihm von seinem Treffen mit Hilke Jürgensen.

»Da könnte es einen Zusammenhang geben«, schloss er. »Ich meine, Frau Jürgensen kommt bestimmt an Betäubungsmittel ran.«

»An Liquid Ecstasy?«, fragte Nielsen. »Und wie soll sie die Betäubten bewegt haben? Ist sie körperlich überhaupt in der Lage, einen Mann wie Steffen Hoffmann zu tragen? Und warum hat sie ihren Mann nicht verbrannt? Die muss doch wütend auf den sein.«

»Weil sie an den nicht rankommt. Der wird von der Sekte total abgeschirmt. Angeblich ist der in einem Ausbildungscamp im Ausland.«

»Und wie ist sie an Steffen Hoffmann rangekommen?«

»Keine Ahnung, aber dass sie den Kasten niederbrennen wollte …«

»Kann Zufall sein.« Nielsen ließ sich seufzend auf seinen Stuhl zurückfallen, als Jens leicht schmollend gegangen war. Das passte alles hinten und vorne nicht zusammen. Wobei »alles« nicht richtig war. Die Morde gehörten zusammen, denn Dr. Choui hatte die Ergebnisse der toxikologischen Untersuchung geschickt, die bestätigten, dass auch die Leiche aus dem Stadtpark mit demselben Mittel betäubt worden war wie die anderen beiden. Und vermutlich würde das nicht das letzte Opfer bleiben, wenn sie den Täter nicht bald aufspürten. Nur welches Ziel verfolgte der Mörder mit seinen Taten? Was war seine Motivation? Was trieb ihn an?

Er durchsuchte in seinem Handy die Kontakte nach Frau Dr. Michaelsen. Die Psychiaterin hatte ihm schon einmal in einem Fall geholfen, vielleicht konnte sie etwas Licht in den Fall bringen. Er wählte die Nummer und hörte kurz darauf die freundliche Stimme von Frau Michaelsen.

»Oh, Herr Nielsen, haben Sie wieder einen interessanten Fall?«, fragte sie, nachdem er sich gemeldet hatte.

»Sie haben sicherlich von dieser Serie von Brandmorden gehört?«

»Habe ich.«

»Wie es aussieht, haben wir es mit einem Serienmörder zu tun, aber ich verstehe die Hintergründe nicht.«

»Na ja, dazu kann ich Ihnen auch nichts sagen. Das könnte verschiedene Gründe geben, warum der Täter seine Opfer verbrennt. Aber zu Serientätern und Ritualmorden könnte ich eventuell ein paar Aspekte aufzeigen, wenn Ihnen das hilft.«

»Haben Sie denn Zeit für so etwas?« Peer war es etwas unangenehm, die Psychiaterin zu belästigen, schließlich verfügte die Polizei über eigenes Personal, aber die Polizeipsychologin war nach wie vor in Urlaub.

»Die nehme ich mir gerne. Wollen Sie heute Nachmittag vorbeikommen?«

Sören beschäftigte sein Einsatz für Peer mehr, als er angenommen hatte. Vorm Einschlafen hatte er das Gespräch in dem Esoterikladen wieder und wieder Revue passieren lassen und festgestellt, dass er die Ansichten der jungen Frau gut verstehen konnte. Er fragte sich, ob nicht jeder Mensch in seinem Leben irgendwie auf der Suche nach irgendetwas war. Meist nach Glück, aber wer wusste eigentlich so genau, wie das aussah? Konnte es nicht durchaus etwas mit dieser Erkenntnis zu tun haben, von der die Frau gesprochen hatte?

Er blätterte in dem Buch, das er gekauft hatte. Generell war er der Meinung, dass ein Mensch, der solche Literatur las, recht verzweifelt sein musste. Aber für ihn galt dies nicht. Er führte ein gutes Leben, hatte Familie und einen Job, dennoch sprachen ihn einige der Zeilen an.

Er beschloss, heute eine ausgedehnte Mittagspause zu machen und die Frau noch einmal aufzusuchen. Als er den Laden um die Mittagszeit betrat, wurde er enttäuscht. Anstelle der hübschen jungen Frau stand ein kleiner blasser Mann hinter dem Tresen.

»Ist Ira da?«, erkundigte sich Sören.

Der Mann schüttelte den Kopf. »Aber ich kann dir bestimmt auch weiterhelfen.«

Sören überlegte kurz. Schließlich ging es bei seinem Auftrag nicht um eine Frau, sondern darum, zu der Sekte Kontakt aufzunehmen.

»Ich habe gestern mit ihr gesprochen und es hat mir geholfen.«

»So, worum ging es in eurem Gespräch?«

»Na, ich suche etwas ...« Sören machte eine kurze Pause, tat, als sei es ihm unangenehm zu sprechen. »Und sie hat meine Sehnsucht etwas konkretisiert.«

»Inwiefern?« Der blasse Mann wollte anscheinend sichergehen, nichts Falsches zu sagen.

»Um Erleuchtung, oder besser um das Erkennen des Sinns. Also ...«

Sörens Gegenüber nickte. »Ich verstehe, was du meinst. Und hast du noch Fragen?«

»Nicht direkt, oder schon, ich würde gerne mehr darüber erfahren. Wie man diese Erkenntnis gewinnen kann. Das Buch, das sie mir empfohlen hat, ist interessant, aber wenig hilfreich.«

»Der direkte Austausch ist immer der bessere Weg. Aber es gibt Fragen, deren Antwort wir alleine finden müssen.«

»Wie meinst du das?« Sören war erstaunt über die Antwort.

»Nicht ohne Unterstützung, ich weiß von jemandem, den du vielleicht kennenlernen solltest.«

»Wen?«

»Einen sehr weisen Mann.«

Sören zog die Augenbrauen in die Höhe, freute sich aber insgeheim, dass das Gespräch in die gewünschte Richtung ging.

»Heute Abend gibt es einen offenen Gesprächskreis, da wird dieser Mann zu uns sprechen.«

»Zu uns?«

»Ja, es gibt viele Menschen wie dich, die auf der Suche sind. Hast du Interesse?«

Sören nickte, woraufhin der Mann einen Stift und einen kleinen Notizzettel nahm, auf den er eine Adresse schrieb. Anschließend reichte er das Blatt an Sören, dessen Herz einen kleinen Sprung tat, als er die Anschrift in Altona las.

»Komm um 19.30 Uhr hierhin. Ich werde auf dich warten und dir alles erklären und dich dann mit in die Gruppe nehmen.«

Sören fiel ein, dass er eine Ausrede für seine Freundin brauchte, während er bestätigte, dass er da sein würde.

Die kleine private Klinik der Psychiaterin befand sich in Rissen. Bei seinem ersten Besuch dort hatte Peer sich gewundert, wie normal hier alles wirkte, aber nun wusste er, was ihn erwartete, und nach einigen Gesprächen mit Frau Michaelsen hatte er einen ganz anderen Eindruck von ihrer Arbeit gewonnen. Vielleicht konnte sie etwas Licht in den Fall bringen, wenngleich er sie ungern bemühte. Nicht weil er sie nicht mochte. Ganz im Gegenteil. Dr. Michaelsen war eine sehr freundliche und vor allem auch kompetente Frau, aber er hatte irgendwie ein schlechtes Gewissen, dass er das hauseigene Personal überging, wenngleich die zuständige Psychologin im Urlaub war, rechtfertigte er sein berufliches Fremdgehen.

Er meldete sich am Empfang.

»Sie kennen den Weg?«, erkundigte sich die kleine rundliche Dame hinter dem Tresen, nachdem sie Nielsen telefonisch bei Dr. Michaelsen angekündigt hatte. Nielsen bejahte.

Auf dem Weg zum Büro der Psychiaterin klackten seine Schuhe auf dem Fliesenboden. Nielsen klopfte sachte an der Tür und als er ein gut vernehmliches »Herein« hörte, öffnete er und trat in den Raum. Frau Michaelsen erhob sich gerade von ihrem Schreibtisch und kam auf ihn zu. Sie bot ihm Platz in einer Ledersitzecke an und schenkte ihm ein Glas Wasser ein.

»Sie sagten, Sie hätten zu der aktuellen Brandopferserie Fragen?«

Peer nickte und rückte sich auf seinem Sitz zurecht, wobei das Leder ein wenig quietschte. »Mittlerweile sehen die Taten wie ein Ritual für mich aus. Es ist immer derselbe Ablauf. Das Opfer wird betäubt und bei lebendigem Leibe verbrannt.« Peer nahm einen Schluck Wasser. »Außerdem scheint es so etwas wie Opferzugaben zu geben.«

»Opferzugaben?«

»Ja, bei jeder Brandstelle haben wir Überreste von schwarzen Rosen gefunden.«

»Schwarze Rosen.« Frau Michaelsen fuhr sich mit der Hand über das Gesicht. »Das ist in der Tat ein Zeichen.«

»Wir können es nur nicht exakt deuten«, entgegnete er und erzählte von der Erklärung der Blumenverkäuferin.

»Tod und Abschied oder Neuanfang? Das ist wirklich ein himmelweiter Unterschied«, bestätigte die Psychiaterin. »Aber bleiben wir zunächst bei dem Ritual eines Brandopfers. Sie sagten, dass mindestens eines der Opfer Mitglied bei den Kindern des Lichtes war?«

»Ja, aber bei den anderen Opfern können wir das nicht sagen, die sind bisher immer noch nicht identifiziert.«

»Trotzdem könnte da ein Zusammenhang bestehen. Feuer, Erleuchtung, Licht, das sollten Sie nicht unberücksichtigt lassen. Ritualmorde mit Opfern sind sehr oft religiös oder besser spirituell motiviert.«

»Wahrscheinlich würde man uns gegenüber sowieso nicht zugeben, wenn weitere Mitglieder verschwunden wären. Vielleicht steckt doch ein Ausstieg aus der Sekte dahinter.«

»Das halte ich eher für unwahrscheinlich«, entgegnete Frau Michaelsen.

»Warum?«

»Wenn es darum ginge, Aussteiger mundtot zu machen, dann würde man kaum derart öffentlich vorgehen. Solche Dinge passieren eher im Verborgenen.«

»Und zur Abschreckung anderer potenzieller Aussteiger?«, hakte Peer nach.

»Es spricht sich in solchen Gemeinschaften meist schnell rum, was mit Mitgliedern passiert, die nicht parieren. Da braucht es kein Feuerspektakel, denke ich.« Frau Michaelsen strich ihren Rock glatt.

»Aber wenn die Sekte nichts mit den Morden zu tun hat …«, überlegte Peer laut.

»Das habe ich nicht gesagt, aber ich denke, es könnte ebenso gut ein ehemaliges Mitglied sein oder ein Angehöriger?«

»Die nehmen wir bereits unter die Lupe, aber es ist gut möglich, dass der Täter nicht in dieser Selbsthilfegruppe organisiert ist.«

»Ich vermute schon, denn er wird zur Rechtfertigung seiner Taten wahrscheinlich immer wieder Gründe suchen, die eine solche Gruppe Betroffener zuhauf liefert.«

»Und was könnte die Motivation des Täters sein? Warum verbrennt er sie unter Beigabe dieser Rosen?«

»Es kann natürlich etliche Gründe dafür geben, aber mein erster Gedanke war, dass er seine Opfer jemandem darbringt, den er liebt und der – aber das ist nur eine ganz vage Vermutung aufgrund der schwarzen Rosen – ebenfalls tot ist.«

30. KAPITEL

Boateng war nochmals die Vermisstenanzeigen durchgegangen und hatte zwei, drei Telefonate geführt. Sie mussten dringend die Identität der anderen beiden Leichen feststellen, ohne die kamen sie seiner Ansicht nach so gut wie nicht weiter in dem Fall.

Er kam gerade mit einer Tasse Tee in sein Büro zurück, als das Telefon klingelte.

»Kommissar Boateng?«

»Ja«, antwortete Michael der Frau am anderen Ende der Leitung.

»Petersen, ich rufe aus dem Blumenladen in Ottensen an. Es sind gerade schwarze Rosen geliefert worden und …«

»Wieso haben Sie uns denn nicht schon bei der Bestellung informiert?«, fiel Michael dazwischen.

»Ich war zwei Tage krank. Ich denke, der Mann wird die Blumen wohl heute abholen. Soll ich dann ein Foto von ihm machen?«

Auf keinen Fall wollte Michael, dass die Frau Detektivin spielte. Das war eindeutig eine Aufgabe für die Polizei. »Nein, ich komme und warte gemeinsam mit Ihnen auf den Kunden.«

Wenig später saß er im Auto und fuhr Richtung Altona. Von unterwegs versuchte er Peer zu erreichen, aber der hatte sein Telefon wohl auf lautlos oder ausgestellt, denn es meldete sich nur die Mailbox.

Boateng sprach die neue Info darauf und hatte kurz darauf die kleine Blumendiele in Ottensen erreicht. Ein Parkplatz dagegen war nicht so schnell gefunden. Michael kreiste mehrere Male um den Block, bis er schließlich in ein nahe gelegenes Parkhaus fuhr und zu Fuß zurück zum Laden lief.

Als er das Geschäft betrat, stand Frau Petersen mit hochroten Wangen hinter dem Verkaufstresen. Boateng blickte sich kurz um, doch sie waren allein im Raum. »War er schon da?«

»Noch nicht.«

»Hat er denn wieder auf den Namen Hinze bestellt?« Sie nickte.

»Gut, dann wird es vermutlich wirklich der gleiche Käufer sein.« Selbst wenn der Name falsch sein sollte, blieb er ihm anscheinend treu, dachte Boateng, während er sich in dem kleinen Hinterzimmer versteckte, von dem aus er das Geschehen im Laden beobachtete.

Bei jedem Läuten der Glocke über der Eingangstür fuhr er leicht zusammen und musterte den jeweiligen Kunden, der den Laden betrat. War das der Mann, den sie suchten? Hatte dieser Kerl etwas mit den Brandmorden zu tun? Doch ausnahmslos kauften die Leute andere Blumen oder Pflanzen und kamen nicht wegen der vorbestellten schwarzen Rosen. Michael wunderte sich, wie gut der Laden lief. Er kaufte selten Blumen, eigentlich eher nur zum Geburtstag seiner Frau oder zum Hochzeitstag. Er nahm sich vor, das zu ändern und schon heute Abend seiner Frau einen Strauß mitzubringen.

Er lehnte sich gegen die Wand und versuchte sich zu entspannen, doch bei jedem Läuten fuhr er wieder auf. Es wurde immer später und später.

Das Gespräch mit Frau Michaelsen war zumindest ein wenig hilfreich gewesen. Jedenfalls hatte sie die Sektenmitglieder etwas aus dem Fokus des Tatverdächtigen manövriert, was ihn in Bezug auf Sören ein wenig beruhigte. Trotzdem war es natürlich notwendig, in den inneren Zirkel der Kinder des Lichtes vorzudringen, denn dass die Morde in einem Zusammenhang mit der Sekte standen, hatte die Psychiaterin letztendlich auch vermutet.

Er sah auf sein Handy und bemerkte, dass Michael angerufen hatte. Er stieg in seinen Wagen und wählte die Nummer seines Mitarbeiters.

»Hallo, Chef. Wir haben eine heiße Spur.«

»Wieso flüsterst du?«, wunderte Nielsen sich.

Boateng erklärte, wo er sich gerade befand und dass er auf den Käufer der bestellten Blumen wartete.

»Bisher ist allerdings niemand aufgetaucht und in einer halben Stunde schließt der Laden.«

»Hat dich jemand in den Laden gehen sehen?

»Ich glaube nicht, denn ich war extrem vorsichtig. Aber ausschließen kann ich das natürlich nicht.«

»Gut, dann warte weiter ab, ich komme dich abholen.«

Statt ins Präsidium zu fahren, schlug Nielsen also den Weg nach Ottensen ein. Er fragte sich, warum der Täter immer wieder den gleichen Laden nutzte. Das war doch auffällig und gefährlich für ihn oder sie. Er konnte sich doch denken, dass sie mittlerweile auf die schwarzen Rosen aufmerksam geworden waren und versuchen würden, deren Herkunft zu bestimmen. Oder fühlte der Mörder sich derart sicher? Die Berichterstattung in den Medien gab ihm in gewisser Weise recht und veranlasste ihn vielleicht etwas arglos und unvorsichtiger zu werden. Wenn dem so wäre, konnte sogar Peer dem Schmierfink Pisto etwas Positives abgewinnen. Trotzdem bedeuteten die neuerlich bestellten Blumen auch, dass der nächste Mord nicht lange auf sich warten lassen würde. Nielsen gab Gas, denn ein weiteres Opfer wollte er unbedingt verhindern.

Sören ging langsam auf das Gebäude in der Goetheallee zu. Ein wenig mulmig war ihm zumute, wusste er doch nicht, was ihn hinter diesen Mauern erwartete. Er versuchte sich ein wenig zu beruhigen, indem er sich sagte, er könne jederzeit wieder gehen. Schließlich war er niemandem verpflichtet. Dennoch wollte er Peer den Gefallen erfüllen und vor dem Freund schon gar nicht als Angsthase dastehen. »Was soll schon geschehen?«, murmelte er vor sich hin, als er an der Tür läutete.

Eine junge Frau öffnete ihm und lächelte ihn an.

»Ich komme zu dem Gesprächskreis.«

Im Hintergrund tauchte wie aus dem Nichts der Mann aus dem Esoterikladen auf und begrüßte ihn. »Hi, schön, dass du da bist. Komm mit!« Er führte Sören in einen Raum im Erdgeschoss, der hell und freundlich gehalten war, und zeigte in den Garten hinaus, wo eine Gruppe meditierte. »Wir konzentrieren uns hier ganz auf uns, auf unsere Suche«, erklärte er. »Hier, von uns, bekommst du professionelle Unterstützung.«

Sören nickte lediglich. Der Mann zeigte ihm einige Gemeinschaftsräume und dann das sogenannte Erleuchtungszimmer.

»Was macht ihr hier?« Sören blickte sich in dem Raum um. Die Wände, der Boden, die Decke – alles war in Weiß gehalten. Die einzelnen Tische und Stühle aus Plexiglas fielen kaum auf. Die Lampe an der Stirnseite des Raumes streute goldene Lichtstrahlen an die Wände.

»Hier finden die verschiedenen Programme statt, je nachdem, auf welcher Erkenntnisstufe du dich befindest.«

»Was heißt das genau?«

Der Mann griff zu einigen Heften, die in einem weißen Regal links neben der Tür lagen, und reichte sie Sören. »Steht alles hier drin. Aber aus Erfahrung kann ich dir sagen, dass erst die Gemeinschaft, das gemeinsame Streben nach der Erleuchtung dich befriedigen wird. Es ist doch so, dass wir allein nur herumirren und das Ziel nicht finden können.« Er blickte zur Uhr. »Wir müssen uns beeilen, denn der Vortrag beginnt gleich.« Er eilte voran. Wie Sören und sein Begleiter strebten viele andere weiß gekleidete Männer und Frauen die Treppe hinauf und betraten einen Raum ohne Stühle.

Sören setzte sich wie alle anderen auf den Boden und blickte sich um. Er war erstaunt, wie viele Menschen auf der Suche nach etwas in ihrem Leben waren. Etwa an die 100 Leute hatten sich im Raum versammelt. Es herrschte eine angespannte Stille. Viele saßen mit geschlossenen Augen da, andere, die wie er neu in der Gruppe schienen, was er an der Kleidung auszumachen glaubte, blickten sich interessiert um.

Plötzlich erklang eine Musik, nicht laut, aber dennoch irgendwie pompös. Sörens Blick wanderte zur Tür, die geöffnet wurde, und ein Mann, der von einem strahlenden Licht umgeben war, betrat lautlos den Raum. Er setzte sich auf ein erhöhtes Podest und wartete mit geschlossenen Augen, bis die Musik verklang. Dann begann er eine Art Singsang, in den etliche der Anwesenden einfielen und der sich zu einer Art Summen formierte. Sören spürte Vibrationen durch seinen Körper flimmern und starrte gebannt auf den Mann auf dem Podest, der nach einer geraumen Zeit die Augen öffnete, ansonsten aber keine Regung zeigte. Ohne ein Wort ließ er den Blick über die Anwesenden schweifen, erst dann setzte er zu einem Gebet an.

»Herr des Lichtes, du siehst auf uns niedere Kreaturen, die nur dafür leben, von dir erleuchtet zu werden, und nach der Erkenntnis deiner trachten.«

Sören wunderte sich, denn nach einer Art Einführung oder Vortrag klang das Ganze für ihn nicht.

»Fahre herab und erbarme dich unser«, schrie der Mann nun förmlich.

Darauf folgte ein Schweigen und plötzlich sprang eine weiß bekleidete Frau auf. »Ja, ich sehe etwas, ein Licht, es blendet mich …« Sören wandte den Kopf zu ihr. Sie wirkte wie in Trance und irgendwie erschien ihm der Auftritt inszeniert. Oder war da wirklich etwas dran, als sie plötzlich ausrief: »Ich sehe, ich sehe ihn!«

Nielsen hatte sich in alle Richtungen umgesehen, ehe er sich dem Laden näherte und ihn schließlich nach einem letzten prüfenden Blick betrat. Die Klingel erklang und sofort sah er die Verkäuferin hochschnellen. Der Käufer war also noch nicht aufgetaucht. Als Frau Petersen Peer erkannte, entspannten sich ihre Gesichtszüge.

Boateng lugte aus dem Hinterzimmer und auch ihm war die Enttäuschung anzusehen, als er seinen Chef erblickte. Dieser Laden war eine wirklich heiße Spur. Nur warum holte der Mann die Blumen nicht ab?

»Hat er denn denselben Namen angegeben?«

»Ja, aber meine Kollegin hat keine Adresse oder Telefonnummer verzeichnet, wie wir besprochen hatten. Das war eine Aushilfe«, gestand Frau Petersen.

Peer schaute auf die Uhr, dann wieder zur Tür. »Gleich 19 Uhr, heute kommt der wohl nicht mehr. Wann öffnen Sie morgen?«

»Um 8.30 Uhr.«

»Gut, dann sind wir morgen um diese Zeit wieder da.«

Sie verließen den Laden, Boateng nicht ohne einen Blumenstrauß für seine Frau.

»Gibt es was zu feiern?«, erkundigte Nielsen sich.

»Nee, nur so.«

»Nur so?« Nielsen zwinkerte Michael zu. »Alles klar. Ich denke, es bleibt heute Nacht ruhig, denn ohne die Opferzugabe wird der Täter sein Ritual vermutlich nicht ausführen.«

Boateng nickte. »Dann bis morgen früh, mit etwas Glück schnappen wir den morgen, wenn er die Blumen abholt.«

31. KAPITEL

»Bist du auch neu hier?«

Wie aus dem Nichts war ein kleiner kompakter Typ neben Sören aufgetaucht, der auf dem Bürgersteig vor der Zentrale der Sekte stand und dem der Kopf schwirrte.

Körperlich gelöst, doch geistig ein wenig entrückt, so fühlte er sich und blickte den jungen Mann etwas verwundert an. Er hatte ihn in der Gruppe gar nicht gesehen, dabei glaubte er, sich sorgsam umgesehen zu haben, doch irgendetwas war während dieser Sitzung mit ihm geschehen.

»Und wie hat es dir gefallen?«

Sören überlegte kurz, entschied sich dann aber, soweit es sein leicht vernebelter Zustand zuließ, Begeisterung zu demonstrieren. Vielleicht war das ein Spitzel der Sekte, der herausfinden wollte, wie er die Séance empfunden hatte.

»Ganz gut, ich bin ein wenig überwältigt, aber ich glaube …«

»Du solltest nach Hause gehen und nicht wiederkommen.«

Sören runzelte die Stirn und musterte sein Gegenüber. Im fahlen Licht der Laterne wirkte er durch die Schatten wahrscheinlich größer und breiter, als er war. Seine Augen musterten ihn dunkel.

»Warum?«

»Hast du nicht gemerkt, wie die einen einlullen, versuchen abhängig zu machen, von ihren Thesen zu überzeugen? Und wenn sie dich erst haben, lassen sie dich nicht mehr los.«

»Woher willst du das wissen?«

»Ich weiß es. Also glaube mir, es ist besser, nicht wiederzukommen.«

Sören zuckte mit den Schultern. Ob das generell ein Sektengegner war? Oder war das einer aus der Selbsthilfegruppe der Angehörigen? Letzteres würde erklären, warum er ihn bei der Versammlung nicht gesehen hatte.

Er nickte dem Mann lediglich einmal zu und machte sich auf den Weg Richtung Bahnhof. Dabei drehte er sich ein paar Mal um, weil er das Gefühl hatte, verfolgt zu werden, aber da war niemand. Schließlich wählte er Peers Nummer. Diesmal hatte er Glück und der Freund meldete sich sofort.

»Hast du schon Kontakt aufgenommen?«, wollte Nielsen wissen.

»Ja, ich war heute bei einer Veranstaltung.«

Peer war erstaunt, wie schnell sein Freund Fortschritte machte.

»Und?«

»Ich bin morgen zu einem Einzelgespräch eingeladen.«

Augenblicklich grummelte Peers Bauch, obwohl ihn das Gespräch mit der Psychologin ein wenig beruhigt hatte. »Gut, kannst du denn da hingehen?«

»Werde das schon irgendwie hinkriegen. Jetzt fahre ich erst einmal nach Hause.«

»Gut, dann …«

»Ach Peer«, fuhr Sören dazwischen, ehe Nielsen sich verabschieden konnte. »Mich hat da so ein seltsamer Typ vor der Zentrale angesprochen. Hat mich vor der Sekte gewarnt.«

»Das war bestimmt ein Angehöriger. Mein Kollege hat Kontakt zu denen und einige machen Aktionen gegen die Kinder des Lichtes. Bestimmt harmlos«, beruhigte Peer den Freund.

»Habe ich mir auch gedacht«, entgegnete Sören und legte auf.

In der Nacht war es tatsächlich ruhig geblieben. Gut gelaunt und ausgeschlafen machte Peer sich auf den Weg nach Ottensen. Mit etwas Glück war heute der Tag, an dem sie den Täter überführen würden. Er parkte ebenso wie Boateng im Parkhaus des nahe gelegenen Einkaufszentrums und ging die letzten Meter zu Fuß, wobei er sich in einem kleinen Bäckerladen ein belegtes Brötchen und noch einen Coffee to go holte. Er war zeitig dran, doch als er sich dem Laden näherte, sah er Boateng telefonierend vor dem Schaufenster herumtänzeln.

»Chef, na endlich, stell dir vor, es ist eingebrochen worden.«

»Was?«

Michael schob die Tür zu dem Raum auf, in dem ein heilloses Durcheinander herrschte. Sämtliche Pflanzen lagen auf dem Boden, überall waren Blumen verstreut, die in Wasserlachen schwammen.

Frau Petersen saß zusammengesunken auf einem kleinen Hocker hinter dem Verkaufstresen und rieb sich die ohnehin schon geröteten Augen.

»Fehlt etwas?«, wollte Nielsen von ihr wissen, rechnete jedoch bereits mit dem Schlimmsten.

»Die bestellten Blumen sind auf jeden Fall weg.«

»Nein«, stöhnte Peer auf, »das gibt es doch nicht!«

»Ich habe die Spusi verständigt.«

Nielsen nickte. Dass der Verdächtige hier noch einmal auftauchte, war unwahrscheinlich. Denn wer außer ihm sollte die Blumen entwendet haben?

Peer schwindelte es leicht und er musste sich einen kurzen Moment am Türrahmen abstützen. Der einzige vielversprechende Hinweis und nun das. Vor allem konnte das bedeuten, dass der Täter heute Nacht wieder zuschlagen würde. Noch einen Todesfall konnten sie sich einfach nicht leisten.

Nur wie sollten sie dem Typen auf die Schliche kommen? Es war wie verhext.

»Der muss uns hier gestern beobachtet haben und die Blumen daher nachts geholt haben.« Anders konnte Nielsen sich den Einbruch nicht erklären.

»Mit etwas Glück findet die Spusi Fingerabdrücke, zu denen es einen Match gibt«, versuchte Boateng vor allem sich selbst Mut zu machen.

Glück – das benötigten sie wirklich dringend, dachte Peer und seufzte laut.

Sören saß am Frühstückstisch und schnitt seinem Sohn ein Brot in kleine Stücke.

»Na, wenigstens beteiligst du dich auch mal wieder am Familienleben«, entgegnete seine Freundin schnippisch, während sie die Spülmaschine ausräumte. Nachdem Sören gestern Abend später als angekündigt nach Hause gekommen war, war es zu einem Streit zwischen ihnen gekommen. Natürlich hatte Cordula sofort gemerkt, dass Sören log. Auf ihre Fragen, wo er gewesen war und warum er so spät nach Hause kam, hatte er lediglich geantwortet, dass er etwas für Peer erledigt hatte.

»Ach und was?«, hatte Cordula gefragt, während sie mit den Händen in die Hüften gestemmt vor ihm stand. Sören hatte sich immer mehr in das Geflecht aus Lügen hineinmanövriert und schließlich hatte sie sich umgedreht und war ins Bett gegangen. Er hatte schlecht geschlafen und war gleich aufgestanden, als sein Sohn den ersten Laut von sich gegeben hatte.

Gut, dass er heute den Termin für das Gespräch bei den Kindern des Lichtes in seine Mittagspause gelegt hatte, so würde er heute Abend rechtzeitig bei der Familie sein können. Er stand auf und küsste seinen Sohn auf die Stirn.

»Ich muss los«, sagte er und versuchte auch seine Freundin zu küssen, die sich allerdings von ihm abwandte. Erst jetzt begann Sören zu begreifen, wie schwierig es für Peer sein musste, Beziehungen zu führen, wenn er mit der Partnerin über gewisse Sachen nicht sprechen durfte. Und dann diese unregelmäßigen Arbeitszeiten, wer ließ sich schon auf jemanden ein, der so gut wie nie erreichbar war? So hatte er das Beziehungsproblem seines Freundes noch nie betrachtet. Auf der anderen Seite hatte Peer sich bewusst für diesen Job entschieden. Außerdem war er schon immer eher ein Eigenbrötler gewesen, was ihre Freundschaft erst so besonders machte.

Nach einem eher unspektakulären Vormittag im Büro machte Sören sich auf in die Goetheallee. Er arbeitete in der Hafencity, doch mit der neuen U-Bahn war es kein Problem, nach Altona zu kommen. Vom Bahnhof war es ein kurzer Weg und so schellte er pünktlich an der Tür. Diesmal öffnete ihm ein rothaariger Mann die Tür.

»Ah, wie schön, wir haben dich erwartet, Sören«, begrüßte er ihn und Sören wunderte sich, dass der Mann seinen Namen kannte. Er jedenfalls hatte den Rothaarigen noch nie gesehen. Ehe er weitergrübeln konnte, hatten sie den Raum erreicht, der für die Programmunterweisungen eingerichtet war.

»Daniel kommt gleich«, sagte der Mann.

»Daniel?«

»Dein Mentor.«

Sören nickte und trat in den hellen Raum. Was ihn wohl erwartete? Er spürte sein Herz heftig pochen, musste an die Warnung des Mannes denken, der ihn gestern Abend vor dem Gebäude angesprochen hatte. »Hast du nicht gemerkt, wie die einen einlullen, versuchen abhängig zu machen, von ihren Thesen zu überzeugen? Und wenn sie dich erst haben, lassen sie dich nicht mehr los.«

Plötzlich öffnete sich eine Tür in der Seitenwand, die Sören bisher nicht bemerkt hatte. So unscheinbar fügte sie sich in das Weiß des Raumes ein. Er zuckte leicht zusammen, als der grauhaarige Mann, der jedoch kaum älter sein mochte als er, in einem weiten weißen Gewand geradezu in den Raum schwebte.

Ob er von Natur aus so früh ergraut war oder die Haarfarbe ein Zeichen für seine Erleuchtungsstufe war?

»So, nun, Sören, du warst gestern in unserer Motivationsstunde. Hat es dir gefallen?«

Sören schluckte und nickte lediglich. Irgendwie hatte der Typ etwas sehr Erhabenes an sich, sodass er sich beinahe nicht traute, sich zu äußern.

»Möchtest du auch Erleuchtung und Erkenntnis erlangen?«

Wieder nickte Sören, obwohl er sich da ganz und gar nicht sicher war. Zumal er nicht wusste, was genau damit gemeint war. Immer wieder hatte der Guru gestern von einem Licht gesprochen, das einem völlige Reinheit und Erkenntnis bringen würde, aber wovon sollte er gereinigt werden? War er schmutzig? Und was genau sollte er erkennen? Gab es da tatsächlich etwas Übernatürliches, das dem normalen Betrachter verborgen blieb? Was sollte das sein?

»Gut.« Der Grauhaarige lächelte ihn leicht an. »Ich habe hier einen Fragebogen, den du bitte ausfüllst. Dann werden wir schauen, in welche Stufe du passt.« Er holte hinter seinem Rücken ein paar Blätter hervor und reichte sie Sören. Aus der Seitentasche seines Gewandes fischte er einen Stift. »Du kannst die Fragen in aller Ruhe hier beantworten. Nach der Auswertung melden wir uns dann bei dir.«

»In ein paar Tagen?« Sören wollte Nielsen doch möglichst schnell Ergebnisse liefern und seinen Einsatz baldmöglichst beenden. Er fühlte sich nicht wohl.

Daniel verschwand ohne ein weiteres Wort, dafür erschien der Rothaarige wieder in der Tür.

»Ich zeige dir, wo du die Bögen in Ruhe ausfüllen kannst.«

Sören folgte dem Mann in die Eingangshalle, wo sich linker Hand eine Treppe befand, die sie in den Keller führte.

»Das ist ganz schön groß hier«, bemerkte Sören, während er versuchte, sich die Gänge und Lage der Zimmer möglichst genau einzuprägen.

»Wir sind eine große Gemeinschaft und werden immer mehr.«

Sie hielten schließlich vor einer Tür. Der Rothaarige öffnete den Raum, führte Sören an einen Tisch, knipste eine kleine Lampe an, da durch das niedrige Kellerfenster kaum Licht hineindrang.

»In einer Stunde hole ich dich ab.«

»Eine Stunde?« Sören blickte erschrocken auf die Uhr. Er würde zu spät zur Mitarbeiterbesprechung kommen.

»Ich habe aber nicht ganz so viel Zeit …«

»Eine Stunde«, wiederholte der Rothaarige in einem Ton, der keinen Widerspruch zuließ, drehte sich um und schloss die Tür hinter sich. Zu seinem Erschrecken hörte Sören, wie der Schlüssel umgedreht wurde. Sören holte sein Handy aus der Jackentasche – kein Empfang.

Er setzte sich an den Tisch und breitete die Blätter vor sich aus. So viele Fragen. Er nahm den Stift und begann seine Antworten darauf zu formulieren. Und obwohl er alleine in dem Raum war, hatte er das Gefühl, beobachtet zu werden.

32. KAPITEL

Nielsen hatte versucht Sören zu erreichen, aber da meldete sich nur die Mailbox. Ob er bereits zurück auf der Arbeit und in einer Besprechung war? Oder dauerte das Einzelgespräch bei der Sekte so lang? Ein ungutes Gefühl machte sich in ihm breit. War es richtig, den Freund in den Fall reinzuziehen? Ganz ungefährlich war der Einsatz nicht.

»Die werden ihn schon nicht in ihren heiligen Hallen unter Drogen setzen«, murmelte er beruhigend vor sich hin, als er sich eine Tasse Kaffee aus der Gemeinschaftsküche holte. So recht klappen wollte das Ablenkungsmanöver nicht. Er wusste besser als jeder andere, dass es eigentlich nichts gab, was es nicht gab, und dass man niemals voraussagen konnte, was im Kopf eines Menschen vor sich ging. Wie oft hatte er schon falschgelegen? Peer nahm sein Handy und drückte die Wahlwiederholung, als Boateng ihm im Flur entgegenkam.

»Wir haben einen Match!«

Einen kurzen Moment verstand Peer nicht, wovon Michael sprach, dann aber schoss es heiß durch seinen Körper. »Okay und hast du eine Adresse?«

Michael nickte hektisch.

»Warte, ich hole nur kurz die Autoschlüssel.«

Die Auswertung der Spurensicherung hatte ergeben, dass sich die Fingerabdrücke von einem gewissen Norbert Glückel unter den gesicherten Abdrücken befanden. Der Mann war vorbestraft und deswegen von der Polizei kennungsdienstlich erfasst.

»Körperverletzung, Einbruch, schwere Körperverletzung …«, las Michael auf dem Weg nach Bergedorf die Liste der Straftaten vor, die beinahe kein Ende zu nehmen schien.

»Bei solch einer langen Liste traue ich dem auch einen Mord zu«, bemerkte Nielsen. Er spürte, wie seine Halsschlagader kräftig zu pochen begann, als sie vor dem Mehrfamilienhaus hielten. Würde er heute den Fall tatsächlich abschließen können?

Auf ihr Klingeln hin tat sich nichts. Daraufhin drückte er kurzerhand alle Knöpfe, bis der Türöffner endlich surrte. Eine Frau mit Kittelschürze musterte sie, als sie den Hausflur betraten. »Entschuldigen Sie die Störung«, erklärte Nielsen und hielt dabei seinen Polizeiausweis hoch. »Wir suchen Herrn Glückel.«

Die Augen der Angesprochenen weiteten sich. Sie wies stumm in Richtung oberes Stockwerk.

»Da öffnet niemand«, bemerkte Boateng.

»Dann ist er zur Arbeit.«

»Wissen Sie zufällig, wo er arbeitet?«

»Bei Johnson in Rahlstedt.«

Die Fahrt dorthin war nicht besonders lang.

»Irgendwie hat die Frau seltsam reagiert. Findest du nicht auch?«, fragte Boateng.

»Vielleicht ahnt sie, dass ihr Nachbar ein Verbrecher ist. Wahrscheinlich ist er in dem Haus schon mal auffällig geworden«, bemerkte Nielsen.

»Oder es liegt mal wieder an uns.«

»An uns?« Peer grinste leicht.

»Na, du weißt schon, was ich meine.«

Peer ließ den Satz unkommentiert und konzentrierte sich auf den Verkehr. Er wollte den Fall endlich lösen, hatte keine Lust auf noch mehr Gespräche mit seinem Chef oder womöglich dem Innensenator.

Sie hielten vor der Hofeinfahrt einer Kfz-Werkstatt. Auf dem Gelände standen mehrere Wagen, zu sehen war jedoch niemand. Sie stiegen aus und schauten sich um.

»Hallo?«, sagte Nielsen, um auf sich aufmerksam zu machen. Die Mittagspause müsste längst vorbei sein, dachte er.

Plötzlich hörten sie Motorengeräusche und ein Auto näherte sich über den Hof. Geistesgegenwärtig sprangen beide zur Seite, als der Mann am Steuer Gas gab.

»Das ist er! Der will fliehen!« Peer zog Michael am Ärmel mit sich und rannte dabei zum Wagen zurück.

Boateng war kaum eingestiegen, da gab Peer Gas und folgte dem Wagen, während Michael aus dem Handschuhfach das Blaulicht herausholte und aufs Dach stellte. Glückel hatte einen guten Vorsprung und kannte sich im Gegensatz zu den beiden in der Gegend aus.

»Mist!«, fluchte Peer, als er um die nächste Kurve bog. Der Wagen war verschwunden.

Nach exakt einer Stunde hörte Sören, wie der Schlüssel im Schloss herumgedreht wurde. Er schwankte zwischen einem totalen Wutanfall und der Angst, man könne ihn noch länger festhalten.

Der Rothaarige streckte seinen Kopf zur Tür hinein und schaute ihn mit bohrendem Blick an. »Fertig?«

Sören stand auf und ließ die Blätter einfach liegen. »Ich muss jetzt dringend wieder zur Arbeit.«

»Das verstehe ich«, entgegnete der andere und führte ihn zum Ausgang.

»Du hörst dann von uns.«

Leise schloss sich die Eingangstür hinter Sören. Er holte tief Luft, um das Gefühl, vor Wut zu platzen, zu vertreiben. Was bildeten die sich eigentlich ein? Die sollten froh sein, wenn jemand freiwillig zu ihnen kam. Als wenn irgendwer darum betteln würde, in einer Sekte aufgenommen zu werden. Er blickte zum Himmel, wo die Sonne sich mittlerweile zwischen den Wolken durchgekämpft hatte. Hier ist doch das Licht, warum soll ich es suchen? Er trat die wenigen Stufen zum Gehsteig hinunter und blickte sich um. Sein Atem stockte, als er den Mann von gestern Abend entdeckte, der von links auf ihn zukam.

»Und, nehmen sie dich auf? Willst du da wirklich Mitglied werden? Hast du dir das gut überlegt?«, zischte er ihn an.

»Wer bist du? Was willst du von mir?«, fragte Sören.

»Die sind gefährlich, nimm dich in Acht«, entgegnete der Fremde, ehe er sich umdrehte und in die entgegengesetzte Richtung verschwinden wollte.

»Was meinst du damit?« Sören folgte ihm, doch je näher er dem Mann kam, umso schneller wurden dessen Schritte. »Hey, bleib doch mal stehen!« Der Unbekannte begann zu rennen und war gleich darauf aus Sörens Sichtfeld verschwunden. Mit gerunzelter Stirn drehte Sören sich um. Eigentlich musste er schnell zur Arbeit zurück, aber die heutigen Ereignisse lähmten ihn. Hier stimmte doch etwas ganz und gar nicht. Warum hatte man ihn in dem Raum eingeschlossen? Und warum hatte er die ganze Zeit das Gefühl gehabt, beobachtet zu werden, obwohl er allein war? Ob vielleicht Kameras in dem Zimmer installiert waren? Vielleicht in dem Rauchmelder oder einem dieser Bilder mit den Lichtgestalten? Aber warum? Was gab es schon zu sehen, außer wie er die Bögen ausfüllte? Telefonieren hätte er nicht können, es gab ja keinen Empfang. Was sollte das Ganze?

Die Fragen hatte er alle beantwortet. Sie waren zum Ankreuzen gewesen und zum Teil sehr persönlich, aber nach seiner Beurteilung nicht besonders auffällig. Aus Personalbeurteilungen und Teamentwicklungsgesprächen kannte er ähnliche Bögen, wobei der von den Kindern des Lichtes natürlich sehr auf die Suche nach einem Lebenssinn abgezielt hatte. Er hatte sich zwischendurch tatsächlich gefragt, was er als Sinn seines Lebens sah, als er die Fragen beantwortete. War es die Familie, sein Sohn, für den er nicht nur Verantwortung trug, sondern den er über alles liebte? Ein guter Freund zu sein? Generell ein guter Mensch zu sein? War das der Sinn seines Lebens?

Aber was schuf er Bleibendes? In der Agentur, in der er arbeitete, drehte sich alles nur um Werbung, die mehr als vergänglich war. Kein Mensch würde sich in 30 Jahren an irgendein virales Filmchen erinnern. Oder einen genialen Slogan. Dafür war die heutige Zeit einfach zu schnelllebig.

Ein Maler oder Schriftsteller hatte es heute schwerer, das Ansehen und vor allem die Bedeutung früherer Künstler wie Picasso, Rembrandt oder Goethe zu erlangen.

Aber lag es an der Zeit oder an dem, was produziert wurde? Hatten die Dinge von heute generell keinen bleibenden Wert, so wie die technischen Geräte, die nur auf eine Lebensdauer von zwei Jahren ausgerichtet waren?

Was aber würde dann von ihm bleiben? Und was war der Sinn seines Lebens? Seine Aufgabe, sein Platz? Sören begann tatsächlich, darüber nachzudenken und seine bisherige Sicht- und Lebensweise zu beleuchten.

33. KAPITEL

»Da ist er!«, rief Boateng aufgeregt und wies durch die Windschutzscheibe auf die gegenüberliegende Fahrbahn. Der Mann in dem Wagen kam ihnen tatsächlich entgegen. Peer bremste und wendete, um Norbert Glückel zu folgen, obwohl sie gar nicht genau wussten, ob es sich bei dem Verfolgten um ihren Verdächtigen handelte. Aber dass er floh, schien ein untrügliches Zeichen. Er schien seine Verfolger gar nicht wahrzunehmen und fuhr jetzt im gewohnt hohen Tempo zurück nach Rahlstedt. Peer zog die Augenbraue in die Höhe, als er bemerkte, dass der Mann wieder zur Werkstatt wollte. Er schaltete das Blaulicht aus und folgte Norbert Glückel auf den Werkstatthof, wo dieser bereits aus dem Auto gestiegen war.

»Hallo?«, rief Nielsen, doch der Angesprochene bemerkte sie einfach nicht. Die beiden Beamten beeilten sich, Glückel zu folgen. Als sie die Werkstatt betraten, prallten sie mit einem dicken Mann in einem Blaumann zusammen.

»Entschuldigung, kann ich Ihnen helfen?«

»Polizei, wir ... Herr Glückel«, rief Nielsen in die Halle.

»Oh, der wird Sie wahrscheinlich nicht gehört haben«, bemerkte nun der andere Mann, der nach wie vor im Eingang der Halle vor ihnen stand. »Der ist ja so gut wie taub.«

»Taub?«, staunte Nielsen. Hatte der Mann deshalb nicht auf die Sirene reagiert?

»Ja, der hat bei einer Schlägerei was auf die Ohren gekriegt.« Der Mann in Arbeitskluft grinste sie breit an, obwohl das Thema nicht lustig war.

»Sind Sie hier der Chef?«, wollte Boateng wissen.

»Nee, der liegt zurzeit im Krankenhaus. Blinddarm oder waren es Nierensteine?« Der Angesprochene kratzte sich am Kopf.

»Gut, aber wir müssen jetzt auf jeden Fall mit Herrn Glückel sprechen«, stellte Peer klar.

»Dann man zu, der ist bestimmt im Gemeinschaftsraum und qualmt sich eine.« Der Angestellte wies auf die Tür hinter den Hebebühnen.

In der Tat saß Norbert Glückel an einem Tisch im Gemeinschaftsraum und rauchte eine Zigarette. Die Luft war zum Schneiden, der Qualm hing tief im Raum. Boateng fragte sich, welcher Betrieb so etwas in geschlossenen Räumen noch zuließ, wenngleich er die Antwort direkt vor sich sitzen sah. Auf dem Tisch stand ein Aschenbecher, der vor Zigarettenstummeln geradezu überquoll.

Nielsen trat an den Tisch und fragte betont laut: »Herr Glückel?«

Der Mann nickte.

»Mein Name ist Nielsen, das ist mein Kollege Boateng. Wir sind von der Polizei und möchten Ihnen gerne ein paar Fragen stellen.«

»Wieso?«

»Es gab gestern Nacht einen Einbruch in Ottensen.«

»Gestern Abend war ich zu Hause, damit habe ich nichts zu tun.«

Peer lehnte sich ein Stück über den Tisch und blickte Glückel fest in die Augen. »Sind Sie sich sicher?«

»Natürlich, ich bin ein anständiger Bürger geworden. Können Sie meinen Chef fragen.«

Diese Art von Verteidigungshaltung kannte Nielsen nur zu gut und er wusste, dass der Chef das wahrscheinlich nicht bestätigen würde, aber Glückel wie die anderen darauf hoffte, dass sie nicht nachfragten.

»Interessanterweise haben wir aber Ihre Fingerabdrücke gesichert«, warf Michael ein.

»Wo?«

»In der Blumendiele in Ottensen.«

»Ach so.« Norbert Glückel winkte ab. »Klar, da war ich ja auch.«

»Wann?«, wollte Nielsen nun wissen.

»Gestern.«

»Und sind da eingebrochen.«

»Nee, so ein Quatsch. Ich habe im Namen der Belegschaft ein paar Blumen besorgt und den Chef im Krankenhaus besucht.«

Jens Schnitter war zu einem losen Treffen von einigen aus der Selbsthilfegruppe unterwegs, das am späten Nachmittag in einem Vereinsheim in Niendorf stattfand. Es war eine Art offener Gesprächskreis und bei Weitem nicht so gut besucht wie das Frühstück. Hilke Jürgensen war nicht da. Das lag sicherlich daran, dass sie keinen Babysitter gefunden hatte, dachte Jens.

Ein paar Gesichter glaubte er allerdings wiederzuerkennen, aber es waren auch ein paar neue dabei, die er interessiert musterte, ebenso wie man ihn beäugte, denn es war schließlich das erste Mal, dass er in diesem Rahmen an einer Veranstaltung teilnahm.

Herr Grundmann begrüßte zunächst die Anwesenden und fragte dann, ob sich bei jemandem etwas Neues ergeben hatte, ob es zu Begegnungen mit Angehörigen gekommen war.

Eine ältere Dame meldete sich zu Wort und erzählte, dass ihr Enkel sich bei ihr gemeldet habe. »Diesmal aber nicht, um Geld zu schnorren, sondern er hat gefragt, ob er eventuell eine Zeit lang in meinem Sommerhäuschen im Garten unterkommen könnte.« Ein leichtes Raunen ging durch das Vereinsheim. »Ich habe gefragt wieso, aber so recht raus wollte er nicht mit der Sprache. Hat etwas gefaselt von, dass es ihm momentan nicht gut ginge und so.«

Jens wurde hellhörig. Doch ehe er dazu kam, ein paar Fragen zu stellen, sprudelte der Mann neben ihm hervor, dass er gehört hätte, die Sekte habe etwas mit den Bränden zu tun.

Die Augen aller Anwesenden starrten augenblicklich auf den etwa Dreißigjährigen neben Jens.

»Zuzutrauen wäre es ihnen jedenfalls«, bemerkte die alte Dame mit dem Sommerhäuschen. »Vielleicht hat Ulf Angst und sucht deshalb Unterschlupf in meinem Häuschen. Er klang am Telefon wirklich verstört.«

Oder er hat selbst etwas mit den Bränden zu tun?, überlegte Jens im Stillen.

Nach der Veranstaltung trat er auf die Dame zu. »Entschuldigung, mein Bruder ist vermutlich so alt wie Ihr Ulf.« Sie musterte ihn, aber wegen des gemeinsamen Hintergrunds vertraute man hier einander.

»Das mag sein. Wollen Sie ein Foto sehen?«

Augenblicklich zog sie aus ihrer Handtasche das Portemonnaie und klappte es auf. Hinter einer leicht zerknitterten Folie blickte ihn ein junger blonder Mann an.

»Vielleicht sollten wir in Kontakt bleiben. Wie ist denn Ihr Name?«

»Hildegard Schnöll.«

»Und Ihr Enkel heißt wie?«

»Wieso?« Für einen kurzen Augenblick blitzte Misstrauen in ihren Augen auf.

»Nur damit ich meinen Bruder mal nach Ulf fragen kann, wenn er sich melden sollte.«

»Ach so, ja, nein, also Ulf heißt Braun. Ulf Braun ist sein Name.«

34. KAPITEL

Seltsamerweise war es auch in dieser Nacht ruhig geblieben. Obwohl die Beamten über diesen Umstand erleichtert waren, wunderten sie sich doch darüber. Denn der Täter hatte sich die Blumen beschafft. Was also fehlte ihm? Ein Opfer? Darüber diskutierte Nielsen am Morgen in der Besprechung mit den Teammitgliedern.

»Vielleicht ist die Sekte vorsichtiger geworden«, bemerkte Jens, der von seinem gestrigen Treffen erzählt hatte. »Ich vermute, dieser Ulf Braun hat entweder Angst oder etwas mit den Morden zu tun. Warum sonst will der da raus und sich in Omas Häuschen verstecken?«

»Vielleicht hat er festgestellt, dass es doch keine Erleuchtung für ihn gibt«, warf Carsten ein.

»Kann ich mir nicht vorstellen, denn seine Oma war ziemlich überrascht. Der war wohl sonst mehr als überzeugt von den Kindern des Lichtes und hat seine Oma immer wieder um Geld angebettelt, das er der Gemeinschaft spendete.«

»Wahrscheinlich sind die vorsichtiger geworden, weil es einen von denen erwischt hat. Und wer weiß, ob die anderen beiden Opfer nicht auch der Gemeinschaft angehörten. Wenn unser Täter es also auf Sektenmitglieder abgesehen hat und die deswegen die Hosen gestrichen voll haben, kommt er vermutlich einfach nicht an sein nächstes Opfer ran«, schlussfolgerte Michael.

»Haben wir zwischenzeitlich etwas wegen der anderen beiden Opfer?« Peer blickte in die Runde, doch die Mitarbeiter zuckten mit den Schultern.

»Was? Seid ihr da etwa nicht drangeblieben?« Nielsen begann zu schwitzen.

»Na ja, wir sind die Vermisstenanzeigen durch, aber da haben wir nicht wirklich etwas gefunden ...«, sagte Lutz.

»Und habt ihr mal einen Aufruf in die Zeitung gesetzt?« Peers Stimme wurde schärfer. Das durfte ja wohl nicht wahr sein, wenn man sich nicht um alles selbst kümmerte. Da baute er einmal darauf, dass seine Mitarbeiter eigenständig arbeiteten und mitdachten, dann klappte das auch nicht. In Zukunft musste er wohl wieder alles selbst in die Hand nehmen und delegieren, egal, was Fritsche von seinen Methoden hielt.

»Nee, wie sollen wir denn, Fotos können wir wohl schlecht veröffentlichen ...«, versuchte Lutz sich rauszureden, da er in der Regel die Pressemitteilungen ihrer Abteilung übernahm.

»Dann macht man das ohne Foto.«

»Aber wenn die auch aus der Sekte kommen«, bemühte sich Michael zu vermitteln, »wird sich da wahrscheinlich keiner melden. So aufgebracht, wie die da momentan sind.«

»Ach, neue Mitglieder akquirieren die trotzdem«, erklärte Nielsen und erzählte von Sörens Test.

»Irgendwie müssen die Lücken ja geschlossen werden«, kommentierte Jens das Vorgehen der Sekte.

Sören war am nächsten Morgen kaum auf der Arbeit angekommen, da klingelte sein Handy. Seine Kollegin, mit der er sich ein Büro teilte, warf ihm einen vorwurfsvollen Blick zu, denn eigentlich hatten sie vereinbart, ihre Geräte nur auf Vibrationsalarm zu stellen. Er zuckte entschuldigend mit den Schultern und nahm das Gespräch an.

Es war Daniel, sein Mentor.

»Oh, so schnell hatte ich mit einem Anruf gar nicht gerechnet«, entgegnete er wahrheitsgemäß, während er das Büro verließ, um im Flur ungestört telefonieren zu können.

»Nun, deine Ergebnisse sind einfach so überdurchschnittlich. Unser Oberster Erleuchter will dich sofort sehen.«

»Ergebnisse?«, fragte Sören, der den Fragebogen nicht als Test verstanden hatte.

»Ja, ja«, entgegnete sein Gesprächspartner, »also, wann kannst du heute?«

Sören überlegte kurz. Es würde so oder so zu Hause Ärger geben, aber wenn der Fall gelöst war, könnte er Cordula die Wahrheit sagen und alles würde sich klären. Sein Einsatz war nur temporär. Anders als bei Peer, der in solchen Zuständen lebte, würde bei ihm wieder Normalität einziehen.

»Ja, also vielleicht gegen 16 Uhr?«

»Prima, wir erwarten dich.«

Sören legte auf, blieb einen Moment am Fenster stehen und blickte hinaus. Das Wetter war heute nicht besonders schön, aber zumindest sollte es trocken bleiben. Am grauen Himmel kreisten einige Möwen, und plötzlich verspürte er den Drang, hier zu verschwinden. Aus dem Büro, aus seinem Job, aus dieser ganzen Werbewelt, die ihm plötzlich falsch und verlogen erschien. Anscheinend sah sein Leben etwas anderes für ihn vor, oder zumindest wünschte er sich das. Denn wie waren sonst die Ergebnisse der Tests zu erklären?

Er überlegte, Peer anzurufen. Er hatte ihm gestern Abend von dem Typen erzählt, der ihn erneut vor der Zentrale der Kinder des Lichtes abgefangen hatte. Nielsen hatte den Mann als eine Art Spinner abgetan, aber Sören war sich da nicht mehr sicher.

»Wahrscheinlich ein Angehöriger«, hatte Peer vermutet. »Einer meiner Mitarbeiter hat erzählt, dass die ab und zu Aktionen oder sogar Sitzblockaden vor dem Gebäude machen.«

»Aber man ist doch freiwillig da, oder? Ich meine, die halten einen doch nicht gegen den eigenen Willen fest, oder?« Sören hatte an das abgeschlossene Prüfungszimmer denken müssen.

»Keine Ahnung, glaube ich nicht. Aber die üben halt Druck aus und wer psychisch labil ist …«

»Bin ich ja nicht«, hatte Sören eingeworfen und sie hatten beide gelacht.

Er ging zurück an seinen Schreibtisch. Seine Kollegin zog die Augenbrauen fragend in die Höhe, widmete sich aber wieder ihrer Arbeit am Bildschirm, als er nicht reagierte.

Sören hingegen konnte sich nicht auf seine Texte konzentrieren und scrollte lustlos durch ein paar Mails. Gedanklich ließ er noch einmal das kurze Telefonat mit Daniel Revue passieren. Was bedeutete eigentlich ›überdurchschnittliche Ergebnisse‹? Er hatte die Fragen nach bestem Wissen und nach seinem Gefühl beantwortet, da er gedacht hatte, nur so ehrlich und vor allem unauffällig Auskunft geben zu können. Doch nun war er sich nicht mehr so sicher, ob das eine gute Idee gewesen war.

Peer überflog den Aufruf und nickte. »Gut, dann gib das so schnell wie möglich an die Medien«, forderte er von Lutz und widmete sich seinen Mails. Er schaute sich die Ergebnisse der Spusi zum Einbruch in die Blumendiele noch einmal an. Die Kollegen hatten zwar Gas gegeben und auch die restlichen Spuren ausgewertet, doch nicht wirklich etwas gefunden, was ihnen auf die Schnelle weiterhalf.

»Mist«, entfuhr es ihm, als Michael sein Büro betrat. »Nichts weiter dabei?«

»Nee, und ehrlich gesagt, weiß ich langsam auch nicht mehr weiter.« Er lehnte sich seufzend in seinem Stuhl zurück.

»Was ist mit deinem Freund?«

»Wartet auf Kontakt von der Sekte.«

»Hm, dann müssen wir wohl auch warten.«

Nielsen konnte die Frustration in Michaels Gesicht deutlich erkennen und eigentlich war es seine Aufgabe als Chef, den Mitarbeiter zu motivieren. Aber er konnte sich selbst kaum aufraffen weiterzumachen, denn momentan standen sie gefühlt wieder am Anfang ihrer Ermittlungen. Jeder noch so gute Ansatz hatte sich in Luft aufgelöst – außer Sörens Einsatz in der Sekte hatten sie nichts, und Peer war sich nicht sicher, ob es wirklich eine gute Idee gewesen war, seinen Freund in die Höhle des Löwen zu schicken. Doch nun war es zu spät, dachte er. Jetzt konnten sie keinen Rückzieher mehr machen und Sören war derzeit ihre einzige Chance, den Fall aufzuklären.

35. KAPITEL

Sören merkte, wie sehr sein Finger zitterte, als er am späten Nachmittag den Klingelknopf betätigte. Auf dem Weg zum Eingang der Zentrale der Kinder des Lichtes hatte er sich immer wieder umgeschaut, doch von dem Mann, der ihn zweimal gewarnt hatte, war nichts zu sehen. Wie bei allen seinen Besuchen zuvor öffnete ihm jemand in einem weißen Gewand. Klaus Siegel persönlich empfing ihn heute. Er saß bereits in dem Raum, in den man Sören hineinführte. Mit einem breiten Lächeln trat er auf ihn zu.

»Deine Ergebnisse haben uns sehr überrascht.«

»Inwiefern?«

»Das, was du suchst und von deinem Leben erwartest, können wir dir alles anbieten.«

Sören bezweifelte das. Das war doch nur Geschwafel, um ihn einzulullen, oder? »Was genau ist das?«

»Es ist verständlich, dass du nicht weißt und fragst. Wenn du wüsstest, wonach du suchst, wärest du nicht hier.« Klaus Siegel kam einige Schritte auf Sören zu, der versuchte, den Impuls zu unterdrücken zurückzuweichen.

»Wir möchten dich gerne in unser Programm aufnehmen.«

»Was ist das für ein Programm?«

»Eines, das dir all deine Fragen beantworten und dich auf den Weg zur Erkenntnis führen wird.«

»Und was muss ich dafür tun?« Sören spürte, wie sein Hemd langsam an seinem Rücken zu kleben begann.

»Nun, du musst uns vertrauen. Denn nur wenn du dich ganz und gar auf das einlässt, was dich erwartet, wirst du erleuchtet werden.«

»Und was bedeutet das? Ich verstehe noch nicht wirklich.«

Klaus Siegel lächelte und ließ sich von Daniel einen Hefter reichen. »Du wirst einige Programme durchlaufen, die sich auf Meditation, Abspaltung und andere Übungen fokussieren. Wir werden alles für deine Bedürfnisse zusammenstellen. Beginnen wirst du mit einer Einführung und Unterweisung ins Leben, dann gibt es eine Prüfung, die zeigt, ob du für den nächsten Schritt bereit bist. Um dich hierauf ganz und gar zu konzentrieren, bieten wir dir an, in unsere Gemeinschaft zu ziehen.«

»Hierher? Ja, aber ich arbeite und …«

»Füllt die Arbeit dich aus? Gibt sie dir, wonach du suchst?«, unterbrach Siegel ihn.

»Nein, nun, aber ich habe auch Familie …« Sören ging das alles zu schnell und zu weit. Dass er seine Familie verlassen sollte, davon war nicht die Rede gewesen. Wie sollte er Cordula das erklären?

»Siehst du, wenn du Erleuchtung erlangen willst, musst du dich von allem lösen. Und wenn ich meine, von allem, dann wirklich von allem.«

Sören runzelte die Stirn.

»Der irdische Ruhm, Karriere, Geld hindert uns nur auf dem Weg zur Erleuchtung. Ohne all dies wirst du finden, wonach du suchst.« Klaus Siegel schaute ihn mit einem durchdringenden Blick an.

»Was genau ist das?«

»Das reine wahre Licht. Es mag dir im Augenblick noch etwas unerklärlich erscheinen und vermutlich hast du Angst, dich zu lösen, aber warum an etwas festhalten, das dich nicht glücklich macht?«

Sören nickte. Er ahnte, dass er nur auf diesem Weg wirklich in die Tiefen der Sekte würde vordringen können, damit Peer diesem Quacksalber das Handwerk legte.

»Gut, der erste Schritt wird sein, mit deiner Familie zu reden und dich von ihr zu verabschieden.«

»Verabschieden?«

Nun war es Klaus Siegel, der nickte. »Wir sind ab jetzt deine Familie, dein Zuhause. Du kannst ein paar Sachen, die dir wirklich wichtig sind, mitbringen, aber wir werden gemeinsam entscheiden, ob du sie wirklich benötigst.«

»Und wie viel Zeit bleibt mir dafür?«

»Bis morgen.«

Ulf Braun wirkte nervös. Sie saßen bei seiner Oma in der Küche vor einem Glas Wasser. Hildegard Schnöll hatte sich bei Jens gemeldet, da ihr Enkel aufgetaucht war. Wenn er wolle, könne er kommen und ihn zu seinem Bruder befragen. Die ältere Dame schien Mitleid mit Jens und seinem vermeintlichen Bruder zu haben.

»Ja, aber ich verstehe nicht, was die da mit euch machen?«, entgegnete Jens, nachdem Ulf etwas von irgendwelchen

Programmen gefaselt hatte, während seine Augen hin und her gehuscht waren.

»Wir suchen nach einer Erkenntnis, einem Licht, das uns erleuchtet.«

»Und wie soll das aussehen?«

Ulf Braun zuckte mit den Schultern. »Das weiß ich auch nicht. Ich habe so viel Zeit und Geld investiert und habe nie die Stufe zwei verlassen.«

»Und deswegen willst du nun aussteigen?«

»Nee, es ist … na seit diesen Bränden. Und seit Steffen …« Er schluckte. »Jeder von uns hat Angst, keiner weiß, ob die anderen Opfer eventuell nicht auch … und ob man selbst nicht der Nächste ist.«

»Aber wird denn jemand vermisst?«

»Das kann man nicht genau sagen. Manchmal wird man von einem Tag auf den anderen in eine Außenstelle oder zu einem Training beordert. Da weiß man nie, ob nicht jemand fehlt.«

»Hm, aber meinst du, es wäre möglich, dass jemand aus den Reihen der Kinder des Lichtes diese Menschen umgebracht hat?«

Ulf Braun überlegte kurz, ehe er antwortete: »Ausschließen kann ich das nicht, aber selbst wenn nicht, dann gibt es auf jeden Fall jemanden, der solch einen Hass auf die Gemeinschaft hat, dass er einige von uns ermordet. Daher ist es so oder so momentan in der Gemeinschaft nicht sicher.« Ulf Braun schaute auf seine Großmutter, die gütlich nickte.

»Natürlich kannst du hierbleiben, denn dass diese schrecklichen Morde etwas mit dieser Sekte zu tun haben, ist ja wohl offensichtlich. Ich frage mich, warum die Polizei da nichts unternimmt.«

»Das tut sie bestimmt«, entgegnete Jens und nahm einen Schluck Wasser.

Sören verließ am frühen Abend das Gebäude. Wenn er sich beeilte, schaffte er es noch rechtzeitig zu Hause zu sein, um seinen Sohn ins Bett zu bringen. Doch als er um die nächste Häuserecke bog, stellte sich der Mann, der ihn bereits mehrmals vor der Sekte gewarnt hatte, in den Weg.

»Na, willst du beitreten?«, fragte er ihn direkt.

»Ich wüsste nicht, was dich das angeht.«

»Stimmt, aber wenn du nicht verrecken willst, dann hörst du auf meinen Rat.«

»Was heißt denn hier ›verrecken‹?« Sören musterte den Mann. Er schätzte ihn auf etwa Anfang dreißig, vielleicht war er auch jünger und er wirkte in dem schummrigen Licht einfach älter.

»Die bringen dich vor die Hunde. Oder haben sie dir nicht gesagt, dass du alle Verbindungen kappen musst?« So oder so kannte sich der Kerl gut mit der Gemeinschaft aus.

»Warst du mal Mitglied? Bist du ein Aussteiger?«

»Ich? Nein.«

»Woher willst du dann wissen, was hier geschieht?«

»Ich kenne die Leute da.« Er nickte in die Richtung des Gebäudes der Kinder des Lichtes. »Die machen dich kaputt. Erst dein Leben, dann dein Geld. Schnell bist du abhängig von denen und kommst nicht mehr los.«

Sören lief ein Schauer über den Rücken. Wahrscheinlich hatte der Mann recht. Hatte man ihn nicht gerade vor genau diese Entscheidung gestellt?

War der Kerl vielleicht ein Angehöriger? Wollte er ihn warnen? Oder hatte er gar etwas mit den Morden zu tun?

Wieder musterte er ihn, was dem Mann ganz offensichtlich unangenehm war.

»Nimm meinen Rat an, sonst ergeht es dir wie den anderen und du stehst schnell allein da.« Er drehte sich rasch um und lief davon, ehe Sören etwas erwidern konnte. Also das war doch ein komischer Vogel. Während Sören zur S-Bahn ging, rief er Nielsen an.

»Und wie läuft es?«, wollte Peer wissen, nachdem er den Anruf entgegengenommen hatte.

»Ich soll mir bis morgen überlegen, ob ich alle Verbindungen kappen will.«

»Häh? Was genau soll das heißen?«

»Job, Familie.«

Damit hatte Nielsen nicht gerechnet. Jedenfalls nicht in dieser Geschwindigkeit. Die Kinder des Lichtes gaben bei der Rekrutierung neuer Mitglieder mächtig Gas.

»Soll ich mit deinem Chef sprechen?«, bot Peer an, denn irgendeine Lösung brauchten sie, wenn der Freund jetzt keinen Rückzieher machen wollte.

»Das wäre gut, aber zur Not kann ich ein paar Tage freinehmen. Wichtiger wäre Cordula.«

»Hm«, überlegte Peer. Eigentlich wollte er so wenige Leute wie möglich in diese illegale Aktion einweihen, aber er sah ein, dass es Probleme geben würde, wenn Sören plötzlich auszog. Er stieß einen langen Seufzer aus. »Gut, ich komme vorbei und wir besprechen das zusammen.«

Wenig später gabelte Nielsen den Freund an der S-Bahn-Station in Rissen auf. Schon im Hausflur hörte man, dass Cordula überlastet war. Der Kleine schrie und sie redete lauter als gewöhnlich.

»Ich weiß nicht, ob das ein guter Zeitpunkt ist«, sagte Sören, aber Nielsen wusste, dass es für derartige Gespräche selten einen geeigneten Zeitpunkt gab, und die Zeit drängte.

»Was?« Cordula blinzelte Peer nur wenig später mit weit aufgerissenen Augen an. Dann wanderte ihr Blick zu Sören. »Und du willst da wirklich mitmachen und zu der Sekte ziehen?«

Sören hatte Julius ins Bett gebracht. Währenddessen hatte Peer Cordula geholfen, den Abendbrottisch zu decken. Sie hatte sich zwar gewundert, dass Nielsen schon wieder zu Besuch war, denn sonst sahen sich die Freunde nicht so häufig, aber als Peer von ihrem Vorhaben erzählt hatte, war sie böse geworden.

»Wie kannst du deinen Freund da hineinziehen? Diese Sekte, das ist sicherlich gefährlich! Hast du mal an seinen Sohn gedacht?« Cordula schien dabei mehr an Julius als an Sören zu denken – jedenfalls kam es Peer so vor. Er konnte sich sehr gut vorstellen, dass ein Kind das Leben auf den Kopf stellte. Aber diese Fokussierung auf den Nachwuchs tat weder dem Kind noch den Eltern gut, glaubte Peer. Dennoch hielt er sich bei solchen Diskussionen meist zurück. Was konnte er schon sagen. Er hatte keine Kinder, lediglich einen gesunden Menschenverstand.

Der jedoch – sofern vorhanden – sagte ihm, dass diese Sekte zwar gefährlich, aber für Sören keine Gefahr als solches bestand. Er war immer mehr davon überzeugt, dass nicht innerhalb der Gemeinschaft gemordet wurde, sondern eher ein Angehöriger eines Sektenmitglieds dafür verantwortlich war. Beispielsweise dieser Mann, der Sören bereits mehrere Male vor der Zentrale in der Goetheallee angesprochen hatte und zur Umkehr bewegen wollte. Wer aber war dieser Typ wirklich? Er musste das unbedingt näher unter die Lupe nehmen.

Jens hatte berichtet, dass Ulf Braun sagte, dass eine angespannte Atmosphäre in der Gemeinschaft herrsche und viele Mitglieder Angst verspüren. Das sprach seiner Meinung nach auch eher für einen Täter von außen.

»Cordula«, setzte Nielsen daher noch einmal in einem verständniserbittenden Ton an. »Es ist enorm wichtig für uns, dass wir da jemanden in die Sekte einschleusen. Nur so kommen wir an entsprechende Informationen, um den Fall aufzuklären.«

»Und das muss unbedingt Sören sein?«

Peers Blick wanderte zu dem Freund, der sich mit den Gefühlen seiner Partnerin doch besser auskennen musste als er. Was sollte er sagen?

»Ich habe mich freiwillig angeboten und je schneller wir da vorankommen …«

»Du redest schon, als würdest du bei der Polizei arbeiten.«

In gewisser Weise tat Sören das bereits.

»Es sind Leute ermordet worden. Das ist viel zu gefährlich.« Cordula verschränkte die Arme vor der Brust.

»Ich mache das so oder so, aber ich verspreche dir, ich passe auf.«

»Ich auch«, bestätigte Nielsen seine Unterstützung.

36. KAPITEL

In der Nacht gab es einen weiteren Vorfall, aber diesmal ohne Leiche. Wie sich herausstellte, hatten ein paar Jugendliche ein Feuer angezündet, anscheinend motiviert durch die Brände der letzten Zeit.

»Euch muss doch klar sein, dass das kein Spaß ist«, versuchte Peer am nächsten Morgen den Übeltätern ins Gewissen zu reden, die kleinlaut vor seinem Schreibtisch saßen. Die drei Jungen nickten leicht. Nachdem er die Brandstifter einem Kollegen übergeben hatte und sich in der Küche einen Kaffee holen wollte, stöhnte er auf.

In der Gemeinschaftsküche stand Fritsche und hantierte an der Kaffeemaschine herum. Der Filter war während des Brühvorgangs verrutscht und nun befand sich der gesamte Kaffeegrund in dem Getränk und vor allem in der Maschine. Dementsprechend schlecht war Fritsches Laune und er raunzte Nielsen geradezu an.

»Habt ihr was?«

Peer hatte keine Lust, sich zu rechtfertigen. Er hoffte inständig, dass der geheime Einsatz des Freundes schnell Ergebnisse brachte. Lange würde er diesen Zustand nicht mehr ertragen können.

»Das war ein dummer Jungenstreich«, versuchte er daher die aktuelle Situation herunterzuspielen.

Fritsche drehte sich zu ihm um. Sein Gesicht war puterrot. »Das ist unfassbar. Ihr müsst das schnell lösen, wer weiß, wer sonst noch auf dumme Gedanken kommt.«

Jens war am Mittag mit einigen Mitgliedern der Selbsthilfegruppe verabredet. Man wollte gemeinsam zur Beisetzung von Steffen Hoffmann gehen und die Gelegenheit nutzen, andere auf die Gefährlichkeit der Sekte aufmerksam zu machen. Dafür hatten sie sich vor der Beerdigung in einem Café verabredet. Jens war überrascht, wie viele gekommen waren. Anscheinend sah man es als gute Gelegenheit, die Kinder des Lichtes öffentlich zu diskreditieren, denn auch die Presse würde zur Trauerfeier anwesend sein. Kein Wunder bei all dem Wirbel, den der Fall um die Brandopfer schon verursacht hatte. Pisto jedenfalls schlich bereits im Café herum. Jens fragte sich, wie der wohl Wind von der Versammlung bekommen hatte.

Hilke Jürgensen war ebenfalls zu dem Treffen gekommen. Er sah sie wutentbrannt am Eingang des Cafés mit Pisto reden und näherte sich den beiden.

»Sie müssen darüber berichten, wie die Sekte Familien zerstört.«

Der Journalist nickte und notierte sich einige Angaben auf seinem Block. »Glauben Sie denn, dass die Kinder des Lichtes mit den Morden etwas zu tun haben?«

»Wer denn sonst?«, gab Hilke Jürgensen zurück.

»Aber wieso sollten die ihre eigenen Mitglieder exekutieren? Außerdem ist das doch nicht in ihrem Interesse, solche Schlagzeilen zu machen«, mischte Jens sich in das Gespräch ein.

»Was glauben Sie denn, wer damit etwas zu tun hat?«
Pisto wandte sich ihm interessiert zu und musterte ihn auffällig. Jens hoffte, dass er ihn nicht erkannte, denn sonst
würde der Journalist ihn als Polizisten ansprechen. »Nun
ja, ist denn klar, dass die anderen Opfer auch etwas mit der
Sekte zu tun hatten?«, stellte er einfach eine Gegenfrage.

»Nee«, gab Pisto frech zurück. »Die Polizei kennt ja
noch nicht einmal die Identität der anderen beiden Leichen. Wie sollen da irgendwelche Zusammenhänge her-
gestellt werden können?«

Diese Aussage ärgerte Jens, denn der Pressemann hatte
sicherlich keine Vorstellung davon, wie schwer es war, eine
Identität festzustellen, wenn man nur eine verkohlte Leiche vor sich hatte. »Wie würden Sie denn vorgehen?«

Der Journalist zuckte mit der Schulter.

»Sehen Sie.«

»So wie du Partei für die Polizei ergreifst«, mischte sich
nun wieder Hilke Jürgensen ein, »könnte man meinen, du
arbeitest für die.« Jens schluckte und versuchte zurückzu-
rudern. Er durfte auf keinen Fall auffliegen.

»Na ja, ich jedenfalls wüsste nicht, wie man die identifizieren soll.«

»Na, eine Durchsuchung der Zentrale der Kinder des
Lichtes würde sicherlich nicht schaden. Da gibt es doch
bestimmt Mitgliederverzeichnisse. Und dann einfach
abhaken«, grinste Pisto ihn an.

Mitgliederverzeichnisse gab es in der Tat bei den Kindern des Lichtes. Als Sören sich gegen den Willen seiner
Freundin bei der Sekte anmeldete, wurden sein Name und
seine restlichen Daten in solch einem Verzeichnis erfasst.

Ebenso wie die angeblich wenigen Habseligkeiten, die er mitgebracht hatte.

»Und wie geht es jetzt weiter?«, erkundigte er sich.

»Zunächst wirst du eine Fasten- und Meditationsrunde machen. Kein Kontakt zu niemandem, Schweigen und völlige Isolation, um dich ganz von deinem bisherigen Leben zu lösen«, erklärte ihm Daniel, sein Mentor.

Was das bedeutete, bekam Sören recht schnell zu spüren. Sein Mentor begleitete ihn in ein Zimmer, in dem sich nur eine Pritsche und eine Waschgelegenheit befanden. Wie im Knast, fuhr es Sören durch den Kopf und er war erschrocken, als ihm klar wurde, dass er in dieser Zelle weder nach außen noch zu anderen Mitgliedern Kontakt würde aufnehmen können. Er fröstelte. Doch für einen Rückzieher war es zu spät. Er hörte, wie die Tür verschlossen wurde, dann war er allein.

Bei der Trauerfeier herrschte eine seltsame Stimmung. Jens schaute sich um und hatte das Gefühl, dass auch einige Sektenmitglieder anwesend waren. Neben den Eltern und einigen Angehörigen der Selbsthilfegruppe gab es etliche Gäste, die er nicht kannte. Der Pastor hielt eine ergreifende Rede über die Sehnsüchte, die einen Menschen manchmal zu etwas antrieben, was nicht gut für ihn war.

»Gott allein lenkt das Leben, niemand sonst hat Einfluss«, sprach der Pastor, der hinter dem Rednerpult in der kleinen Friedhofskapelle stand und allein die Trauerfeier leitete.

Jens fragte sich, ob das stimmte, was der Geistliche da redete. Er glaubte, selbst einen großen Einfluss auf sein Leben zu haben. Außerdem, wer hatte Steffen gezwungen, sich der Sekte anzuschließen? War er nicht freiwillig Mitglied geworden? Der ganze Fall brachte ihn diesmal mehr als sonst zum Nachdenken. Was hatte beispielsweise Maik Jürgensen dazu gebracht, seine Frau und seine beiden kleinen Kinder zu verlassen? Was suchten all diese Menschen, die sich dieser Gemeinschaft anschlossen – ja mehr noch, alles hinter sich ließen und nur noch für die Erleuchtung lebten? Klar, er konnte verstehen, wenn man in seinem Leben nach etwas suchte. So etwas wie einen Sinn, etwas, das einen ausfüllte, sein Dasein erklärte. Im Grunde genommen tat das jeder, aber warum fanden so wenige Menschen ihr Glück in der Familie, im Job, generell in ihrem Leben? Jens hatte den Eindruck, dass viele Leute unzufrieden waren mit dem, was sie besaßen, obwohl das aus einer neutralen Perspektive betrachtet, so viel mehr war, als die meisten anderen Menschen hatten.

Sein Blick blieb an einer jungen Frau hängen, die sich mit Tränen in den Augen umblickte, dann wanderten seine Augen weiter zu den Eltern des Opfers. Die Mutter war ganz in ihrer Trauer versunken. Es musste furchtbar sein, wenn das eigene Kind vor einem starb, aber der Vater musterte die Anwesenden ähnlich wie Jens. Er schien auf der Suche nach einem Schuldigen zu sein, während seine Frau vielleicht die Schuld eher bei sich sah.

Die Orgel stimmte ein Lied an und die Trauergäste erhoben sich. Langsam nahm der Bestatter die Urne und schritt dann den Mittelgang Richtung Ausgang, die Eltern folgten, die restlichen Anwesenden schlossen sich an.

Die Grabstätte lag nicht weit von der kleinen Kapelle entfernt. Die Trauergesellschaft legte den Weg zu Fuß zurück und versammelte sich um das ausgehobene Loch.

Wieder sagte der Pastor ein paar Worte, sprach ein letztes Gebet, dann ließ man die Urne an einem Seil in die Tiefe hinab.

Das ist es dann also, fuhr es Jens durch den Kopf, dem in diesem Moment bewusst wurde, wie wenig eigentlich von einem Menschen übrig blieb.

Der Reihe nach traten die Anwesenden an das Grab und warfen mit einer Schaufel etwas Erde hinein. Manche trugen Blumen bei sich, die sie ebenfalls hinab zur Urne warfen.

Ein großer dünner Mann trat an das Grab und erhob unerwartet die Stimme. »Du hast nach Erleuchtung gesucht und sollst sie nun finden.« Er hob seine Hände, als segne er die Grabstätte oder als habe er Macht, Erkenntnis zu spenden.

Jens hielt den Atem an. Das war ganz offensichtlich ein Mitglied der Sekte. Herr Hoffmann hatte das ebenfalls erkannt und stürzte sich auf den Mann. Geistesgegenwärtig griff Jens ein und trennte die beiden. Der fremde Mann schüttelte den Kopf, als wolle er andeuten, dass er verstehe, warum Steffen sich von der Familie abgewandt hatte, was noch einmal den Zorn in den Augen des Vaters aufkeimen ließ. Jens schob ihn ein Stück zur Seite. »Kennen Sie den Mann?«, wollte er von Herrn Hoffmann wissen.

Der Vater schüttelte den Kopf. »Aber das ist doch ganz offensichtlich einer von denen! Die haben hier nichts zu suchen.«

Jens verschwieg, dass er glaubte, es seien noch weitere Sektenmitglieder anwesend. Er fürchtete, es könne zu einem Tumult zwischen den Kindern des Lichtes und den Mitgliedern der Selbsthilfegruppe kommen. Und das wollte er auf der Trauerfeier auf jeden Fall vermeiden.

Der fremde Mann hatte einigen anderen Gästen zugenickt, die dann zusammen mit ihm den Friedhof verließen. Dabei sangen sie ein Lied: »Das Licht der Erkenntnis scheinet uns Tag und Nacht, es leuchtet uns den Weg, es leuchtet uns den Weg ...«

Seufzend ließ Peer sich auf den Stuhl hinter seinem Schreibtisch fallen, als Boateng sein Büro betrat. »Was gibt's?« Er nahm nicht an, dass etwas Bahnbrechendes passiert war. Er selbst war noch einmal einige Berichte durchgegangen, hatte aber nichts gefunden.

»Ich habe gerade einen Anruf bekommen, vom PK 21 aus der Mörkenstraße.«

»Und?« Nielsen horchte leicht auf.

»Sie sagen, jemand hätte anonym jemanden vermisst gemeldet.«

»Anonym?«

»Es sei nur ein Anruf gewesen, aber sie wollten es melden. Der Anrufer, ein Mann wohl, habe eine Frau vermisst gemeldet und einen Mann.«

»Was? Gleich zwei Vermisste?«

»Seinen Namen wollte er nicht nennen, auch nicht, in welcher Beziehung er zu den beiden steht. Er habe lediglich gesagt: ›Suchen Sie nach Melanie Paulsen und Jost Bayer.‹«

Peer sprang auf. »Gut und hast du schon was?«

»Die Adressen.«

Wenig später saßen sie im Wagen Richtung Rellingen. Es war bereits Feierabendzeit und der Verkehr zog sich bis zum Dreieck. Dann aber, als sie auf die A 23 kamen, lichtete sich der Verkehr etwas, allerdings mussten sie bereits zwei Ausfahrten später abfahren.

Die Adresse lag in einem Seitenweg, die Gegend wirkte friedlich, trotz der Reihe an Mehrfamilienhäusern war es ruhig in der Umgebung.

»Seltsam, hier steht kein ›Paulsen‹«, murmelte Nielsen, während er die Klingelschilder inspizierte.

»Darf ich mal, junger Mann?« Eine alte Frau hatte sich von hinten genähert und drängte sich an ihnen vorbei.

»Wohnen Sie hier?«

»Wie sieht das sonst aus?«, zischte sie zurück.

»Entschuldigen Sie, aber wir sind auf der Suche nach Melanie Paulsen«, erklärte Boateng nun lächelnd, erntete aber von der Frau nur einen misstrauischen Blick.

»Ach, diese Esoterikdame. Nee, die wohnt hier nicht mehr. Ist in ihre Sekte gezogen, soweit ich das mitbekommen habe.«

»Sekte? Meinen Sie ›die Kinder des Lichtes‹?«

»Ja, so heißen die. Es gab vorher ein wenig Streit. Nicht dass ich meine Nachbarn belausche, aber sie hat mit ihrem Freund derart laut gestritten, selbst am Telefon.«

»Und worüber?«

»Dass er nicht versteht, warum sie sich ganz und gar dieser Gemeinschaft anschließen will, und so weiter und so weiter.« Die Frau verdrehte die Augen. »Auf jeden Fall ist die dann mir nichts, dir nichts verschwunden und hat ihre Familie mit der Wohnung sitzen lassen. Die Eltern haben sich um alles gekümmert.«

»Und wo wohnen die?«

»Zwei Straßen weiter.«

37. KAPITEL

Sören hörte, wie der Schlüssel im Schloss herumgedreht wurde und die Tür sich langsam öffnete. Ein fremder Mann streckte seinen Kopf durch den Spalt. Sören blickte ihn erwartungsvoll an, gespannt darauf, was jetzt passieren würde. Der Unbekannte kam in den Raum, stellte wortlos zwei Krüge Wasser auf den Tisch und wandte sich anschließend gleich wieder zum Gehen.

»Hallo, wie lange muss ich denn hierbleiben?«, versuchte Sören ihn aufzuhalten.

Der andere legte jedoch lediglich einen Finger an seine Lippen und deutete Sören so zu schweigen.

»Ich kann das hier nicht. Ich muss hier raus«, bettelte Sören und merkte, dass es ihm ernst damit war. Es ging nicht nur darum, dass er keine weitere Zeit verlieren wollte, etwas herauszufinden, sondern das Eingesperrt-Sein nahm ihm die Luft zum Atmen, machte ihn leicht panisch.

Wieder legte der Mann seinen Finger auf den Mund.

»Bitte, ich drehe durch.«

»Versuche dich nur auf dich selbst zu besinnen«, war das Einzige, was der Mann sagte, ehe er den Raum verließ. Sören hörte nur noch, wie der Schlüssel von außen herumgedreht wurde.

Auf ihn besinnen, dachte Sören und spürte, wie die Panik einer Wut wich. Was bildeten die sich ein? Dass sie wirklich Erleuchtung gefunden hatten, dass sie etwas Besseres waren und auf die, die nicht erleuchtet waren, hinabschauen konnten? Er trat mit dem Fuß gegen die Tür.

Verdammt, wie lange würde er hier eingeschlossen sein?

Jens hatte am Grab gewartet, bis die letzten Trauergäste gegangen waren. Er war sich unsicher, ob von den Anwesenden jemand etwas mit dem Mord an Steffen zu tun hatte. Alle hatten betroffen gewirkt, aber leider konnte man in die Köpfe nicht hineinschauen. Er wandte sich zum Gehen und sah Hilke am Tor stehen und auf ein Mitglied der Sekte einreden.

»Ich will mit meinem Mann reden. Ich weiß ja nicht mal, ob er noch lebt«, schrie sie, als Jens sich näherte. Sie schien außer sich und er fragte sich, was geschehen war. Hatten die Mitglieder sie provoziert? Oder hatte sie die Wut und sich nur während der Trauerfeier zurückhalten können und war nun auf dem Parkplatz auf sie losgegangen?

»Er braucht dich und deine Brut nicht«, tönte gerade ein junger Mann und versuchte sich abzuwenden, als Hilke Jürgensen ihm ihre Handtasche über den Kopf zog. Jens rannte auf die Gruppe zu und riss die rasende Frau zurück. Sie schlug um sich und schrie: »Ihr habt meine Familie und mein Leben zerstört!«

Hilke Jürgensen entwickelte ungeheure Kräfte, die Jens der eher zierlichen Person nicht zugetraut hatte. Zum Glück war noch ein befreundetes Paar aus der Gruppe der Angehörigen in der Nähe, das ihm zu Hilfe kam. Gemeinsam schafften sie es, Hilke Jürgensen in Richtung Auto zu ziehen, damit die Sektenmitglieder unbehelligt davonfahren konnten. Als sich der Wagen entfernte, erkannte Hilke darin ein paar schadenfrohe Gesichter, die sie in Tränen ausbrechen ließen.

»Diese Scheißsekte!«, schrie sie und zappelte wieder wild herum. Sie war nicht zu beruhigen und steigerte sich erneut in ihre Wut. Jens begann zu schwitzen und bat das zu Hilfe geeilte Paar, einen Notarzt zu rufen. Es war offensichtlich, dass die Frau einen Nervenzusammenbruch erlitt. Jens fragte sich, ob es nur an der Konfrontation mit einigen Mitgliedern lag oder ob da noch mehr dahintersteckte.

Die Eltern von Melanie Paulsen wohnten quasi direkt um die Ecke. Die Häuser in dieser Straße glichen wie ein Ei dem anderen und letztendlich sogar denen in der Straße, in der Melanie Paulsen gewohnt hatte.

Schon bitter, überlegte Peer, wenn man von den Eltern nicht richtig wegkommt und nie etwas anderes zu Gesicht bekommt. Er stellte sich vor, was aus ihm geworden wäre, wenn er in Glückstadt bei seiner Mutter geblieben wäre. Würde er jetzt auch in einem kleinen alten und schiefen Haus wohnen? Wäre seine Frau eventuell mit den Kindern weggelaufen? Und was würde er arbeiten? Wäre er auch Polizist geworden und müsste sich nun um Diebstähle und Prügeleien auf Zeltfesten in der Umgebung kümmern?

Das Surren des Türöffners riss ihn aus seinen Gedanken. Boateng hatte bei den Paulsens geläutet. Sie gingen die wenigen Stufen ins Hochparterre hinauf. Dort blickte ihnen eine Frau im Jogginganzug entgegen.

»Oh«, entfuhr es ihr, »ich dachte, das wäre Ilse«,

begrüßte sie die beiden und beäugte dabei die Dienstmarke, die Michael ihr entgegenhielt. »Wir wollten nämlich Nordic Walking machen.«

»Frau Paulsen, wir kommen, weil wir einen Anruf erhalten haben, dass Ihre Tochter vermisst wird«, kam Nielsen gleich zur Sache.

»Melanie?« Zunächst zog Frau Paulsen ihre Augenbrauen in die Höhe, dann verfinsterte sich ihre Miene. »Melanie ist gestorben.«

»Mein Beileid. Wann ist das passiert?«, entgegnete Nielsen erstaunt. Die Mutter zuckte mit den Schultern und Peer ahnte, dass diese Aussage nur im übertragenen Sinne gemeint war.

»Hat es etwas mit den Kindern des Lichtes zu tun?«

»Ich möchte die Vergangenheit ruhen lassen.« Sie machte Anstalten, sich zurückzuziehen.

»Eventuell ist Melanie eines der Brandopfer«, rutschte es Nielsen heraus. »Wir bräuchten DNA-Material oder zumindest die Adresse und den Namen des Zahnarztes Ihrer Tochter.«

»Das war Dr. Lorentz.« Sie kniff die Augen zusammen. »Sie meinen, sie hat sich umgebracht?«

»Wie kommen Sie darauf?«

»Na ja, sie war noch einmal hier. Völlig aufgelöst.«

»Wann war das?«

»Ein halbes Jahr, nachdem sie einfach sang- und klanglos verschwunden war.«

»Und was wollte sie?« Boateng machte sich Notizen in sein Merkbuch.

»Das haben mein Mann und ich uns auch gefragt. Zuerst haben wir gedacht, sie will wieder nach Geld fragen, aber sie wirkte völlig durcheinander. Fast machte es den Anschein, als wollte sie die Sekte verlassen, aber dann ist sie mitten im Gespräch abgehauen.«

»Seltsam«, überlegte Nielsen. »Haben Sie eine Ahnung, warum sie derart durcheinander war?«

»Sie hat da was von einer Maja gestammelt, und dass die sich wohl umgebracht habe, aber wirklich verstanden haben wir diese Zusammenhänge nicht.«

»Und diese Maja, kannten Sie die?«

»Nee.«

Auf dem Weg zum zweiten Vermissten – Jost Bauer – rief Nielsen im Präsidium an und veranlasste, dass die Aufnahmen der Kiefer beider Leichen zur Praxis von Zahnarzt Dr. Lorentz geschickt wurden.

»Also, wenn die Tote wirklich Melanie Paulsen ist, dann deutet alles darauf hin, dass die Sekte auf jeden Fall etwas mit den Morden zu tun hat.« Er schluckte, da ihm genau in diesem Moment Sören einfiel, der heute in die Gemeinschaft gezogen war. Vielleicht war der Einsatz des Freundes doch gefährlicher, als er dachte. Er musste ihn gleich nachher anrufen, aber nun galt es herauszufinden, ob Jost Bauer auch Mitglied bei den Kindern des Lichtes war.

Die angegebene Adresse lag in einem heruntergekommenen Stadtteil. Peer runzelte die Stirn, bisher hatte er gedacht, die Sekte habe nur gut situierte Leute rekrutiert, denn hier war doch augenscheinlich nichts zu holen, oder?

Er stieg aus und wartete auf Boateng, der schnellen Fußes folgte und ein ähnlich verwirrtes Gesicht machte wie sein Chef. Am Eingang studierten sie die Klingelschilder, aber auf keinem war der Name des Gesuchten vermerkt. Wahllos drückte Peer einen anderen Knopf. Nichts. Dann einen weiteren. Endlich öffnete eine junge Frau mit Kind auf dem Arm. An ihrem Bein hing ein wenig älteres Kind und blickte erschrocken zu ihnen auf.

»Ja?«

»Wir sind auf der Suche nach Jost Bauer.«

»Na, dann bestellen Sie ihm mal einen schönen Gruß, wenn Sie ihn finden.«

»Wieso?« Peer runzelte die Stirn.

»Dat war unser Vermieter.«

»Was heißt ›war‹?«

»Hat sich aus dem Staub gemacht. Und nun hat er dieser Sekte das Haus überschrieben und die wollen uns hier vertreiben.«

»Vertreiben?«

»Sind Sie schwer von Begriff? Die wollen hier bauen oder sanieren und dann teuer vermieten oder verkaufen. Noch nicht gehört, dass man damit viel Kohle machen kann? Aber nicht mit uns. Wir gehen nicht, obwohl die schon sämtliche Schikanen aufgefahren haben.«

»Und was?«

Die Angesprochene verdrehte die Augen, während sie sich das Kind auf die andere Hüfte hievte. »Wasser abgedreht, Gas nicht bezahlt, und Ratten haben wir hier auch, aber glauben Sie, dass sich da einer kümmert? Man erreicht ja auch niemanden mehr.«

»Herr Bauer war also bei dieser Sekte?«, vergewisserte Boateng sich nun noch einmal.

»Sag ich doch. Hat sich wahrscheinlich mit der Überschreibung dieses Hauses eine hohe Position im Himmelreich erkauft.« Sie grinste schief.

»Gut. Danke«, verabschiedete Nielsen sich. Er hatte, was er brauchte. Die von dem anonymen Anrufer Vermisstgemeldeten waren auf jeden Fall Mitglied bei den Kindern des Lichtes gewesen. Ob die Toten aber auch die Vermissten waren, galt es zu beweisen.

»Wissen Sie denn, ob Jost Bauer andere Verwandte hatte? Familie vielleicht?«, hakte Michael noch einmal nach.

»Nee, weiß ich nicht.«

»Und seinen Zahnarzt kennen Sie natürlich nicht«, murmelte er eher vor sich hin.

»Doch, den habe ich ihm empfohlen, als der mal so grässliche Zahnschmerzen hatte. Das ist Dr. Köhlermann in Altona. Da gehe ich auch immer hin.«

Sören wusste langsam nichts mehr mit sich anzufangen. Je länger er hier saß, umso mehr machte er sich Gedanken darüber, was nun alles passieren würde. Vielleicht war er in Gefahr. Was, wenn die Mitglieder herausfanden, dass die Polizei ihn hier eingeschleust hatte? Er fühlte sich ohnehin beobachtet und war sich sicher, dass irgendwo im Raum eine Kamera installiert war. Aber als er sich vorsichtig umgeblickt hatte, konnte er nichts entdecken. Die gingen geschickt vor. War klar.

Vielleicht machte er gerade einen Fehler. Was, wenn er Cordula und Julius nie wiedersehen würde? Wenn man ihn hier ewig isolieren würde? Ach, Peer weiß wo ich bin, der lässt mich nicht hängen. Er seufzte, wusste er doch, dass er sich auf seinen Freund hundertprozentig verlassen konnte.

Plötzlich hörte er, wie der Schlüssel wieder herumgedreht und die Tür aufgerissen wurde. »Mitkommen«, forderte der Mann von vorhin in einer Art Befehlston.

Sören stand von dem Stuhl auf und folgte dem Mann, wortlos, schließlich hatte man ihn zum Schweigen angehalten. Er wollte möglichst keine Fehler machen und auf gar keinen Fall unangenehm auffallen. Das hielt er für die sinnvollste Strategie.

Er wurde in ein Zimmer geführt, in dem einige weitere Männer und Frauen saßen. Ihm wurde ein Platz am Fenster auf einem Sitzkissen zugewiesen. Keiner sprach, keiner gab nur einen Mucks von sich. Es herrschte eine angespannte Stimmung im Raum, einige hatten die Augen geschlossen. Sören musterte die Personen, konnte aber nichts Ungewöhnliches an ihnen feststellen.

Ohne Vorwarnung dröhnte plötzlich Musik aus unsichtbaren Lautsprechern. Es war eine Art Singsang, aber den Text konnte Sören nicht verstehen. Ähnlich wie der Gesang von Mönchen in einem Kloster, dachte er, und doch irgendwie anders. Er versuchte angestrengt, etwas zu verstehen, wenigstens herauszufinden, um was für eine Sprache es sich handelte, doch er konnte keine ihm bekannten Wörter ausmachen. Dann öffnete sich die Tür und Klaus Siegel betrat den Raum. Er lächelte ihnen zu, setzte sich und schloss die Augen, lauschte anscheinend dem Gesang. So unvermittelt, wie die Musik begonnen hatte, erloschen die Klänge und es herrschte wieder Stille, die aber schon bald von der Stimme Klaus Siegels durchbrochen wurde.

»Ihr alle seid auf der Suche nach dem Licht der Erkenntnis.« Er blickte dabei leicht fragend in die Runde, was einige dazu verleitete zu nicken. Sören ebenfalls.

»Gut, ihr seid bereits in euch gegangen und habt sicherlich wichtige Fragen für euch geklärt. Nun, daher frage ich euch, denn dies ist die letzte Möglichkeit umzukehren ...« Sören schluckte und überlegte, was das konkret bedeutete. So viel Zeit wie eigentlich angekündigt hatte man ihm nicht gelassen. Warum hatte die Sekte es so eilig, ihn als Mitglied willkommen zu heißen? Brauchten die Mitglieder Geld? Ging es darum? Würde man ihn anschließend für immer hier festhalten? Oder gar ermorden, wenn er die Sekte verlassen wollte? So wie diese drei Brandopfer? Sören bekam vor lauter Fragen Kopfschmerzen und fasste sich an die Stirn.

»Wollt ihr alles hinter euch lassen und euch der Lehre des Lichtes verschreiben?«

Unerwartet sprang eine junge Frau auf. »Ich kann das nicht, ich möchte umkehren.«

Alle Augen richteten sich auf sie. Sören war gespannt, wie Klaus Siegel darauf reagieren würde. Vielleicht waren auch noch andere unsicher? Er blickte sich um.

»Bist du dir sicher?«, erkundigte sich da das oberste Mitglied.

»Ja.«

»Was hat dich zu dieser Einsicht bewogen?«

Die Frau knetete die Hände ineinander. Offenbar rang sie mit sich ob der Antwort. »Ich möchte mich nicht einschließen lassen. Das widerspricht meiner Ansicht nach der Lehre. Das Licht ist grenzenlos und kann nicht eingeschlossen werden.«

Sören fand, dass das durchaus ein sehr valides Argument darstellte, und war gespannt, wie der Oberste der Sekte darauf reagieren würde. Der machte jedoch nur eine abwinkende Handbewegung und schon sprang ein Mann in einem weißen Gewand herbei und führte die Frau aus dem Raum.

Sören fragte sich, was mit ihr geschehen würde.

Nielsen schloss die Tür zu seiner Wohnung auf. Der Tag war lang gewesen, er spürte die Anstrengung in den Knochen.

»Ich werde alt«, seufzte er, als er sich auf das Sofa fallen ließ.

Bereits am Nachmittag hatten sie Rückmeldung der Zahnärzte in dem Fall der beiden Vermissten erhalten. Bei den bisher nicht identifizierten Toten handelte es sich tatsächlich um Melanie Paulsen und Jost Bauer. Somit waren zumindest die Identitäten geklärt und die Ermittlungen kamen voran.

Er hatte Carsten und Lutz beauftragt, die Angehörigen von Jost Bauer ausfindig zu machen und die Trauernachricht zu überbringen, während er mit Boateng noch einmal zu den Eltern von Melanie Paulsen nach Rellingen gefahren war.

Die Mutter war sichtlich geschockt gewesen, wenngleich sie selbst nur wenige Stunden zuvor betont hatte, dass ihre Tochter für sie gestorben sei. Aber das Ableben ihrer Tochter, vor allem als Opfer der Brandserie, hatte sie sprachlos gemacht. Daher hatte Nielsen die Eltern für den nächsten Tag ins Präsidium bestellt. Ganz offensichtlich bestand eine Verbindung zu den Kindern des Lichtes – bei beiden Opfern.

Mit der Aussage der Eltern, die Tochter habe aussteigen wollen – nun war sie tot –, würde er einen Durchsuchungsbefehl bei der Staatsanwaltschaft beantragen und mit etwas Glück würden sie die Bude der Sekte auseinandernehmen und etwas finden.

Zwar war Peer sich immer noch unsicher, ob der Täter tatsächlich innerhalb der Sekte zu finden war oder ob nicht doch ein Außenstehender für die Morde verantwortlich war, aber er war zuversichtlich, dass sich das alles in den nächsten Tagen klären würde. Endlich sah er so etwas wie ein Licht am Ende des Tunnels.

Bevor er Feierabend gemacht hatte, hatte er versucht Sören zu erreichen, doch bei dem Freund hatte sich nur die Mailbox gemeldet. Ein wenig Sorgen machte er sich um ihn noch immer, auch wenn er davon ausging, dass dessen Einsatz bald beendet sein würde.

Er wollte gerade die Nummer von Cordula wählen, um zu hören, ob sie etwas von Sören gehört hatte, als es an der Tür klingelte. »Nanu«, sagte Nielsen zu seinem Leguan, »wer kann das sein?« Er betätigte den Türöffner und wartete. Es dauerte eine Weile, bis der Besucher die fünf Stockwerke erklommen hatte.

»Miri«, entfuhr es ihm, als seine ehemalige Nachbarin um die letzte Ecke im Treppenhaus bog. Sofort betrachtete er sie von oben bis unten. Sie lächelte und sah gut aus. Auf den ersten Blick keine Verletzungen.

»Komm herein, was machst du hier?« Er ließ ihr den Vortritt und folgte ihr ins Wohnzimmer, wo sie zunächst unschlüssig herumstand, sich dann auf das Sofa fallen ließ.

»Ich wollte mal schauen, wie es dir geht.«

»Gut, na ja, eigentlich wie immer. Du hast mir gefehlt. Wie geht es dir?«

Seit ihrer letzten Begegnung war einige Zeit vergangen. Miri war Hals über Kopf verschwunden, so, wie sie es immer tat, seitdem ihr Exfreund sie stalkte. Sie hatte geschrieben, sie könne nicht bei ihm bleiben – noch nicht, ob sie es nun konnte? Peer war sich nicht sicher, was er fühlen sollte. Auf der einen Seite wünschte er es sich, auf der anderen Seite hatte er Angst davor. Er holte zwei Gläser und goss ihnen Wein ein.

»Es geht«, sagte sie nun. »Ich habe eine Therapie angefangen.«

»Gut.« Er nickte. Sie hatte viel durchgemacht, professionelle Hilfe war wichtig aus seiner Sicht.

»Und sonst? Wo wohnst du? Arbeitest du?«

»Ich hatte eine kleine Ausstellung in einem Dorf in Bayern.«

»Toll.« Peer hob sein Glas und stieß gegen ihres.

»Na ja, besser als nichts«, spielte sie ihre Arbeit herunter. Nielsen wusste, wie talentiert Miri war und dass sie auch woanders Chancen hatte, aber sie wollte kein Aufsehen um ihre Person. Hatte Angst, ihr Ex könnte sie finden. Nielsen sah diese Angst deutlich in ihren Augen und wusste, sie würde auch diesmal nicht bleiben.

»Und was machst du jetzt in Hamburg?«

»Nach dir sehen?« Sie nippte an dem Wein und stellte das Glas zurück. Nielsen war fasziniert von ihrer Zerbrechlichkeit, sofort meldete sich sein Beschützerinstinkt. Er stellte sein Glas weg und lehnte sich zurück. Miri kuschelte sich an ihn, als wäre es genau das, worauf sie gewartet hatte, als wäre es das, was sie dringend brauchte. »Es wird besser«, sagte sie leise, »aber es wird wohl nie ganz aufhören.«

38. KAPITEL

Peer fuhr hoch und kam dabei mit seinem Ellenbogen an Miris Kopf. Sein Handy hatte geklingelt, es war mitten in der Nacht, er ahnte nichts Gutes. »Nielsen«, flüstere er in das Telefon.

»Chef, es ist wieder so weit. Ein Brand in Bahrenfeld.«

»Oh nein«, stöhnte er. Er ließ sich die genaue Adresse geben, dann suchte er seine Sachen zusammen. Er hatte mit Miri bis in die Nacht geredet und zusammen waren sie auf dem Sofa eingeschlafen. Peer beugte sich zu ihr hinunter, da sie von den Geräuschen wach geworden war. »Schlaf weiter, ich muss los.« Sie stützte sich schlaftrunken auf ihren Arm. »Wieder ein Brand?«

»Leider. Es kann dauern. Sehen wir uns noch?«

Sie lächelte. »Bestimmt.«

Das Wetter meinte es nicht gerade gut mit ihm, die Temperaturen ließen Nielsen leicht frösteln, als er schließlich am Lutherpark in Bahrenfeld aus dem Wagen stieg und auf den Fundort zuging.

Sie hatten versagt, der Täter hatte wieder zugeschlagen, und sie hatten es nicht geschafft, ihn zu stoppen. Trotzdem hatte Nielsen das Gefühl, in dem Fall ein Stück weitergekommen zu sein, denn bei der Suche nach der Identität der

Leiche würde er diesmal direkt wissen, wo sie anzusetzen hatten. Er war sich sicher, dass es sich bei dem Brandopfer ebenfalls um ein Sektenmitglied handelte.

Boateng war wie so oft vor ihm vor Ort und fasste die wenigen Informationen zusammen: »Anwohner haben das Feuer entdeckt, sonst gibt es bisher keine Hinweise, aber wie es scheint, ist es diesmal wieder eine Frau.«

»Ich vermute, er sucht die Opfer nach deren Stellung in der Sekte aus. Wir müssen bei der Durchsuchung darauf achten, welche Positionen die Toten in der Hierarchie übernommen haben.«

Michael nickte. »Und die ehemaligen Wohnorte sollten wir prüfen. Vielleicht kommt der Täter aus dieser Gegend.«

»Wie kommst du darauf?«, wollte Nielsen wissen.

»Na, alle Brände bis auf den im Stadtpark haben im Hamburger Westen stattgefunden und das Blumengeschäft befindet sich auch hier in der Nähe. Die Kollegen haben übrigens wieder Pflanzenreste gefunden. Das ist eindeutig unser Täter.«

»Gut, dann lass uns im Präsidium alles zusammentragen und anschließend gleich die Durchsuchung vorbereiten. Wir brauchen mehr Leute, denn mit nur drei Mann werden wir das nicht schaffen.«

»Geht klar, Chef.«

Wenig später saßen sie im Besprechungsraum zusammen, als Gerhard Fritsche hineinstürmte.

»Das kann doch nicht wahr sein. Wir stehen wie die letzten Volltrottel da, und in der Bevölkerung werden wir schon verarscht. Kann mir vorstellen, was die Pressefuzzis nun wieder berichten werden. Ganz zu schweigen von der Standpauke des Innensenators.« Stöhnend ließ er sich auf den Stuhl neben Nielsen fallen. Peer ahnte, dass sein Chef bereits wieder einen Anruf von oberster Stelle erhalten hatte.

»Von der Durchsuchung versprechen wir uns viel. Ich bin mir fast sicher, dass das Brandopfer auch diesmal Mitglied in der Sekte war.«

»Aber glaubst du, da wird einer mit euch sprechen? Die vertuschen doch alles. Wie wollt ihr denen etwas nachweisen? Oder gab es diesmal verwertbare Spuren oder habt ihr Beweise?«

Nielsen zuckte mit den Schultern. »Zumindest ist es das gleiche Muster, ansonsten müssen wir die Ergebnisse der KTU und aus der Rechtsmedizin abwarten.«

»Es könnte aber auch ein Täter außerhalb der Gruppe sein«, warf Jens ein. »Bei der Trauerfeier von Steffen Hoffmann ist eine Frau ziemlich ausgeflippt und hat ein Mitglied tätlich angegriffen.«

»Ja, aber glaubst du, das ist das Werk einer Frau? Ist die körperlich in der Lage, solch eine Tat zu inszenieren?«

»Allein vielleicht nicht, aber mit entsprechender Hilfe?«

Es war früh am Morgen, als Sören von dem Geräusch des sich herumdrehenden Schlüssels geweckt wurde. Er hatte kaum geschlafen, lange über die Vorfälle am gestrigen Abend gegrübelt und sich gewundert, dass die Isolationszeit nicht wie angekündigt eingehalten wurde.

Er fragte sich, was aus der Frau geworden war, die gestern angegeben hatte, aussteigen zu wollen. Ob man sie einfach hatte gehen lassen? Oder was war mit ihr geschehen? Und was würde mit ihm geschehen? Er fröstelte leicht.

Ein älterer Mann steckte seinen Kopf in den Raum. »Ah, gut, du bist wach. In zehn Minuten beginnt die Morgenmeditation und anschließend bist du in der Küche fürs Frühstück eingeteilt.«

Sören rappelte sich auf. Sein Körper schmerzte, die Pritsche war hart. »Gut, ich komme gleich.« Er zog sich eines der bereitgelegten Gewänder über, seine Sachen waren verschwunden. Das war ihm bereits gestern aufgefallen, als er aus der Andacht zurückgekommen war.

Er hatte sich danach erkundigt, woraufhin man ihm versichert hatte, sie für ihn aufzubewahren. Er brauche diese irdischen Sachen jedoch nun nicht mehr.

Als er an die Tür trat, stellte er fest, dass der Mann auf ihn gewartet hatte. Er führte ihn über den Innenhof in einen großen Saal, wo bereits zahlreiche Leute mit geschlossenen Augen saßen. Ihm wurde ein Platz zugewiesen.

Eine Art Summen erklang, erzeugt durch die Meditierenden. Sören tat, als mache er mit, blinzelte aber zwischendurch immer wieder und stellte fest, dass es weitere Mitglieder gab, die ebenfalls nicht weggetreten waren, sondern sich umschauten, als suchten sie jemanden. Besonders ein junger Mann wandte seinen Kopf hin und her und drehte sich immer wieder um, sodass sein Sitznachbar ihn anstieß.

Die Zeremonie dauerte gut eine Stunde, draußen wurde es nur langsam hell, und als Sören zurück zum Gebäude und in die Küche gebracht wurde, stand noch der Mond am Himmel.

Das Summen hatte jedenfalls kein Licht gezaubert, musste Sören feststellen und beinahe schmunzeln, als er in die mit Neonlichtern ausgestattete Küche kam und ihm ein Platz am Herd zugewiesen wurde. Man verlangte von ihm, darauf zu achten, dass die Sojamilch in einem großen Topf nicht überkochte.

Neben ihm stand plötzlich der Mann, der sich bei der Meditation ständig umgedreht hatte und nun Nüsse klein hacken sollte.

»Hallo«, sagte Sören und stellte sich vor. Der junge Kerl blickte sich erst um, ehe er seinen Namen nannte und fragte, ob er neu dabei sei.

»Ja, bin seit wenigen Tagen hier.«

»Ist dir schon die finale Frage gestellt worden?«

»Finale Frage?« Sören schaute Heiko fragend an, der irgendwie seltsam auf ihn wirkte. Er sah blass aus, aber unter den Augen lagen tiefe, dunkle Ringe.

»Na, ob du alles hinter dir lassen und nur noch der Gemeinschaft folgen willst.«

Er nickte und sah, wie ein Schatten über das Gesicht des anderen lief.

»Hoffe, du hast es dir gut überlegt«, sagte er zu Sören und wies auf den Topf, in dem die Sojamilch blubbernd emporstieg.

Nach dem Frühstück, das Sören wider Erwarten gut schmeckte, wurde er von einer jungen Frau zu Klaus Siegel geführt. Er nahm an, dass man mit ihm über die zu durchlaufenden Programme sprechen wollte, was allerdings nur indirekt der Fall war.

»Also das sind natürlich einige Kosten, die zu begleichen sind, und dein Geld brauchst du nun ja nicht mehr, hier bekommst du alles, was du benötigst«, erklärte das Sektenoberhaupt und blickte Sören eindringlich an.

Ehe Sören etwas erwidern konnte, schob sein Gegenüber ihm ein Blatt Papier über den Tisch hinweg zu.

»Was ist das?« Sören runzelte die Stirn.

»Deine Beitrittserklärung.«

Sören senkte den Blick und fing an zu lesen, während er dabei überlegte, ob und wie er aus der Nummer rauskam. Hatte seine Unterschrift Rechtskraft? Würde Peer das rückgängig machen können und wenn nicht, was war dann?

Klaus Siegel räusperte sich. »Hast du etwa Fragen?«

»Ähm.«

Zum Glück klopfte es gerade in diesem Moment an der Tür, und Sören spürte, wie ihm ein Stein vom Herzen rollte. Aufschub, dachte er. Und als er dann noch hörte, wie dem Obersten mitgeteilt wurde, dass die Polizei vor der Tür stand, hoffte er gar, sein Einsatz würde nun beendet werden.

Die Miene von Klaus Siegel verfinsterte sich. »Wir müssen unser Gespräch vertagen. Am besten gehst du mit Lars, der führt dich zu den anderen, zur Vormittagsmeditation.« Der Mann, der die Meldung über den Polizeibesuch gemacht hatte, nickte Sören zu. Er erhob sich und folgte Lars zum Meditationsraum. Auf dem Weg dahin begegneten ihnen einige Polizisten, die Kisten aus dem Haus trugen. Sören fragte sich, was geschehen war, dass man einen Durchsuchungsbefehl bekommen hatte. Als er Peer sah, wollte er ihn begrüßen, doch Nielsen schüttelte unmerklich den Kopf.

Jens hatte sich erlaubt, an diesem Morgen nicht bei der Durchsuchung dabei zu sein. Nielsen hatte zwar nach den letzten Ereignissen die Sekte im Visier, hatte aber zu Schnitter gesagt, dass sie die Angehörigen nicht aus dem Blickfeld verlieren sollten. Noch war nicht klar, ob der Täter sich unter den Kindern des Lichtes befand. Lediglich, dass die Morde mit der Sekte in Verbindung standen, war so gut wie sicher – mehr aber nicht. Außerdem hatte sich Hilke Jürgensen auf der gestrigen Trauerfeier verdächtig verhalten, daher hatte Jens sich vorgenommen, sie heute zu besuchen. Nach dem Zusammenbruch auf der Beerdigung konnte er sich unauffällig nach ihrem Empfinden erkundigen.

Hilke Jürgensen wohnte in Schnelsen in einer kleinen Doppelhaushälfte. Jens klingelte und war beinahe überrascht, dass ihm geöffnet wurde, denn bei dem Kindergebrüll, das im Haus herrschte, hatte er nicht erwartet, dass jemand die Klingel überhaupt gehört hatte.

»Du?« Sie blickte ihn aus großen Augen an. Ihr Gesicht wirkte schmal und blass und ihre Haare ungekämmt.

»Ich wollte schauen, wie es dir geht.« Im Hintergrund setzte wieder Kindergebrüll ein.

»Ein wenig besser. Möchtest du vielleicht reinkommen?«

In der Wohnung sah es furchtbar aus. Überall lagen Sachen herum, in der Küche stapelte sich das Geschirr. Und es roch eigenartig.

»Komm, ich mach uns einen Kaffee«, bot Jens an. Er hatte Mitleid mit der Frau, fragte sich, ob sie tatsächlich etwas mit den Brandopfern zu tun hatte.

»Danke«, sagte sie und verschwand im Kinderzimmer.

Jens blickte sich suchend um und entdeckte im Schrank Kaffeefilter und eine Dose mit Pulver. Die Kaffeemaschine machte keinen sauberen Eindruck, aber es musste gehen, befand er. Er wollte schließlich die Vertrauensbasis weiter ausbauen. Dabei war Kaffee auf jeden Fall hilfreich. Als das Gerät gurgelte, machte er sich daran, die Küche ein wenig aufzuräumen.

»Das musst du nicht«, sagte Hilke, als sie mit einem Kind auf dem Arm zurückkam. Der Kleine hatte vom Schreien ein ganz rotes Gesicht und sah müde aus.

»Ach«, winkte Jens ab. »Wir müssen doch zusammenhalten.«

Sie lächelte.

»Hilft dir von den anderen denn niemand?«

»Nein, jedenfalls nicht im Haushalt. Die Gespräche helfen mir und die Gemeinschaft.«

Den Eindruck hatte Jens nach dem gestrigen Vorfall nicht. Oder war das eine Ausnahme gewesen? »Kanntest du Steffen Hoffmann eigentlich?«

»Flüchtig, eher seine Eltern, die sind ja auch in der Gruppe.«

»Und kennst du eine Melanie Paulsen?«

Hilke Jürgensen runzelte die Stirn, schüttelte dann den Kopf. »Wie kommst du darauf?«

»Nur so, habe den Namen irgendwie gestern aufgeschnappt.« Jens merkte, dass er vorsichtig sein musste, wenn er Hilkes Vertrauen nicht verlieren wollte. Er goss den durchgelaufenen Kaffee in zwei Tassen und reichte ihr eine. »Da war auch von einer Maja die Rede. Hast du von der schon einmal etwas gehört?«

Hilke nahm einen Schluck. »Ja, habe ich.«

Noch hatten sie nichts gefunden, was sie weiterbrachte, aber Peer war sich sicher, dass es nur eine Frage der

Zeit war. Irgendwo musste es Notizen oder Aufzeichnungen zu Melanie Paulsen, Steffen Hoffmann und Jost Bauer geben. Und dann würden sie sicher auch die Identität des letzten Opfers bestimmen können. Da er nicht wusste, ob sie etwas entdecken würden, was auf einen Täter in der Sekte hinwies, oder vielleicht etwas, das bewies, dass die Mitglieder etwas mit den Morden zu tun hatten, wollte er Sörens Tarnung nicht auffliegen lassen.

Nielsen verfolgte, wie die Kollegen, die sie zur Verfügung gestellt bekommen hatten, ausschwärmten und die verschiedenen Räume durchsuchten. Am Gesichtsausdruck von Klaus Siegel, der ihm in diesem Moment entgegeneilt kam, konnte er wenig ablesen. Weiter hinten den Gang entlang sah er Sören. Er wirkte müde und sah blass aus. Ob Peer ihm doch zu viel zugemutet hatte?

»Was ist hier los?«, fragte der Sektenoberste.

»Es hat sich herausgestellt, dass die Brandopfer alle in Verbindung zu den Kindern des Lichtes stehen.«

»Inwiefern?«

»Steffen Hoffmann war Mitglied, Melanie Paulsen war Mitglied, Jost Bauer war Mitglied. Fällt Ihnen nicht auf, wenn Ihnen Mitglieder fernbleiben?«

»Sagt wer?«

»Ach, ich denke, bei unserer Durchsuchung werden wir sicherlich auch auf Mitgliederlisten stoßen und vielleicht auf weitere Dinge, die es zulassen, den Laden hier ein für alle Mal zu schließen.«

»Wir tun hier nichts Illegales, bitte …« Der Guru machte eine einladende Handbewegung, und Peer wunderte sich, wie locker er damit umging. Hatte er wirklich nichts zu verbergen, oder war er gewarnt worden? Aber von wem?

Sie mussten etwas finden, dachte Peer. Unbedingt!

Sören befand sich in einer Nische im Flur und beobachtete, wie die Polizisten das Gebäude durchkämmten, als plötzlich der Mann aus der Küche sich neben ihn stellte.

»Mensch, vielleicht sollten wir uns besser aus dem Staub machen.«

Sören blickte den anderen von der Seite an. »Wieso, es gibt doch nichts zu verbergen, oder?«

Heiko zuckte mit den Schultern. »Weiß man's?«

»Aber was sollte das sein, meinst du, die Sekte hat etwas mit den Morden zu tun?«

»Keine Ahnung, Fakt ist, die Ermordeten hatten alle etwas mit Maja zu tun.«

»Maja?«

»Sie ist vor einem Dreivierteljahr ausgestiegen. Hat angekündigt, sie wolle das öffentlich machen, was hier geschieht.«

»Was denn?« Sören spürte, wie er zu schwitzen begann.

»Die ganze Show und den Betrug hier.« Der andere verdrehte die Augen.

»Und wieso bist du dann hier?«

»Wohin soll ich denn zurück? Ich habe keinen Job mehr, kein Geld und meine Familie auch verprellt. Maja hatte zumindest einen Freund, der zu ihr gehalten hat. Jedenfalls ist sie zu ihm zurück.«

»Und was hat das nun mit den Toten zu tun?«

»Das waren alles Mentoren von ihr. Bis auf Steffen, der hat sie in die Sekte gebracht. Er hat sie sozusagen angeworben.«

»Und du meinst, nun rächt sie sich an denen?« Sören war froh, dass die Gewänder der Sekte weit geschnitten waren, denn so sah man nicht, wie sehr er schwitzte.

»Nee, wohl kaum. Maja hat vor drei Monaten Selbstmord begangen.«

»Okay, Chef, wir sind hier fertig und nehmen die Sachen zur Sichtung mit«, erklärte Carsten Hinrichs.

»Alles klar.«

Auf den ersten Blick hatten sie bei der Durchsuchung nichts Belastendes gefunden. Nielsen schrie innerlich vor Wut auf. Das gab es doch nicht, er war sich sicher, dass sie hier etwas fanden, das sie in dem Fall weiterbrachte. Hoffentlich entdeckten sie etwas in den sichergestellten Unterlagen.

Klaus Siegel hatte mittlerweile seine Selbstsicherheit wiedergewonnen und grinste schief. Für Peer blieb augenblicklich nichts weiter zu tun, als zu gehen. Gerne hätte er noch mit Sören gesprochen, denn seit seinem Einzug bei den Kindern des Lichtes hatte er sich nicht mehr gemeldet und war auch nicht erreichbar gewesen. Den Grund dafür hatte allerdings die Durchsuchung geliefert, denn sie hatten einen Karton voller Handys gefunden, die anscheinend den Mitgliedern abgenommen worden waren.

Als er das Gebäude verließ, fiel ihm ein blonder Mann auf, der in einiger Entfernung an einer Straßenecke stand und herübersah. Sören hatte erzählt, dass er bei seinen letzten Besuchen von jemandem angesprochen worden war, der ihn eindringlich vor der Sekte gewarnt hatte. War das vielleicht dieser Mann?

»Entschuldigung?« Peer ging ein paar Schritte auf den Mann zu, der wie versteinert stehen blieb.

»Kann ich Sie mal etwas fragen?«

»Haben Sie ihn festgenommen, wieso wird er nicht abgeführt?« Der Blonde verrenkte sich den Hals, um den Eingang im Blick zu behalten.

»Wer?«

»Klaus Siegel, wer sonst? Der führt alle diese Menschen in den Abgrund und ist extrem gefährlich.«

»Inwiefern?«

»Er bringt Leute um«, entgegnete der Mann in einem so selbstverständlichen Ton, dass Nielsen einen kurzen Moment brauchte, um die Ungeheuerlichkeit dieser Anschuldigung zu erfassen.

»Können Sie das beweisen? Was wissen Sie über die Brände?«

Der Angesprochene riss die Augen auf. Dann trat er ein paar Schritte zurück. »Ich, nein, Entschuldigung«, stammelte er und drehte sich um.

»Moment mal, ich hätte da noch ein paar Fragen.«

Doch der Blonde war schon ein Stück entfernt. »Keine Zeit, keine Zeit …«

Sören ließ Majas Selbstmord nicht los. War es wirklich einer gewesen, oder hatte jemand aus der Sekte nachgeholfen? Hatte man sie umgebracht, weil sie ausgestiegen war, womöglich etwas veröffentlichen wollte? Er hatte Heiko gefragt, wie Maja ums Leben gekommen war, doch so genau wusste er das nicht.

»Wie man das halt macht, vermutlich Schlaftabletten oder Pulsadern.«

»Und wer hat dann die anderen umgebracht?«

Heiko hatte zunächst mit den Schultern gezuckt, doch Sören hatte bemerkt, dass er intensiv über die Frage nachdachte. Schließlich hatte er gesagt: »Vielleicht war es ihr Freund?«

Von dieser ungeheuerlichen Neuigkeit musste Sören unbedingt Peer erzählen. Er hatte das Gefühl, dass dieser Ansatz eine heiße Spur war, von der sein Freund noch nichts wusste. Doch wie sollte er an ein Telefon gelangen? Sein Handy hatte man ihm abgenommen und das Gebäude durfte er, soweit er Daniel verstanden hatte, die nächsten drei Monate nicht verlassen.

Das einzige Telefon, das er bisher hier gesehen hatte, befand sich im Büro von Klaus Siegel. Wenn er bis zur Abendandacht wartete, konnte er sich vielleicht unbemerkt davonschleichen und Peer anrufen.

Peer war nach der Durchsuchung mit aufs Präsidium gefahren und versuchte nun Druck bei den Kollegen zu machen. Er wollte so schnell wie möglich Ergebnisse sehen und Sören da rausholen.

»Also bisher sieht alles ordnungsgemäß aus«, sagte Lutz, der mit einigen anderen zusammen die Unterlagen sichtete. »Die Mitglieder haben freiwillig ihre Guthaben der Sekte überschrieben.«

»Freiwillig?«

»Na ja, es ist dokumentiert, und die jeweiligen Mitglieder haben das unterschrieben. Ob das unter Druck oder eventuell unter Drogen passiert ist, geben die Papiere nicht her.«

»Mist und sonst?«

»Nichts, aber wir sind noch nicht durch. Das dauert halt.«

Hoffentlich nicht zu lange. Seit er seinen Freund bei der Durchsuchung gesehen hatte, machte Nielsen sich Sorgen. Sie hatten Sören zwar auf viele Eventualitäten vorbereitet, aber an alles hatten sie nicht denken können. Schließlich kannten sie die Machenschaften der Sekte nicht genau. Was, wenn man dem Freund irgendwelche Substanzen mit dem Essen verabreichte? Oder vielleicht sogar in Gasform? Um ihn gefügig zu machen, wie all die anderen? Denn dass all diese Menschen aus freien Stücken ihr gesamtes Vermögen der Gemeinschaft überschrieben hatten, bezweifelte Peer. Da ging ganz bestimmt etwas nicht mit rechten Dingen zu. Wenn sie doch bloß endlich einen Ansatzpunkt fanden, um den Laden wirklich auseinanderzunehmen. Sie brauchten ein ehemaliges Mitglied, das bereit war auszupacken.

»Jens, hast du denn bei den Angehörigen noch etwas rausgefunden?«

»Nichts, seit wir das letzte Mal darüber gesprochen haben. Ich habe versucht, etwas über diese Maja herauszubekommen, aber außer einer Traueranzeige von ihrem Lebensgefährten habe ich nichts gefunden.«

Nielsen fiel wieder die Begegnung mit dem blonden Mann ein. »Und der ist nicht in dieser Selbsthilfegruppe?«

»Angeblich seit dem Tod seiner Freundin nicht mehr.«

»Und auf der Trauerfeier von Steffen Hoffmann war der auch nicht?« Nielsen bemühte sich, den Unbekannten aus der Goetheallee zu beschreiben.

»Nee«, entgegnete Jens. »Das sagt mir nichts.«

39. KAPITEL

Der Tag hatte sich wie Kaugummi gezogen. Sören hatte im Garten Laub harken müssen, anschließend fand eine Programmstunde statt und dann war er wieder für die Küche eingeteilt worden, um das Abendessen vorzubereiten. Er hatte Ausschau nach Heiko gehalten, aber der war nicht erschienen. Wo der wohl steckte, fragte er sich, denn auch beim Essen sah er ihn nirgends, ebenso wenig wie bei der anschließenden Abendandacht.

Die Durchsuchung des Gebäudes wurde mit keinem Wort erwähnt, obwohl eine gewisse Unruhe im Raum herrschte. Stattdessen wurde allen noch einmal die Frage gestellt, ob sie an der Lehre des Lichtes festhalten wollten, anschließend meditierten sie. Sören gab vor, einen Hustenanfall zu bekommen, und verließ unter einem Nicken Daniels den Saal.

Schnell eilte er zum Büro von Klaus Siegel. Gott sei Dank begegnete ihm auf dem Weg niemand. Die Tür zum Büro war nicht abgeschlossen. Sören schlüpfte in den Raum und sein Blick fiel sofort auf das Telefon. Er nahm es, ohne zu zögern, und wählte Peers Nummer, der sich nach dem ersten Klingeln sofort meldete.

Peer saß in seinem Wagen neben Boateng und starrte auf das Gebäude, an dem einige Menschen vorbeigingen, als wenn sich hinter den Mauern nichts Besonderes befand. Den blonden Mann hatte er bislang nicht gesehen, aber vielleicht würde er noch auftauchen.

Sein Handy klingelte und er hoffte, dass die Kollegen etwas gefunden hatten, aber als er aufs Display sah, erschien dort eine unbekannte Nummer. »Nielsen?«, nahm er das Gespräch an. Vielleicht war es Miri, dachte er, obwohl er sich fragte, von welchem Festnetzanschluss sie anrufen sollte?

»Peer, nur ganz kurz«, hörte er Sören flüstern.

»Wo bist du?«

»In Klaus Siegels Büro.«

Nielsen spürte sein Herz schneller schlagen. Nicht nur, weil er glaubte, der Freund habe etwas herausgefunden, sondern weil Sören sich in enorme Gefahr gebracht hatte. Was, wenn man ihn entdeckte?

»Keine Angst, es ist Abendandacht, ich habe mich weggeschlichen, weil ich mit jemandem gesprochen habe, der einen konkreten Verdacht geäußert hat.«

»Was?«

»Ja, es gab ein Mitglied, das Selbstmord begangen hat.«

»Maja Blücher«, entgegnete Peer, und Sören machte eine erstaunte Pause.

»Woher …?«

»Egal«, drängte Nielsen, der keine langen Erklärungen abgeben wollte.

»Also, Heiko meint, dass der Freund sich nun an der Sekte rächt …«

Plötzlich stockte Sören und im Hintergrund war eine andere Stimme zu hören. »Was machst du hier?«

Die Verbindung wurde unterbrochen. »Scheiße«, fluchte Peer. Boateng schaute ihn an. »Was ist?«

Peer blickte zum Eingang des Gebäudes. »Wir müssen da rein. Jetzt.«

Eilig stieg er aus dem Auto und stürmte zur Tür. »Aufmachen, Polizei!«, rief er, während er klingelte und klopfte. »Ich muss zu Klaus Siegel.« Er drängte sich an dem Mann vorbei, der ihm öffnete, und stieg die Treppe hinauf. Er wusste, wo das Büro lag. Ohne anzuklopfen, stürmte er in den Raum. Doch der war leer.

»Wo ist Klaus Siegel?«, fragte er den Mann, der ihm zusammen mit Boateng gefolgt war.

»Wir haben Abendandacht, da können Sie jetzt nicht stören.«

»Das wollen wir ja mal sehen. Wo findet die statt?«

»Im großen Saal, aber ...«

Er wartete das Ende des Satzes nicht ab, sondern sprintete hinunter und dann zu dem Raum, der links im Erdgeschoss lag, wie er von der Durchsuchung wusste. Erneut öffnete er die Tür, ohne anzuklopfen. Vor dem auf den Boden sitzenden Mitgliedern stand Klaus Siegel und neben ihm Sören. Peer hörte gerade noch das Wort »Verräter«, dann verstummte der oberste Sektenchef.

»Ich muss sofort mit Ihnen sprechen.« Nielsen wies mit ausgestrecktem Arm auf Klaus Siegel. »Und mit ihm auch.«

Nur wenige Minuten später saßen sie alle zusammen in Siegels Büro, dessen Miene sich sichtlich entspannt hatte, nachdem Nielsen den Verdacht geäußert hatte, jemand Außenstehendes habe mit den Morden einiger Mitglieder zu tun.

»Heiko hat gesagt, dass er sich durchaus vorstellen

könne, dass dieser Freund von Maja Blücher der Täter ist«, erzählte Sören.

Als der Name des Mädchens fiel, lief ein Schatten über Siegels Gesicht, doch er hatte sich im Griff. »Das könnte natürlich sein«, sagte er nur.

Peer, der die genauen Zusammenhänge nicht kannte, hakte nach. »Was genau ist denn mit Maja geschehen?«

»Nun, sie war etwa ein Jahr bei uns, hat es aber nicht geschafft, sich ganz und gar von ihrem ehemaligen Umfeld zu lösen. Das heißt, ihr Freund ist immer wieder hier aufgekreuzt und hat versucht, sie wegzuholen. Letztendlich hat er es auch geschafft.«

»Kennen Sie den Freund?«

Klaus Siegel zuckte mit den Schultern. »›Kennen‹ ist zu viel gesagt. Ole Marquardt ist so ein blonder Bursche, der auch jetzt noch ab und zu vor unserem Gebäude steht, um die Mitglieder zu bekehren. Jedenfalls habe ich neulich gesehen, wie er vor der Tür jemanden aus der Gemeinschaft angesprochen hat.«

»Mich auch, mich hat da so ein blonder Mann angesprochen und gesagt, dass ich hier lieber nicht beitreten soll«, rief Sören aufgeregt dazwischen.

»Das war sicherlich Majas Freund. Er kann es einfach nicht lassen.« Klaus Siegel schüttelte den Kopf.

»Ja, nun aber noch einmal zurück zu Maja. Wie genau hat der Mann es geschafft, seine Freundin hier rauszuholen, und was ist dann passiert?«, wollte Nielsen wissen.

»Das ist eine unschöne Geschichte, und ich glaube, da ist Ole selbst dran schuld, so leid es mir um Maja tut.«

»Sie ist also ausgestiegen und dann?«

»Was und dann?« Klaus Siegel schaute Nielsen und Boateng schroff an.

»Hat sie nicht behauptet, sie wolle etwas über die Machenschaften der Kinder des Lichtes veröffentlichen?«

»Und was sollen das für Machenschaften sein?«

Na ja, dachte Peer, so ganz koscher ist der Verein nicht, aber er hielt sich zurück, denn wenn er jetzt etwas Negatives äußerte, würde Klaus Siegel vermutlich nichts mehr sagen. Er zuckte daher lediglich mit den Schultern.

»Ich glaube, es war eher Ole, der sie anstiften wollte. Irgendwie ist der total verbohrt. Sieht man ja, wenn der sich immer noch hier herumtreibt.«

»Wahrscheinlich weil er trauert«, bemerkte Sören.

»Maja hat sich selbst umgebracht«, stellte Klaus Siegel klar.

Peer nickte. Sie hatten sich den Fall noch einmal angeschaut und waren zu keinem anderen Ergebnis gekommen. Mit einer ausgiebigen Menge Schlaftabletten hatte die junge Frau ihrem Leben ein Ende gesetzt. Vermutlich hatte der Freund sie gefunden, aber zu spät. Ob sie das getan hatte, weil die Sekte Druck ausgeübt hatte? Vielleicht fand sie sich auch einfach in einem normalen Leben nicht mehr zurecht, wer konnte das schon sagen? Aber dass Ole Marquardt sie rächen wollte, war recht wahrscheinlich. Die Art und Weise, wie die Morde vollzogen wurden – Frau Michaelsen hatte betont, dass das nach einem Ritualmord, einer Art Opfergabe aussah. Sie hatten nur nicht gewusst, wem hier etwas geopfert werden sollte. Aber langsam kam Licht in das Dunkel. Peer musste schmunzeln, obwohl er ein Kribbeln in der Bauchgegend verspürte.

»Die Mitglieder, die bisher umgebracht worden sind, hatten die eine bestimmte Position oder Aufgabe? Mentor, Anwerber?«, brachte Sören Heikos Argument vor.

»Schon, wobei keiner von denen Maja angeworben hat.«

»Nicht?« Sören runzelte die Stirn. »Aber wer hat dann …?«

»Heiko Schmidt.«

»Und der ist seit heute Mittag verschwunden.« Sören sprang auf und Nielsen und Boateng taten es ihm gleich.

Zusammen rannten sie zum Wagen. Währenddessen rief Nielsen Jens an und fragte nach der Adresse von Ole Marquardt.

»Moment, da muss ich nachschauen.« Er tippte etwas in den Computer und antwortete: »Mendelssohnstraße 15.«

Beinahe im selben Moment klickten die Anschnallgurte und Nielsen gab Gas.

Während der Fahrt herrschte eine angespannte Stimmung. Alle stierten auf die Straße, verfluchten rote Ampeln und dämliche Autofahrer.

»Willst du nicht das Blaulicht nutzen?«, fragte Boateng, aber Nielsen wehrte ab.

»Das scheucht den nur auf.«

»Wie willst du dann vorgehen?«

Nielsen bog in die benannte Straße ein und bremste abrupt.

»Ist er das?«, fragte er Sören und wies die Straße hinab.

»Ja, das ist er. Was machen wir jetzt?«

Die Antwort auf die Frage erübrigte sich, denn genau in diesem Moment sahen sie, wie Ole Heiko stützte und zu seinem Wagen geleitete.

»Das ist Heiko – das gibt es doch nicht«, entfuhr es Sören. »Der will doch nicht …?«

Doch genau das, was Sören befürchtete, hatte Ole Marquardt anscheinend vor. Nachdem er Heiko Schmidt, der reichlich benommen wirkte, in sein Auto verfrachtet hatte, lief er zurück zum Haus.

»Wollt ihr nicht …?« Sören nickte zum Wagen hinüber. Peer blickte Michael an, der schüttelte den Kopf.

»Warum macht ihr denn nichts?«, rief Sören nun etwas aufgebrachter.

»Wenn wir ihn jetzt stellen, dann haben wir nichts. Heiko ist bestimmt schon benommen und erinnert sich nicht. Wahrscheinlich wird Ole sagen, der Mann wäre betrunken oder auf Drogen bei ihm aufgetaucht und er wollte ihn nach Hause bringen.«

»Also wollt ihr zusehen, wie er Heiko umbringt?«

»Nein, aber wir müssen ihn in einer eindeutigen Situation stellen.« Peer drehte sich um und blickte in Sörens kreidebleiches Gesicht. »Willst du aussteigen? Wir können dir ein Taxi rufen.« Sören schüttelte stumm den Kopf. Nielsen fragte sich, ob es eine gute Idee war, den Freund bei diesem Einsatz dabeizuhaben. Hatte Sören in den letzten Tagen nicht schon genug durchgemacht? Und hatte Peer nicht versprochen, dass er auf ihn aufpassen würde, wenn es gefährlich wurde? Dieser Einsatz fiel sicher darunter. Er konnte sich Cordulas Zorn vorstellen, wenn sie erfuhr, dass er Sören nicht aus dem Auto geworfen hatte.

Doch zur weiteren Diskussion blieb keine Zeit, denn Ole kam zurück, schob einen Karton auf den Rücksitz und stieg ein.

»Runter«, rief Nielsen, als der Wagen an ihnen vorbeifuhr, dann wendete er selbst und folgte Ole Marquardt Richtung Wedel.

Schnell war klar, wohin er wollte. Klövensteen. Hier im Naturschutzgebiet würde es um diese Zeit ruhig sein. Allerdings würden sie auffallen, dachte Peer. Als sie den Forst erreicht hatten, löschte er deshalb die Scheinwerfer. Die roten Rücklichter von Marquardts Auto nutzte er zur Orientierung, bis der Wagen stoppte.

Nielsen hielt in einiger Entfernung an und schaltete den Motor ab. Sein Herz schlug bis zum Hals und er war froh, dass Boateng neben ihm saß und ihn unterstützte. »Du bleibst auf jeden Fall hier«, bestimmte Nielsen, als Ole den Wagen verlassen hatte. »Ist das klar?«

»Ja«, bestätigte Sören.

Peer und Boateng stiegen aus und schlichen näher an den anderen Wagen heran. Ein Knacken war zu hören, weshalb sie sich in die Büsche schlugen. Der Boden war weich und Nielsen spürte Feuchtigkeit an den Füßen. Aber seine ganze Aufmerksamkeit war auf das Geschehen direkt vor ihm konzentriert. Ole kam von einer Lichtung zurück und holte einen Kanister und weitere Sachen aus dem Wagen. Er war dreimal hin- und hergegangen, beim letzten Mal blieb er länger fort, schien alles für sein Ritual vorbereitet zu haben, ehe er Heiko holte. Der war mittlerweile total weggetreten, sodass Ole ihn aus dem Auto zerren musste. Nielsen hörte ihn keuchen, als er den bewusstlosen Mann in den Wald schleifte. Diesmal folgten sie ihm.

In Nielsens Ohren rauschte es. Er hatte Angst, im Dunkeln irgendein Geräusch zu verursachen, und hoffte, dass Ole sich in einer Art Rauschzustand befand, zumindest aber zu konzentriert auf sein Vorhaben war, als dass er das Knacken der kleinen Äste hörte.

Dann flog plötzlich vor Michael ein Vogel in die Höhe. Sie stockten. Es war mucksmäuschenstill – auch Ole schien zu lauschen. Michael und Peer hielten den Atem an. Zum Glück machte Ole weiter. Er legte Heiko irgendwo ab, dann glaubten sie zu hören, dass er das Ethanol aus dem Kanister über dem Opfer ausschüttete. Es gluckerte und plätscherte. Kurz darauf war es wieder ruhig.

Peer wusste, dass sie jetzt zuschlagen mussten, sie hatten genug mit angesehen, aber da erklang plötzlich eine Stimme. Und was nun folgte, hörte sich wie eine Art Gebet an.

»Maja, meine Geliebte, unschuldig gestorbene Schönheit. Dies ist dein Opfer!«

Peer hörte das Klappen eines Zippos. Er sprang los. Michael war direkt neben ihm. Vor ihnen leuchtete eine kleine Flamme auf. Sie rannten darauf zu und sahen Oles Gesicht, ehe sie ihn zu Boden warfen.

»Polizei, keine Bewegung.« Sie hörten ein Keuchen, einen Aufschrei. Ole war zwar überrascht, aber seine Wut schien unbändig. Er hielt das Feuerzeug nach wie vor in der Hand und ratschte das Metallrad. Der Geruch von Ethanol erfüllte die Luft. Im Schein der Flamme sah Nielsen ein Grinsen, dann warf Ole das Feuerzeug in Richtung Opferstätte.

Boateng zögerte nur einen Bruchteil einer Sekunde, ehe er von Ole abließ und sich das noch in der Luft befindliche Zippo griff. »Jetzt ist Schluss«, schrie er dabei und löschte die Flamme.

40. KAPITEL

»Herr Marquardt, Sie brauchen nicht zu schweigen oder zu bestreiten, dass Sie mit den Morden nichts zu tun haben. Wir haben Sie auf frischer Tat gestellt. Schon vergessen?«

Peer Nielsen saß Ole Marquardt gegenüber und verschränkte die Arme vor der Brust.

»Es ist nur eine Frage der Zeit, bis wir die anderen Taten mithilfe von DNA-Spuren und Zeugen nachweisen können. Außerdem hatten Sie ein Motiv und Sie haben diese Leute getötet.«

»Geopfert«, brach es plötzlich aus Ole Marquardt hervor. »Für Maja.«

»Aber es macht sie nicht lebendig, und Mord bleibt Mord. Diese Art der Tötung war besonders grausam, denn Sie haben die Leute bei lebendigem Leibe verbrannt.«

»Sonst wäre es ja kein Opfer gewesen, sondern eine Einäscherung.« Unvermittelt grinste Ole Marquardt.

Nielsen befürchtete, dass der Mann verrückt war, aber diese Einschätzung mussten sie der Psychologin überlassen. Er glaubte das nicht, denn Ole Marquardt hatte seine Opfer gezielt ausgesucht, die Opferstellen vorbereitet, Blumen bestellt, die Opfer abgepasst und betäubt, um sie dann seiner verstorbenen Freundin zu opfern. Er schien immer Herr seiner Sinne gewesen zu sein. Er hatte genau gewusst, was er tat.

»Sie haben diese Menschen ermordet und dafür gehen Sie ins Gefängnis.«

»Und die Sekte kommt mal wieder ungeschoren davon! Ich stehe wenigstens dazu, ich habe etwas gegen die unternommen. Sie sind schuld, dass Maja da reingerutscht ist, sie haben sie fertiggemacht und in den Selbstmord getrieben.«

Peer war sich sicher, dass Klaus Siegel und die Mitglieder seines Vereins keine Unschuldslämmer waren, aber die Toten der vergangenen Tage gingen eindeutig auf das Konto von Ole Marquardt, und damit war der Fall für ihn abgeschlossen. Er stand auf, seufzte leicht und verließ den Raum.

»Abführen«, sagte er dabei an den Kollegen von der Justizanstalt, der neben der Tür stand. Dann ging er den Gang hinunter, holte seine Jacke und fuhr nach Hause. Der Papierkram konnte bis morgen warten.

41. KAPITEL

Peer hob die Hand, als er Sören den Gastraum betreten sah. Der Freund nickte und kam lächelnd auf ihn zu, setzte sich an den Tisch.

»Alter, na das ist ja mal ganz schön nobel hier.«

Nielsen grinste. »Für dich nur das Beste.«

Er hatte Sören danken wollen, für den Einsatz und seine Freundschaft.

»Schade, dass Cordula nicht mitkommen konnte«, entgegnete Peer und meinte es auch so, denn er wusste, wie wichtig sie und die Familie für seinen Freund waren.

»Ja, aber was tut man nicht für die lieben Kleinen? Er ist gerade in einer wichtigen Phase, lernt so viel dazu, es ist eine Freude, ihm zuzusehen«, fing Sören zu schwärmen an, stockte dann aber. »Weißt du, ich kann verstehen, dass es Leute gibt, die sich dieser Gemeinschaft verschreiben. Ich meine, wenn du keine Familie, keine Liebe, kein Glück empfindest, dann ist das wahrscheinlich toll, in solch eine Gemeinschaft aufgenommen zu werden und sich als ein Teil von etwas zu fühlen. Ob es wirklich darum geht, etwas zu finden …?« Sören kratzte sich am Kopf. »Glaube ich gar nicht unbedingt.«

Der Kellner kam und brachte die Speisekarten. »Schon einen Getränkewunsch?«

Peer hätte am liebsten ein Bier bestellt, nahm jedoch erst einmal ein Wasser und fragte nach der Weinkarte. »Aber es waren ja auch Leute da, die Familie hatten, also mir ist das immer noch unbegreiflich, was die alle da hingezogen hat. Ich habe auch keine Familie und Freundin und Kinder und lasse mich nicht bekehren.«

»Aber du bist glücklich mit dem, was du tust, oder?«

Peer überlegte einen Moment. Im Prinzip machte er das, was er immer hatte machen wollen. Er hatte bei all den Verbrechen, die er zu sehen bekam, trotzdem oder gerade deshalb das Gefühl, einen Sinn in seinem Leben zu haben, etwas bewirken zu können. Außerdem hatte er Sören – einen besseren Freund konnte man sich nicht wünschen. Peer nickte.

»Wobei, also das mit Miri …«

Sören hob erneut den Blick von der Speisekarte. Er verstand seinen Freund und nach seiner Undercover-Aktion sogar noch besser. Es war wirklich nicht leicht, in diesem Job in eine Partnerschaft zu investieren und sie zu pflegen. Aber er war sich sicher, dass sein Freund auch noch die Richtige finden würde, es dauerte nur etwas. Und vielleicht war Miri genau die – zumindest wenn man bedachte, wie lange Peer nun schon von ihr schwärmte. Soweit Sören wusste, hatte er sich nicht mit einer anderen eingelassen. Vermutlich war Miri Peers Cordula, dachte Sören. Das wird schon, wusste er plötzlich und sagte das auch.

»Sie wird zu dir kommen, du brauchst nur etwas Geduld«, versicherte er mit fester Stimme.

»Woher willst du das wissen?«, fragte Peer zweifelnd.

»Hallo, Alter, ich bin doch erleuchtet.«

DANKSAGUNG

Dies ist nun bereits der 4. Fall für Peer Nielsen und sein Team von der Hamburger Mordkommission.

An dieser Stelle möchte ich daher ganz herzlich meinem Verlag danken, dass er mich seit einigen Jahren auch in Hamburg »morden« lässt.

Sven Lang, mein Lektor, hat auch bei diesem »Mord« geholfen, ihn in Form zu bringen. Herzlichen Dank und alles Gute! Genießen Sie die Elternzeit, aber vergessen Sie nicht: Ich freue mich auf Ihre Rückkehr.

Bei der Hamburger Polizei möchte ich mich für die Einblicke in den Polizeialltag bedanken – vor allem geht ein Dankeschön auch wieder an Michael Much – ohne dich würde Peer Nielsen wohl nicht ermitteln.

Die Idee zu diesem Krimi ist während meiner vielen Läufe an der Elbe entstanden und gereift. Daher muss ich an dieser Stelle meinen Dank loswerden – und zwar an meinen inneren Schweinehund, der sich liebenswerterweise zurückgehalten hat, mich laufen ließ und so maßgeblich zu dem Buch beigetragen hat.

Die Läufe waren auch notwendig – denn oft haben mich die »Ermittlungen« geradezu gequält, worunter meine Familie und meine Freunde so manches Mal zu leiden hatten. Mein besonderer Dank gilt meinem Mann

Kay, der meine »Mordslaunen« seit Jahren geduldig erträgt.

Nicht zuletzt geht mein Dank an meine Leserinnen und Leser, die mich das machen lassen, was ich immer machen wollte: Schreiben.

Herzlichen Dank!

Giftige **Schönheit**

Sandra Dünschede
Friesengift
Kriminalroman
277 Seiten, 12 x 20 cm
Paperback
ISBN 978-3-8392-2371-0
€ 14,00 [D] / € 14,40 [A]

In Dagebüll-Hafen wird der Besitzer eines Tierversuchs-
labors ermordet aufgefunden. Die Ermittlungen führen
Kommissar Thamsen zu einem dubiosen Kosmetik-
unternehmen, das mit dem Labor des Toten zusammengearbeitet hat. Und auch im näheren Umfeld des Opfers
finden sich etliche Verdächtige. Dirk Thamsen versucht
mithilfe seiner Freunde Haie und Tom, dem Mörder
auf die Spur zu kommen, und findet sich schnell in
einem Geflecht aus Hass, Geldgier und Rache wieder.

GMEINER SPANNUNG

WWW.GMEINER-VERLAG.DE
Wir machen's spannend

Schatten der
Jugend

© Matauw / fotolia.com

Sandra Dünschede
Friesengroll
Kriminalroman
278 Seiten, 12 x 20 cm
Paperback
ISBN 978-3-8392-2212-6
€ 14,00 [D] / € 14,40 [A]

Eigentlich wollte Dirk Thamsen bei seinem Klassentreffen in Niebüll nur einen fröhlichen Abend im Kreis früherer Schulkameraden verbringen und von der Polizeiarbeit abschalten. Doch die holt ihn schneller ein als erwartet: Die ehemalige Deutschlehrerin Rita Hansen liegt erdrosselt auf der Damentoilette. Thamsen ist erschüttert, leitet aber sogleich eine Ermittlung in die Wege. Schon am nächsten Morgen gibt es einen weiteren Toten. Um den Fall zu lösen, muss Thamsen, unterstützt von seinem Freund Haie, tief in die Vergangenheit eintauchen.

GMEINER SPANNUNG

WWW.GMEINER-VERLAG.DE
Wir machen's spannend

Tödlicher
Bauabschnitt

© Lutz Eberle

Sandra Dünschede
Kilometer 151
Kriminalroman
253 Seiten, 13,5 x 21 cm
Premium-Klappenbroschur
ISBN 978-3-8392-2108-2
€ 14,00 [D] / € 14,40 [A]

Harry Neumann wird ermordet auf einer Baustelle zum
Ausbau der A7 in Hamburg-Stellingen aufgefunden.
Doch wer hat den Mann ins Jenseits befördert und
warum? Der Bauleiter zumindest hatte ein Motiv, denn
Neumann ging aktiv gegen die Baumaßnahmen vor.
Oder haben die Bewohner des benachbarten Flücht-
lingscamps etwas mit dem Mord zu tun? Vielleicht sogar
einer der anliegenden Kleingärtner? Kommissar Nielsen
und sein Team folgen jedem Hinweis und stoßen bei
ihren Ermittlungen oftmals auf Hass und Gegenwind ...

GMEINER SPANNUNG

WWW.GMEINER-VERLAG.DE
Wir machen's spannend